本书得到以下项目资助:山东省社会科学普及应用研究项目(2021-skzz-07),项目名称《中国当代红色经典小说选读》;齐鲁师范学院2021年度校级教材项目

中国当代红色经典小说品读

丛坤赤 著

中国戏剧出版社
CHINA THEATRE PRESS

图书在版编目（CIP）数据

中国当代红色经典小说品读 / 丛坤赤著. -- 北京 : 中国戏剧出版社，2024. 7. -- ISBN 978-7-104-05517-4

Ⅰ. I247.5

中国国家版本馆 CIP 数据核字第 2024XG9278 号

中国当代红色经典小说品读

责任编辑：赵宇欣
责任印制：冯志强

出版发行：中国戏剧出版社
出 版 人：樊国宾
社　　址：北京市西城区天宁寺前街 2 号国家音乐产业基地 L 座
邮　　编：100055
网　　址：www.theatrebook.cn
电　　话：010-63385980（总编室）　010-63381560（发行部）
传　　真：010-63381560

读者服务：010-63381560
邮购地址：北京市西城区天宁寺前街 2 号国家音乐产业基地 L 座

印　　刷：北京九州迅驰传媒文化有限公司
开　　本：787mm×1092mm　1/16
印　　张：12.25
字　　数：218 千字
版　　次：2024 年 7 月　北京第 1 版第 1 次印刷
书　　号：ISBN 978-7-104-05517-4
定　　价：72.00 元

版权专有，违者必究；如有质量问题，请与出版社联系调换。

前 言

"红色经典"是一批在特定历史语境中产生的具有鲜明意识形态特征的文学作品。这些作品所蕴含的理想主义信念、爱国主义情怀、无私奉献精神等,曾经伴随激励了几代人的成长,也留下了鲜红的文化印记。直到今天,这些经过岁月洗礼,逐渐沉淀下来的作品依然具有丰富的文学价值和重要的教育价值,是一笔宝贵的精神财富,值得我们细细品读感悟。

事实上,"红色经典"只是一种约定俗成的说法,其内涵与外延在学界都存有一定的争议。比如,从时间范围来讲,对其上限的界定有20世纪40年代和五六十年代等不同说法,而其下限也有到"文化大革命"为止和一直延续至今等不同观点;从文本形式上看,有的学者认为仅指小说,有的学者则认为包括诗歌、戏剧,甚至文学之外的其他艺术形式;从内容题材上看,有的学者认为专指革命历史题材,有的学者则认为应包括土地改革、合作化运动等农村题材。官方对于"红色经典"的界定见于2004年5月25日原国家广电总局下发的《关于"红色经典"改编电视剧审查管理的通知》,在通知中,"红色经典"被解释为"曾在全国引起较大反响的革命历史题材文学名著"[1]。结合学界的不同观点以及教学需要,我们倾向于把"红色经典"界定为:"1942年以来,在《在延安文艺座谈会上的讲话》指导下,文学艺术工作者创作的具有民族风格、民族做派,为工农兵喜闻乐见的作品。这些作品以革命历史题材为主,以歌颂中国共产党领导下的人民民主革命和社会主义建设为主要内容。"[2] 我们将依据这一界定,选取"红色经典"中的代表篇目,进行品读解析。

"红色经典"中的"红色"带有明显的隐喻色彩,是中国共产党领导的革命斗争的象征。1928年10月毛泽东在《中国的红色政权为什么能够存在》一文中以"红色政权"指称中国共产党领导的根据地政权,此后共产党领导的革命根据

---

[1] 惠雁冰:《"红色经典"述论》,《新文学评论》2015年第4期。
[2] 孟繁华:《众神狂欢:世纪之交的中国文化现象》,北京:中央编译出版社2003年版,第51页。

地即被称为"红区",与国民党统治的"白区"相对,"红色"具有了指称中国共产党领导的革命斗争的特殊含义。"红色经典"作为记录中国革命历史进程的重要文本,是唤起读者革命意识、传承中国革命精神的重要载体,为当代人追寻、重见中国共产党领导的革命历史进程提供了重要依据。"红色经典"积淀着中华民族自强不息的民族品格,凝聚着以爱国主义为核心的民族精神,代表着中华民族独特的精神追求,在坚定理想信念、增进政治认同、增强文化自信等方面,具有不可或缺的重要意义,发掘、弘扬"红色经典"的"红色"文化内涵是我们进行文本解读的重要内容之一。

由于受创作理念等因素的影响,"红色经典"往往具有浓重的政治色彩和鲜明的通俗化倾向,因此其"经典"性往往受到学界的质疑。有学者认为"红色经典"作品的阐释空间十分有限,大都缺乏必要的文学价值,而只具有文学史价值。所以20世纪90年代以来,"红色经典"文学作品虽然受到学界的广泛关注,但是大多数学者更愿意从社会学、文化学的角度对其进行研究,而少有人从纯文学的角度对其进行解读,这就使得"红色经典"作品的文学价值并没有得到充分挖掘,这不能不说是一个巨大的遗憾。因为"红色经典"作品毕竟拥有过数量庞大的读者群,曾经给无数读者带去难以忘怀的审美愉悦,它所提供的精神资源是其他类型的作品不能代替的,所以其文学价值、美学价值依然值得我们珍视。我们将坚持运用文本细读的方式,从作品入手感知"红色经典"所呈现的历史变迁,探寻"红色经典"所表达的时代精神,体味"红色经典"独特的艺术魅力,使"红色经典"的文学价值得到彰显。

总之,我们希望通过文本细读的方式,引领读者走进"红色经典",激发读者热爱"红色经典",使"红色经典"真正融入当代大学生的品格培育过程中,发挥其应有的文学价值、教育价值和社会价值。

目 录

第一编 战争类、传奇类红色经典小说

第一章 《保卫延安》品读 ········· 3
第一节 以一个延安换取全中国 ········· 3
第二节 浴血奋战的革命英雄群像 ········· 7
第三节 战争文化规范下的革命史诗 ········· 11

第二章 《红日》品读 ········· 15
第一节 大规模战役的文学经典 ········· 15
第二节 人物塑造的虚与实 ········· 19
第三节 英雄赞歌中的人性美、人情美 ········· 22

第三章 《铁道游击队》品读 ········· 27
第一节 钢刀插入敌胸膛 ········· 27
第二节 铁道线上的飞虎英雄 ········· 30
第三节 革命历史故事的时代化讲述 ········· 34

第四章 《林海雪原》品读 ········· 39
第一节 气冲霄汉剿顽匪 ········· 39
第二节 神化的英雄与妖魔化的土匪 ········· 42

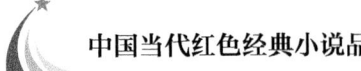

　　第三节　革命故事的传奇化书写 …………………………………………… 46

第五章　《野火春风斗古城》品读 …………………………………………… 51

　　第一节　野火烧不尽，春风润古城 …………………………………………… 51

　　第二节　深入敌后的孤胆英雄 ………………………………………………… 54

　　第三节　地下工作中的侠骨与柔情 …………………………………………… 58

第二编　成长类红色经典小说

第六章　《红旗谱》品读 ……………………………………………………… 65

　　第一节　锁井镇上的复仇故事 ………………………………………………… 65

　　第二节　两家农民三代人和一家地主两代人 ………………………………… 68

　　第三节　革命历史小说中的生活化叙事 ……………………………………… 72

第七章　《苦菜花》品读 ……………………………………………………… 77

　　第一节　抗战背景下的民族觉醒 ……………………………………………… 77

　　第二节　献给普通百姓的红色史诗 …………………………………………… 80

　　第三节　革命叙事中的情感因素 ……………………………………………… 84

第八章　《青春之歌》品读 …………………………………………………… 89

　　第一节　青春岁月的人生选择 ………………………………………………… 89

　　第二节　小资产阶级知识分子的成长之路 …………………………………… 92

　　第三节　政治文化语境中的情爱叙事 ………………………………………… 96

第九章　《三家巷》品读 ……………………………………………………… 101

　　第一节　革命大潮中的家族悲欢 ……………………………………………… 101

第二节　革命队伍中的别样英雄 …………………………………………… 104

　　第三节　革命叙事中的世俗风情 …………………………………………… 108

第十章　《红岩》品读 …………………………………………………………… 113

　　第一节　黎明前光明与黑暗的较量 ………………………………………… 113

　　第二节　歌乐山下的英雄群像 ……………………………………………… 116

　　第三节　红色叙事的经典形态 ……………………………………………… 120

第三编　农村类红色经典小说

第十一章　《太阳照在桑干河上》品读 ………………………………………… 127

　　第一节　土地改革运动的真实记录 ………………………………………… 127

　　第二节　土改运动中的众生百态 …………………………………………… 130

　　第三节　土地改革运动的现实主义书写 …………………………………… 134

第十二章　《三里湾》品读 ……………………………………………………… 139

　　第一节　农业合作化运动的新篇章 ………………………………………… 139

　　第二节　社会主义改造过程中的农村家庭 ………………………………… 142

　　第三节　新中国成立初期农村社会生活的大众化呈现 …………………… 145

第十三章　《铁木前传》品读 …………………………………………………… 151

　　第一节　农民私人情感生活的描摹 ………………………………………… 151

　　第二节　"了解一个人是困难的" …………………………………………… 154

　　第三节　对美好人性的关注与希冀 ………………………………………… 158

第十四章　《山乡巨变》品读 …………………………………………………… 163

第一节　社会主义改造大潮中的山乡生活 ………………………… 163

第二节　贴近现实生活的百态人生 ………………………………… 166

第三节　社会主义革命的唯美画卷 ………………………………… 170

第十五章　《创业史》品读 …………………………………………… 175

第一节　乡村变革的史诗化书写 …………………………………… 175

第二节　社会主义改造中的农民形象序列 ………………………… 178

第三节　社会主义现实主义的典范之作 …………………………… 182

第一编
战争类、传奇类红色经典小说

第一章 《保卫延安》品读

作者简介及创作背景：

杜鹏程（1921—1991），陕西韩城人，原名杜红喜。1938年到延安，在解放区报社工作。1947年延安保卫战开始后，杜鹏程作为随军记者和战士们一起战斗在前线。在长期的部队生活中，杜鹏程积累了大量珍贵的创作素材。他曾经写下近两百万字的日记、通讯、散文、报告文学和剧本等作品，为后来的小说创作打下了坚实的基础。从1949年到1953年底，经过四年的艰苦劳动，杜鹏程终于完成了长篇小说《保卫延安》，初版于1954年由人民文学出版社出版，是中国当代文学史上首次大规模正面描写解放战争的作品。

第一节 以一个延安换取全中国

《保卫延安》以延安保卫战为主要内容，以一个连队的军事活动为主线，通过对青化砭伏击战、蟠龙镇攻坚战、长城线上的运动战以及沙家店歼灭战等几次不同类型战斗的描写，生动展现了解放军从撤出延安到收复延安的战斗历程和战士们不畏艰险、勇敢杀敌的英雄气概。

一、撤离延安

1946年6月底，国民党以中原解放区为起点，悍然发动了对我解放区的"全面进攻"，解放战争正式拉开序幕。经过八个多月的艰苦奋战，解放军在各个战场共歼灭敌人七十多万，迫使敌人放弃了"全面进攻"，转为集中兵力，在山东和西北发动"重点进攻"。1947年3月，蒋介石在西北地区集结三十四个旅二十五万余人向陕北延安发起进攻，企图摧毁中共党、政、军指挥中枢，或者逼迫中共中央东渡黄河退出西北。侵犯延安的国民党军队由蒋介石嫡系将领胡宗南指挥，他们装备精良、盛气凌人。人民解放军西北野战军则不到三万人，而且装备极差、补给困难。不论在数量上还是装备上，西北战场上的人民解放军与进攻延安的国民党军队相比都处于劣势，一时间延安面临的形势十分严峻。在这紧要的历史关头，党中央和毛主席正确分析了全国形势和敌我力量的对比，根据战争态势英明果断地做出决定：先诱敌深入，暂时放弃延安，在延安以北的山区制造战机，逐步消灭国民党军有生力量。这一切构成了长篇小说《保卫延安》的故事背景。

作品以人民解放军的一个纵队为主要描写对象，借他们的行踪写战局的变化，作者首先写了战士对党中央主动放弃延安的复杂心情。这支纵队本来是在山西中部作战，接到延安告急的命令后，他们立刻出发，不分昼夜火速赶往延安。3月19日晌午，纵队赶到延安正东八十里的甘谷驿小镇，在镇以西的山沟里集结待命。然而急切渴望参加战斗的战士们等来的却是中共中央放弃延安的消息，不少战士忍不住失声恸哭。第一营教导员张培给战士们讲清楚了我军退出延安的目的和意义后，战士们的哭声变成喊声，喊声变成宣誓声："为党中央……我们……去收复延安……去……去……"①

二、与敌人周旋

战略性地放弃延安以后，我军将士开始在陕北大地上与敌人周旋，以游击战的形式逐步削弱敌人兵力。我军给予敌人的第一次重要打击就是青化砭保卫战。早在撤离延安之前，毛泽东就预见到敌人在延安扑空后，必定要找我军主力部队进行决战，于是布置西北解放军将主力部队隐蔽在青化砭附近的山沟里，待机伏击敌人。3月25日，部分国民党军队进入解放军伏击圈内，解放军以六倍于敌人的兵力展开猛烈攻击，经一个多小时的战斗，全歼敌军近三千人，活捉其旅长。等到敌人增援部队赶到时，西北野战军已经像一股风一样消失得无影无踪。青化砭胜利的消息，迅速传遍陕甘宁边区，极大鼓舞了战士们的斗志。

接着作者又写了蟠龙镇战役的胜利，这一战役的胜利也完全得益于我军巧妙的战略布局。团长赵劲首先派第一连连长周大勇率军诱敌北上，给敌人造成解放军要过黄河的错觉。周大勇带领战士们与兄弟部队的七八个连队相配合，从蟠龙镇地区出发一路北上，把敌人主力部队十余万人向北牵引了四百里，一直引到绥德、米脂一带，致使蟠龙镇成为一个孤立的据点，为攻坚战创造了有利条件。时机成熟后，彭总下达命令：拿下蟠龙镇！经过周详的准备和勇猛的搏杀，西北战

---

① 杜鹏程：《保卫延安》，北京：人民文学出版社2005年版，第26页。

场第一次激烈的攻坚战斗,在彭总的亲自指挥下,再次大获全胜,又一次给敌人以沉重的打击。

三、历经艰险

战争终归是残酷的,作者除了写我军的胜利之外,也写到我军所面临的各种困难,如敌人的围攻、战士们思想的动摇以及战斗环境的恶劣等。蟠龙镇攻坚战后,一批俘虏被编入革命队伍中,他们不适应解放军的严明军纪,给军队的管理工作带来了一定的困难。被俘虏后编入解放军的宁金山受不了在山里转战游击的苦,一想到没完没了、没死没活的行军以及随时可能遭遇的战斗危险,他就感到无边的恐惧,于是伺机逃跑了。结果他被国民党军队抓住并遭受严刑拷打,多亏游击队得到村民报信后及时相救才使其脱身。后来宁金山辗转回到解放军的部队,得到了大家的宽容与谅解。在解放军部队中他有幸与自己的亲弟弟宁二子相逢并相认,一连串的遭遇让他逐渐坚定了自己的革命信念。

除了新战士思想容易出现动摇以外,老战士也会因为作战条件艰苦或者对作战意图了解得不清楚而出现情绪上的波动。周大勇连队被派往陇东高原打击宁夏匪徒马鸿逵时,部分战士不能透彻理解上级的战略意图,不愿意离开陕北,战斗热情不高,再加上路途遥远、条件艰苦等因素影响,队伍里出现了各种各样不利于战斗的情绪。政工干部们就想尽办法调动战士们的积极性,在行军途中,沿部队行列,每隔五六百米就有一个政治宣传员,他们拉开嗓子给战士们讲新战役的意义和行军中应该注意的事项。团政委李诚向指导员们强调思想政治工作的重要性,并向他们推广新的有效的工作方法。他幽默地把战士脚上磨出的水泡谐音为"炮",鼓励战士用大泡(炮)去战胜敌人。周大勇的连队行军经过沙漠,大家极度缺水,有的嘴唇干裂了,有的开始流鼻血,甚至连马尿,战士们都眼红地瞅着,生怕那混浊的马尿被沙漠吸去。艰苦的行军夺去了一些战士的生命,也使一些战士迅速成长起来。炊事班长孙全厚在行军途中不幸病倒了,他最终为革命献出了自己宝贵的生命。曾经逃跑又归队的宁金山则越来越愿意为他人、为革命多做点事情。他在陇东战役中作战英勇,立了一次大功,还递交了入党申请书。

敌人集结了大量兵力进犯延安,我军经常在人数上处于劣势,面对数倍于自己的敌人,解放军战士没有丝毫的胆怯,他们总是愈战愈勇,创造出一个又一个奇迹。周大勇率领第一连战士向榆林城西门发起攻击时,突然接到撤退的命令。原来敌人的援兵已到,为了保存实力野战军决定全部撤走。周大勇所在连担任掩护任务,执行完掩护任务后,周大勇所率领的连队和主力部队失去了联系,同时遭到敌人的追杀。周大勇把队伍带进一个小村庄,敌人大概有两个团的兵力从东、西、南三面向村子进攻。敌人几十门大小炮把成吨的炮弹向村子里倾倒。战士们寸步不退、奋勇杀敌!他们真正做到了"有什么武器用什么武器。人在阵地在"①。以自己的生命为代价和敌人争夺一尺一寸的土地。哪怕是一间房子、一堵墙、一堆废墟,他们也绝不退让,体现出人民战士的高度顽强和对党的无限忠诚。后来敌人终究把周大勇跟他的战士们压缩到村南段的四座院落中,周大勇安排王老虎掩护,自己带上部队朝东南撤去,王老虎则把敌人带往西北方向。转眼工夫许多敌人从四面八方围上了王老虎和战士们,白刃格斗展开了!战士们英勇无畏,他们牢牢据守自己的阵地,直到用尽最后一点力气。

四、扭转战局

8月中旬西北战局演变得格外复杂和艰险。敌人控制了陕甘宁边区的绝大部分区域;只有在米脂县以北,长城以南,黄河以西,无定河以东,南北三四十里,东西五六十里的一块地方,是全部西北野战军能够自由活动的地区,中共中央机关也在其中。而此时敌人正集结兵力十余万,从南、北两个方向包抄、"围剿"西北野战军。敌军的主要兵力是胡宗南的王牌——整编三十六师,而此时的西北野战军不但兵力很少,而且十分疲劳,又没有粮食吃,敌情非常严重。彭总临危不乱,准确判断出敌军内部分裂不和的劣势,并且从全国总体战局着眼,巧妙安排,在沙家店以东七八里的常高山和三四十里的乌龙堡分别安排兵力,组成"口袋阵",将敌军分割包围,一举歼灭。西北野战军在极其不利的情况下争取到了战争主动权,成功扭转了陕北战局,使陕北同全国各战场一道进入反攻。

胡宗南最能打的主力师——整编三十六师被西北野战军消灭以后,米脂县以北山区的敌人五六万人匆忙向延安溃逃。彭总率领西北野战军主力,分两路追击敌人。周大勇所在团队从敌人侧翼赶插到敌人前头,在敌人逃回延安的必经之路——九里山上构筑工事伏击敌人。我军能直接参加战斗的不过两三千人,却要阻击五六万敌人,而且要阻击六七天,平均一个战士要顶住二三十个敌人,战斗异常激烈残酷。为了更好地阻击敌人,上级派周大勇带三个连插到敌人中间去。周大勇带着战士们从敌人阵地的接合部,插到敌人中间的一片山区。很快一个团的敌人朝着周大勇和他的战士扑来,周大勇带领战士且战且退,当他们退到一个

---

① 杜鹏程:《保卫延安》,北京:人民文学出版社2005年版,第226页。

山梁上的时候,周大勇发现:正面是敌人,后面是望不到底的大沟,右面是悬崖,左面还是悬崖。绝路一条!面对如此险境,周大勇依然保持着自信和镇静,他让一部分战士把绑带和背包绳子都收集起来,拧成一股粗绳子,下到山沟隐蔽起来,等天一黑绕到敌人后边去,向敌人发起突然攻击,自己则带领战士在正面顶住敌人!击退了敌人大小二十余次攻击后,每个战士都只剩下三五发子弹,有的战士只剩下一颗手榴弹了。当周大勇准备带领战士撤退时终于听到敌人后边响起了枪声——援军来了。敌人慌乱了,扭头就跑,周大勇率先跳起来,带领同志们乘胜追击,最终大获全胜。

9月19日后半夜,部队经过延安正东八十里的小镇子甘谷驿,向延安正南五十里的咸榆公路咽喉——劳山插去。半年前延安被敌人侵占,半年后西北野战军陆续收复了延安城郊的很多据点。周大勇升为一营营长,他所带领的营是夺取劳山的突击营。周大勇率领战士们向延安的大门——高耸在天空的劳山进攻了。收复民主圣地延安的日子到了,解放大西北向帕米尔高原进军的日子到了!全国胜利的日子即将到来!作品就在这高昂激越的情绪中圆满结束。

第二节 浴血奋战的革命英雄群像

《保卫延安》以高昂的热情、饱满的笔墨、遒劲的语言,刻画了一组英雄人物群像:其中既有运筹帷幄、远见卓识的高级将领,也有亲临火线、浴血奋战的基层干部;既有普通平凡的革命战士,也有无私奉献的地方百姓。他们虽然身份迥异,责任不同,却有一个共同的目标——保卫延安。

一、卓越的无产阶级革命家

作为解放军在西北战场的直接军事统帅,彭德怀副总司令员既是一位高瞻远瞩、立场坚定的政治家,又是运筹帷幄、镇定自若的军事家,还是俭朴平易、虚怀若谷的人民公仆。作品对彭德怀的刻画虽然着墨不多,却给人留下了深刻印象。他性格鲜明,充分体现出老一辈无产阶级革命家崇高的精神品质,是当代文学塑造我党我军重要领导人光辉形象的一次成功尝试。

彭德怀副总司令员是最忠实于毛泽东的战略思想,并且能将其创造性地运用于实际战斗指挥的我军高级将领之一。在延安保卫战中,作为西北战场的具体指挥者，彭德怀副总司令员透彻领悟党中央、毛主席的战略思想，对整个战局有全面准确的分析。在国共两党殊死较量的历史关头，面对声势浩大、步步紧逼的敌人，彭总始终根据党中央的战略思想排兵布阵，亲自指挥西北野战军，全面歼灭数十倍于己的敌人，使我军成功摆脱了万分艰险的处境，将陕北战局由战略防御扭转为战略反攻，同全国各战场一道进入历史性的大反攻。彭德怀副总司令员是毛泽东军事思想的体现者，党中央英明决策的执行者，他率领西北野战军创造出伟大的历史战绩，体现出老一辈无产阶级革命家坚定鲜明的政治立场和卓绝坚实的革命素养。

作品充分展示了彭总镇定自若、雍容大度的军事指挥才能。在沙家店战役中，面对气势汹汹的胡宗南王牌军——整编三十六师，彭总没有贸然出击。他从全国整体战局出发，客观冷静地分析敌我双方的形势，并且在广泛听取各方面意见的基础上，提前准备好了应付各种变化的多套方案。根据陕北气候变化快、战局变化更快的作战特点，彭总及时依据最新的天气状况以及敌军动向调整战略部署，终于完全按照我军的作战意图将敌军分割包围，装进我军提前准备好的"口袋阵"进行重创。

值得注意的是，彭总的从容不迫并非傲慢轻敌，而是以严谨细致、周到详尽的充分准备为前提。他熟悉敌人，就像熟悉他自己的十个手指一样。他准确了解刘戡与胡宗南、钟松不和，敌军内部四分五裂、各自为政的复杂关系，并判断出钟松因增援榆林自认为立下大功，骄傲狂妄、轻视我军的性格特点，制订出相应的作战计划。有时候他心里早就有了一套作战计划，但依然不断地让大家讨论争辩，并在讨论争辩中毫不遗漏地吸收各种有益的意见。尤其是对那些和自己的作战计划相反的意见，他更是集中精力特别专注地侧耳静听。他多次反复提醒各级军事指挥员和政治工作人员："不能有丝毫大意，战斗前须有确切的计划，周详的准备——战斗胜利是充分准备的结果，严格的检查——把战士们的每一颗子弹和每一根鞋带都要检查到。"① 他高瞻远瞩、气定神闲的指挥风度显示出洞察一切、深思熟虑的军事战略家的恢宏气概。

作为一名德高望重的党员干部，彭总又质朴谦和、真诚敦厚，具有模范共产党员平易近人、虚怀若谷的高尚品德。他喜欢坐在树下，用陕北的方言土语和老乡们聊天，了解当地的风俗人情；他会耐心地帮邻家的小娃子绑好鞋带，或者擦

---

① 杜鹏程：《保卫延安》，北京：人民文学出版社2005年版，第73页。

一擦鼻涕，甚至还允许小娃子们趴在自己的背上，数自己的白头发；他还会热心地让淋雨的部下脱下湿衣服，换上自己的干棉衣。他诚心诚意地把自己当作"扫帚"供人民使用，甘心情愿做人民的勤务员。"我们要像扫帚一样供人民使用；而不要像菩萨一样让人民恭敬我们，抬高我们，害怕我们。菩萨看起来很威严、吓人，可是它经不住一扫帚打；扫帚虽然是小物件，躺在房角里并不惹人注意，但是每一家都离不了它。"① 彭总是典型的和善慈祥、可亲可敬的人民公仆的代表。

二、在战斗中成长的英雄典型

《保卫延安》这部作品塑造的另一位知名的人物形象是在战斗中不断成长起来的英雄典型——周大勇，这是一位"浑身每个汗毛孔里都渗透着忠诚和勇敢"② 的革命英雄。

周大勇的忠诚首先源于他独特的人生经历。他曾经有过温馨幸福的童年，可是父亲、母亲和哥哥都为革命事业英勇牺牲了，成了孤儿的他十三岁便参加了红军。作为一名孤儿，周大勇除了自己的部队就没有另外的家，他也不相信还会有比部队更好的另外的家。在周大勇的心目中，除了党、人民、祖国以外就再也没有别的什么了。对他来说，唯一快乐光荣的事情就是为人民而战斗。他在内心深处始终将自己和人民、党、部队密切联系在一起，他是一名对党无限忠诚的革命战士。

周大勇的忠诚还源于他勤思敏学、不断进取的性格。虽然上学不多，但周大勇却很爱读书。即使战斗再紧张、再辛苦，他也要坚持学习。他读完了《铁流》等书，还坚持写日记，不断总结反思自己的言行，督促自己不断提升。他敬佩政治委员李诚的举止风度，有意识地模仿他的一举一动，努力让自己变得稳重成熟。当保卫延安的战斗打响时，虽然周大勇只有二十四岁，可他早已是经历过长征，参加过抗日，有着十多年战斗经验的"年轻的老革命"③ 了！

对党和革命的无限忠诚使周大勇成为具有钢筋铁骨般魄力和意志的人。在战斗中，周大勇所率领的连队总是冲在最前面，承担着最艰巨的战斗任务。攻打榆林时，因为担任掩护主力部队撤退的任务，周大勇所率领的连队和主力部队失去了联系，又遭到敌人的追杀，处境万分危急。周大勇强压住内心的焦躁与不安，

---

① 杜鹏程：《保卫延安》，北京：人民文学出版社2005年版，第339页。
② 杜鹏程：《保卫延安》，北京：人民文学出版社2005年版，第133页。
③ 杜鹏程：《保卫延安》，北京：人民文学出版社2005年版，第33页。

努力保持勇敢和镇静，以无比的刚毅勇猛、机智沉着，指挥战士在敌群中左冲右突，终于杀出一条生路。

对党和革命的无限忠诚使周大勇真挚地关爱每一位战士。他熟悉自己连队中每一位战士的脾气性格、身世经历、技术特长。在无数次猛烈而残酷的战斗里，周大勇的血和战友们的血逐渐凝聚到了一起。他曾经用自己的洋瓷碗给受伤的战士接过尿，也曾经在战士熟睡以后用棉花蘸了热水轻轻擦洗战士干裂的、渗出血珠的脚跟，还曾经在战友身负重伤、奄奄一息的时候，把自己的破衣服解开，把战友抱在怀里，用自己的胸膛温暖战友的身体。周大勇不仅把自己的体温传到战友身上，更希望把自己的生命也分给濒临死亡的战友。周大勇和战士们是心连心的，战士们的欢乐就是周大勇的欢乐；战士们的痛苦就是周大勇的痛苦。谁要伤了战士们一根汗毛，周大勇就会和他拼命。

周大勇是在党的教育下，在紧张的战斗中，在严酷的环境下，成长起来的人民英雄。作为一名无产阶级钢铁战士，他既有大智大勇、凌厉顽强的性格特征，又有为人民解放事业赴汤蹈火、勇于牺牲的奉献精神。

三、部队政工干部的模范代表

冯雪峰曾经高度评价团政委李诚这一人物形象，认为他是当代文学史上最早出现的刻画得比较成功的优秀政工干部的代表。李诚的言行举止既体现了我军注重政治工作的优良传统，又展现了我军政工干部觉悟高、责任心强的精神风貌。

李诚是我军政工干部坚苦卓绝、无私奉献精神的典型代表。他总是不知辛苦、不知疲倦地工作着。他会利用行军、休整、汇报等一切机会观察、了解战士们的思想动态，及时发现战士们身上发生的任何一个小问题、一件小事情，甚至是情绪上的一点小变化。在夜行军时，他可以从行军速度的急缓上，识别出自己所负责的每一个连队。部队宿营的时候，他能从脚步声听出窗外走过的人是谁。李诚第一次看到一个新战士，就会问清他的名字、成分，并且观察他身材、脸膛上的特点，并在心里默默记住问到和看到的一切。因此，全团有一个月军龄的战士，李诚就可以叫起他的名字；有两个月军龄的战士，他就能说出他的出身、年龄、籍贯、一般的思想表现；说到老战士，那他连他们的脾气、长处、习惯、立过什么功，都能一清二楚地说上来。他真正做到了像了解自己的十个手指头一样了解每个战士！

李诚还有很高的政治素养。他能从战士们的面容、眼色、笑声，甚至是看似无关紧要的话语当中，敏锐地觉察其思想的动态；他能迅速把握到事物的内涵与本质，用简单生动的话语把我军的作战原则给战士们讲清讲透；他的指示总是迅速、准确、使人信服。他会帮助战士克服恐惧畏难情绪，也会把战士阶级仇恨的怒火拨得更旺！他是战士思想情绪的体温计，也是开启战士心锁的钥匙。当战士们在他的帮助下，克服了思想或情绪上的某个难题后，他们胸中便会有一种感情在回荡。这种感情不像打了胜仗以后的那种欢乐，也不像当了英雄出席庆功会那样高兴，这是一种把人推向思想高处的更严肃更深刻的感情。

通过开展各项思想政治工作，李诚使战士们明白了作战的意义、部队的军事与政治目标以及每一名战士所应承担的使命与责任。由此部队建立起铁的组织纪律，而战士们也获得了一种精神力量，这种纪律性和精神力最终转变成战场上的战斗力，使我军能够击败军事装备等方面强于自己的敌人取得最终胜利。可以说，以李诚为代表的政工干部们最生动地说明了"为什么党的政治工作是我们部队的生命和胜利的保证，以及怎样地使它成为部队的生命和胜利的保证"[1]。政工干部类人物形象的塑造所要体现的是"党指挥枪"[2]这一人民军队的基本原则，对这一原则的书写正是十七年革命历史小说最重要的文学使命之一。

第三节　战争文化规范下的革命史诗

《保卫延安》是当代文学史上第一部大规模正面描写解放战争的长篇小说，作品既深刻揭示了延安保卫战之所以能够取得胜利的根本原因，又充分展示了我军将士为誓死保卫延安而浴血奋战的革命英雄主义精神。作为新中国"史诗性"长篇小说的开拓之作，这部作品"比较完整地体现了战争文化规范下的审美特征"[3]，在文学史上具有特殊的价值和意义。

一、全景式的军事画卷

"歌颂革命战争，并通过描写战争来普及现代革命历史和中共党史"[4]，是新

---

[1] 冯雪峰：《论〈保卫延安〉》，载牛运清主编《长篇小说研究专集》（上），济南：山东大学出版社1990年版，第358页。
[2] 毛泽东：《战争和战略问题》，载《毛泽东选集》（第2卷），北京：人民出版社1991年版，第547页。
[3] 陈思和、李平：《关于五六十年代战争题材小说的创作》，《唯实》1999年第10期。
[4] 陈思和、李平：《关于五六十年代战争题材小说的创作》，《唯实》1999年第10期。

中国成立初期文学创作领域最为重要的创作理念之一。在谈及创作历程时，杜鹏程曾经感慨："这一场战争，太伟大太壮烈了。随便写一点东西来记述它，我觉得对不起烈士和战争中流血流汗的人们。"① 为了更全面、深刻地反映战争全貌，杜鹏程仔细翻阅了毛主席的《中国革命战争的战略问题》，部队上关于历次战役和战斗总结的油印小报以及新华社在各个时期关于战争形势所发表的述评及社论。他不满足于就事论事，只是孤立地描写一些具体的战斗，而是将整个西北战场乃至全国各战场看作一个整体。把延安保卫战置于全国战争的大背景中，通过与刘邓大军挺进大别山、陈谢大军东渡黄河等军事行动相呼应，凸显了延安保卫战对于整个中国政治、军事走向的重要意义，展现了我党、我军领导人胸怀天下的军事眼光与果敢勇毅的军事决策能力。

全书以一个连队的军事活动为主线，记录了西北野战军从1947年3月到9月的战斗历程。3月该连队奉命从山西中部出发奔赴延安，于19日经过延安正东八十里的甘谷驿小镇。历经半年多的浴血奋战，9月19日该连队准备收复延安时，再次途经甘谷驿小镇。全书首尾呼应，较为完整地呈现了延安保卫战的全过程。在半年多的时间内，该连队参加了青化砭、蟠龙镇、榆林城、沙家店、九里山等大大小小数十次战斗。从延安周边到陇东高原，从黄河两岸到长城沿线，战士们的足迹几乎遍及整个陕甘宁边区。跟随战士们的转战奔波，作品也获得了较为开阔的叙述空间。

全书以描写战争为主要内容，一场战斗紧接着一场战斗，线索清晰，重点突出，充分展示出战斗的激烈与残酷。作品中的战斗类型丰富多样，青化砭是伏击战，蟠龙镇是攻坚战，长城线上是突围战，沙家店是歼灭战，九里山则是阻击战……与战斗类型的丰富多样相应和，作者也采用了多种叙述手段来描写不同的战斗。青化砭伏击战是西北野战军撤出延安后取得的第一个大胜仗，作者重在写伏击前的战斗准备和战士们等待敌人进入伏击圈的紧张心理，突出了毛主席的远见卓识和战士们对战斗的渴望。蟠龙镇是攻坚战，为了确保战斗胜利，必须把敌人主力引走，减少蟠龙镇的驻守兵力。周大勇担任了率领战士把敌人主力引到绥德地区的战斗任务。作者着重描写了有趣而重要的诱敌任务，突出了延安保卫战的运动特色，强调了我军的战略思想，对蟠龙镇战斗则采用了听别人讲述的侧面描写手法。陇东战役重点写长途跋涉的辛苦，尤其是沙漠极端地理环境对战士们

---

① 杜鹏程：《〈保卫延安〉重印后记》，载《保卫延安》，北京：人民文学出版社2005年版，第431页。

的考验;长城线上的突围则表现与大部队失去联系后,孤军作战的周大勇及战士们勇猛强悍,乃至富有传奇色彩的英雄壮举;沙家店歼灭战强调了彭总司令洞悉一切、巧妙布局的英明睿智;九里山阻击战则描绘了战士们以一当十的英勇顽强和战斗的艰苦卓绝。

虽然《保卫延安》全书只写了战争场面,可是作者却利用战斗类型的变化形成叙述节奏的变化,有效增强了作品的可读性。作者用鲜活的实例和生动的描写雄辩地证明党中央、毛主席对整个战局的透彻分析和英明决策,彭德怀副总司令员的正确部署和镇定指挥是这次战争胜利的关键。作者借助全面而翔实的战争描写,很好地实现了通过描写战争的胜利歌颂中国共产党的胜利的写作意图,强化了作品的政治功能。

二、革命英雄主义基调

如果说毛泽东思想和我党的军事路线是延安保卫战取得胜利的关键,那么中国人民解放军"压倒一切敌人而决不被任何敌人所屈服"[①]的英雄气概则是延安保卫战取得胜利的有力保障。在《保卫延安》中,杜鹏程借助完美型英雄人物的塑造把这种英雄气概表现得淋漓尽致,全书洋溢着激昂豪迈的英雄主义和乐观主义基调。

书中的一系列英雄人物,不管是运筹帷幄的将领、身先士卒的指挥员、英勇顽强的战士,还是无私奉献的百姓,无不有着崇高的目的、坚定的信念和一往无前的性格。他们勇敢、机智、顽强,对党有着充分的信任,对未来充满信心。不管是面对数十倍于己的敌人,还是身陷沙漠、悬崖等绝境,他们总能沉着、镇定地去应对,并且最终凭借必胜的信念和高昂的气势,将矛盾彻底解决。他们所拥有的非常人可比的智慧、胆略和技能,使他们具有浓郁的传奇色彩,成为典型的理想化、浪漫化的革命英雄。他们和愚蠢、傲慢、涣散的敌人形成鲜明对比,因此虽然他们暂时处于劣势,但最终必将化险为夷、取得胜利。在敌我力量的斗争角逐中,作者体现出鲜明的二元对立的思维模式。

作品中的英雄人物还普遍拥有鲜明的集体观念和绝对的服从意识。部队的集体生活和频繁展开的一场场战斗将他们的个体意识慢慢挤压、磨平,逐渐消融在对集体利益的服从、保护和捍卫中。为保卫革命圣地延安而战让他们感到无比的

---

① 毛泽东:《论联合政府》,载《毛泽东选集》(第3卷),北京:人民出版社1991年版,第1039页。

光荣和自豪。他们乐意从"大我"出发,借集体目标的达成实现自身的生命价值。他们性格单纯,内外一致,即使要经历从不够成熟到真正成熟的成长过程,内心也不会出现太多的纠结与矛盾。他们所面临的困难和挑战基本上都来自外部,不会因为因袭了旧时代遗留下来的沉重精神负担而进行自我灵魂的搏斗。作者借助英雄的塑造更多的是要传达时代情绪,承载政治使命,而不是借人物进行文化的剖析或者人性的关怀。

完整的全景式的战争描写和完美的带有传奇色彩的英雄人物的塑造,使《保卫延安》的叙事格调呈现出激扬豪迈、炽烈浩荡的美学特点。作品所彰显的阳刚之美与浩然正气构成了我国当代军事文学的革命英雄主义的起点。

延伸阅读资料:

1.冯雪峰:《论〈保卫延安〉》,载牛运清主编《长篇小说研究专集》(上),济南:山东大学出版社1990年版。

2.王德威:《战争叙事与叙事战争》(上)(下),《扬子江评论》2015年第6期、2016年第1期。

思考题:

1.冯雪峰称赞《保卫延安》是关于"一次具有伟大历史意义的有名的英雄战争的一部史诗"[①],如何理解这里的"史诗"性?

2.谈一谈《保卫延安》中彭德怀这一人物形象的塑造特点及其意义。

[①] 冯雪峰:《论〈保卫延安〉》,载牛运清主编《长篇小说研究专集》(上),济南:山东大学出版社1990年版,第358页。

第二章 《红日》品读

作者简介及创作背景：

吴强（1910—1990），江苏涟水县人，原名汪大同。20世纪30年代，吴强开始文学活动；1933年春，在上海加入中国左翼作家联盟；1938年，在皖南参加新四军，从事文化宣传教育工作；1939年，加入中国共产党。解放战争中，吴强参加了莱芜、孟良崮、淮海、渡江等著名战役，积累了丰富的战争生活素材。小说《红日》的创作构思开始于全国解放之初，动笔写作于1956年，1957年完稿，同年由中国青年出版社正式出版发行。

第一节 大规模战役的文学经典

《红日》所讲述的是解放战争第一年，华东战场上几次重要战役期间我军指战员的战斗生活。从1946年11月到1947年5月，在前后约半年的时间中，我军某部先后经历了第二次涟水战役的暂时失利和莱芜战役的转折性胜利，最终该部在孟良崮战役中全歼蒋介石的所谓"王牌军"——整编七十四师，获得了辉煌的战绩。在艰难曲折的战斗过程中，我军指战员众志成城、奋勇杀敌，涌现出许多可歌可泣的人和事。

一、第二次涟水战役

作者采用欲扬先抑的手法，首先从第二次涟水战役的失败写起。1946年深秋，国民党"王牌军"——整编七十四师多次向我华东解放区发起疯狂进攻。由于敌人的攻势过于猛烈，我军战士不得不在坚守了八天八夜之后，含着眼泪与自己精心构筑的战壕和掩体告别，陆续向北撤退。主力团八连四班班长杨军所率领的班共有十二人，其中七名战士不幸牺牲，杨军自己也身负重伤被送到了野战医院，班里的另一名共产党员张华峰自觉承担起代理班长的职责，带领班里剩下的三名战士一起撤退。大部分人员撤退到安全地区后,部队对编制进行了大的调整。主力团的团长兼政治委员苏国英牺牲了,原副团长刘胜升任团长,知识分子出身的陈坚出任团政治委员。原四班战士张华峰代替杨军担任四班班长,秦守本担任新组成的六班班长。

队伍继续不断向山东地区撤退,战士们对江南的山水依依不舍,对山东连绵不断的高山产生了畏惧心理,也普遍吃不惯山东的煎饼,情绪都比较低落。作者用了较大的篇幅写了人们情绪上的变化。首先,军长沈振新在涟水战役之后就一直心绪不佳,参谋长朱斌派警卫员李尧到野战医院把沈振新的妻子黎青叫了回来。因为部队工作有所进展,又因为黎青的细心宽慰,沈振新的情绪好了很多。再者,普通战士的情绪也逐渐趋于稳定。六班班长秦守本批评了新战士王茂生的家乡观念,两人之间生出一些嫌隙,新战士孙福三则干脆开了小差,班里出现的一系列问题让班长秦守本感到压力很大。他到四班班长张华峰那里取经,张华峰让他像老班长杨军那样无微不至地关心战士们。秦守本接受了张华峰的建议,深夜执勤时,他主动和王茂生聊起了家乡以及各自的亲人,建议王茂生给新婚的妻子写封信,两人之间的裂痕得到了修补。战士们利用作战间隙开展休整、训练工作,军长沈振新、师长曹国柱参观了刘胜团的实战演习,全军上下为迎接新的战斗做好了充分准备。

二、莱芜战役

当作者开始转入对莱芜战役的叙述时,作品的笔调逐渐明朗起来。首先军部召开了团级以上干部会议,军长沈振新介绍了战斗形势:敌人正以沂蒙山区为中心,以近三十万的兵力分南北两路向我军发起夹击,妄图把我华东野战军一举消灭。根据敌情的变化沈振新部改变了原先的作战计划,他将原定向南跟张灵甫的七十四师再次交锋,改为向北先收拾王耀武、李仙洲等国民党军队。部队根据上级要求日夜兼程赶往莱芜以北吐丝口地区,副军长梁波负责先遣工作。他带着侦察营战士刚到达新的工作地点羊角庄,就接到了部队提前行动的电报,这无疑给先遣工作带来了沉重的压力。经过八个钟头的努力,大部分先遣工作都已顺利完成,同时梁波还在羊角庄偶然遇到了分别两年多的华静,经过一番热烈的交谈之后,他们加深了对彼此的美好印象。所有这一切让梁波颇为兴奋,他有一种胜利的预感。

莱芜战役打响了,根据华东野战军的总体部署,沈、丁部队负责包干歼灭驻扎在吐丝口的九千名敌人。经过两夜一天的搏杀，战斗进入僵持状态，还有三分之二的敌人没有被消灭。而此时华东战场上南线的二十多万敌人，已经越过临沂不顾一切地向我军逼压过来，战斗必须速战速决。代号"五〇一"的野战军司令员兼政治委员陈毅，要求沈振新部在第二天中午十二点钟以前结束战斗。军长沈振新决定启用预备部队——刘胜、陈坚团，由该团组织一支突击力量，冲破敌人的火力网，楔入敌人的心腹，从里向外接应大部队的进攻。刘胜、陈坚团的战士们冒着牛毛细雨摸黑进入敌人的胸腹阵地，到第二天早上七点多钟，在该团的攻击范围以内，还有敌人一个师部指挥所和其东西两边的两个大碉堡没有解决。正在这时，副军长梁波电话告知刘胜，莱芜的敌人决定向吐丝口突围，吐丝口战斗要提前到九点钟，至迟到十点钟解决。经过协商，刘胜、陈坚决定先集中火力端掉敌人的团部，经过一阵冲杀，敌人的一〇七团团长率众投降，师长何莽却化装成伤兵逃走了。

驻守在莱芜城内的李仙洲试图突围回济南。他领兵离开莱芜城，在半路遭到华东野战军的伏击。刚刚攻下吐丝口镇的刘、陈团的战士们，在吐丝口苦战了一夜半天之后，又迅速投入新的堵击李仙洲的战斗。在巨大的胜利情绪的鼓舞下，战士们丝毫不感觉疲劳、饥渴和伤痛，他们勇敢无畏、充满激情，战斗取得了前所未有的巨大胜利。全军在六十五个小时内，歼灭、俘虏蒋介石匪军六万余人。其中石东根连出了两个英雄班：秦守本班捉了敌军一个师长、一个营长、四百二十一个俘虏兵；张华峰班捉了五百一十八个俘虏，里面有一个副团长、一个营长、一个副营长，全连一共捉了一千多个俘虏。人们沉浸在胜利的巨大喜悦之中，黎青给沈振新写了一封厚厚的家信，还捎来一小瓶蒸咸菜；梁波与华静的关系也进一步明确了。

石东根穿了国民党军官的衣服醉酒纵马，被军长沈振新严厉地批评了一顿。回到连里，他下令全连戒酒，还把刚刚缴获的一块崭新的防水手表也主动交了公。文化教员田原精心整理的战斗总结考究漂亮，得到上级领导的高度肯定，石东根上交的手表也予以归还。后方医院的杨军养好了伤准备归队，热心的战友帮他在余大娘家借了房子，让他和妻子阿菊重温新婚的甜蜜。杨军买了梳子、镜子等物品送给阿菊，阿菊为杨军和他的战友做了四双鞋子，两人依依惜别。

三、孟良崮战役

作者用欢快、喜悦的笔调描述了莱芜战役的转折性胜利后，进入对最后决战的描述。蒋介石重新集结兵力，以七十四师为核心向我沂蒙山区展开大举进攻。沈、丁部队没有直接从正面迎击敌人，而是根据华东野战军前委的战斗部署，冒雨插到鲁南敌后，作为诱饵诱敌上钩。在沙河岸边，战士们正在帮老百姓抢收麦子，突然接到军令：急行军一百二十里，在夜里十二点以前赶到垛庄一线，卡住敌人的喉咙，完成对七十四师的包围。总共还有不到十个钟头的时间，部队紧急集合，立刻出发！两万多人马要在最短的时间内渡过两里来长、一百五十米宽的沙河，任务紧急而艰巨。战士们有的游泳过河，有的骑马过河，有的则是乘坐木排过河。为了更快地制作更多的木排，地方上的干部们带领老百姓下门板、拆房子，投入了巨大的工作热情。石东根连负责护送军部过河，军长沈振新乘坐的木排驶到中流时，触上河心的礁石翻掉了，杨军救起了落水的军长，警卫员汤成被洪水吞没了。经过六个半小时的长途山地急行军，刘胜、陈坚团在十点半到达了垛庄，迅速抢占了敌人的二四○高地。这样蒋介石的特等精锐部队——整编七十四师，就在人民解放军的引诱下，脱离了敌人第一线主力八个师的整体，陷入我军几十万人的包围圈中。

太阳刚刚落山，人民解放军就向被缚在口袋里的七十四师发起了猛烈攻击。重新归队担任二排副排长的杨军配合排长林平，从左、右两翼冲上了敌人的三八五高地。到午夜十二点半，石东根连完成了夺取敌人两个高地的艰巨任务。第二天黎明，张灵甫严令敌人用最猛烈的炮火夺回昨夜失去的几个高地，但此时他们已经陷入解放军的包围圈，仅靠从南京、徐州来的空运、空投获得补给，敌军士兵因战事的危急和饥饿开始恐慌起来。战斗进行了三天三夜，当刘胜、陈坚团的两个营夺取了敌人在孟良崮西北方最后仅剩的六○○高地后，孟良崮已经完全暴露在人民解放军的攻击火力之下。然而敌人的外围后援部队也已经逼近到了距离孟良崮只有二十五公里的地方，战役进行到了最后的决斗阶段，华东野战军司令员兼政治委员陈毅和副司令员粟裕亲自打电话督战。1947年5月16日黎明时分，对国民党匪军七十四师的残余力量和他们占据的最后一个高峰——孟良崮的最后攻击宣告开始。战士们以锐不可当的气势，如汹涌的波涛一般冲向孟良崮的高峰。在孟良崮山头背后，离山头一百多米的一个小山洞里，七十四师师长张灵甫被解放军战士的枪弹打死在自己的指挥所里。疯狂一时的整编七十四师——蒋介石匪军最大的一张王牌，被彻底消灭了，胜利的红旗插在了沂蒙山孟良崮的最高处。

第二节　人物塑造的虚与实

在回忆《红日》的创作经历时，吴强说自己曾经设想过要摆脱史实的限制，完全从文学角度建构作品的内容情节、人物形象等，但是后来他并没有这样做，而是以战史为基础，在尊重基本史实的基础上进行一定限度的虚构。因此，《红日》这部作品呈现出"我不是写战史，却又写了战史，写了战史，但又不是写战史"①的风格特点。作者在人物塑造上突破了当时许多创作观念的限制，不是简单刻意地将人物拔高或者贬低，而是利用虚实结合的手法，在写出我军将士的英雄气概和敌军的色厉内荏的同时，尽量贴合现实生活的原貌，使作品中的人物更加丰富、立体、真实。

一、建构多层次的人物群像

《红日》取材于解放战争期间华东战场的战争史实，作者以大兵团作战的正规战役为主要表现对象，以涟水、莱芜、孟良崮三大战役为线索，记录了我军在华东战场上由战略防御转为战略反攻的历史性过程。作品所表现的战争规模之大，涉及层面之广，在我国战争文学的书写历史上是较为少见的。

为了更全面、深入地反映大规模现代战争，作者既不像古代章回小说那样，只写上层的高级军事首脑，也不像同时期其他革命战争小说那样，将着墨重点放在连队，主要写下层的军官士兵，而是将笔触从军、师、团一直延伸到连、排、班，重点截取了军、团、连、班四个层面，形成有点有面、点面结合、较为系统的人物关系结构。作者在整个华东野战军中以一支有着七战七捷光荣历史的军队作为主要表现对象，塑造了军长沈振新、军政治委员丁元善、副军长梁波等多位军一级高级将领形象，在该军中作者又着重塑造了团长刘胜、连长石东根，以及班长杨军、张华峰、秦守本等中下层军官和士兵，再加上在后方医院和地方上工作的医护人员和干部以及国民党部队的官兵，作品中的人物繁多而不杂乱，他们从不同角度、不同层次展示着战争的全貌。

同为军级干部，沈振新性格坚毅，丁元善性格沉稳，梁波则性格爽朗、谈吐幽默，三个人性格迥异，恰与其身份地位、担负的职责以及生活经历相映衬，以性格互补的形式协同完成全军的战斗指挥任务。属于上下级关系的团长刘胜与连

---
① 吴强：《红日》，北京：中国青年出版社2009年版，第2页。

长石东根都是火暴脾气，他们性格较为相似却又有所不同：刘胜性格耿直勇猛，渴望战斗，像个猛张飞；石东根则性格急躁轻率，情绪波动较大，像块未经打磨的硬石头。他们在合作与冲突中展现着自己性格的变化与成长，也反映着整个部队的不断发展与壮大。

正是通过这样多层次、多风格的人物群像的塑造，作品对战争的反映"广阔而不粗疏，真切而不冗繁"①。读者一方面可以通过有序的人物结构及其变化，感受到战争的规模以及敌我双方的力量对比；另一方面又可以通过具体的人和事感受到战争的激烈与残酷。宏阔的视野与生动的细节相互融合，体现出较高的艺术水准。

二、塑造立体化的人物性格

作为一部革命战争题材的小说，《红日》首先重点表现了我军将士的军事才能，比如，军长沈振新就是一位战功卓著的将军。在抗日战争初期，他曾带领士兵粉碎过日本鬼子十一路围攻的"大扫荡"，获得了"老虎团"团长的威名。在孟良崮战役里，面对自己的老对手、装备精良的整编七十四师，沈振新镇定自若、从容应对，充分表现了坚毅、果敢、惯于打硬仗的性格特点。他坚定地要求战士们一定要全歼敌人，争取圆满的胜利，决不能让敌人逃掉哪怕是极小的一部分。在战斗的最后时刻，他命令战士们不停歇地往上冲，绝不给敌人还手的机会！"炮不停，枪不歇，人也不停、不歇！不要留家底子！统统统统投上去！"②他还指挥战士们集中力量，不用管什么作战分界线，要想尽各种办法率先攻克张灵甫的指挥部。最后他凭借丰富的战斗经验和志在必得的豪情以及势如猛虎的气概，终于全歼蒋介石的王牌军队——整编七十四师，报了第二次涟水战役失利的一箭之仇，尽显我军高级将领的英雄本色。

另外，沈振新作为一名高级军事将领不仅会带兵打仗，而且善于处理各种社会关系，是一个情感极为丰富的人。第二次涟水战役失利之后，他夜不能寐，对着牺牲的战友——团长苏国英的照片出神，沉痛怀念他们曾经在一起并肩战斗的日子，表现出深沉的战友之情。莱芜大捷后，对犯了错误的部下石东根，他既严厉批评又热情帮助，用写战斗总结的方式逼着头脑简单、容易冲动的"石头块子"多读书、多学习，督促他成长，表现出上级对下级温厚的关切之情。对自己的妻子，大战临行前，他用交换钢笔留作纪念的方式表达对对方的牵挂与思念；

---

① 潘旭澜：《〈红日〉艺术成就论辨》，《文学评论》1982年第12期。
② 吴强：《红日》，北京：中国青年出版社2009年版，第392页。

大战胜利后,他又用围戴妻子亲手织的围巾的方式,默默地与远在后方的妻子分享内心的快乐……显而易见,沈振新不仅是叱咤风云的将军,更是有血有肉、有情有义的活生生的人。

正是借助带有浓郁情感色彩的细节描写,作者的笔触穿过冲锋陷阵、格杀搏斗的战争场面,延伸至人物的日常生活,甚至是内心世界。这就使得作品中的人物在具有雄壮威武、严肃冷峻的军人风采之外,也具有了普通人的喜怒哀乐、七情六欲。正如鲁迅所说:"战士的日常生活,是并不全部可歌可泣的,然而又无不和可歌可泣之部相关联,这才是实际上的战士。"① 正是借助对战斗之余的日常生活的描写,作者突破了英雄塑造的框架,使人物不再是单一的、概念化的,而是多元立体、富有生活趣味的。他们是真正源自现实生活的有自己个性、千差万别的活的人,而不是干巴巴的偶像或模型。

三、突破模式化的角色定位

真实、深刻地塑造敌军将领,也是《红日》在人物塑造上的一个突出特点。吴强曾说:"多年的战争历史教育了我们:对于我们的敌人,应当蔑视却又必须重视。我想,在我们的作品里,一旦要他们出现,就要对他们着意地真实地描写,把他们当作活人,挖掘他们的内心世界,绝不能将他们轻轻放过。"②

国民党七十四师师长张灵甫是作者重点塑造的人物形象之一,也是十七年小说中塑造得比较成功的反面人物。作者把他放在不断变化的战局中,层层深入地解剖他的灵魂,展示了他性格的多重性。作为王牌师师长,张灵甫精明强干,有着出众的指挥才能和老到毒辣的战略眼光。他嘲讽胡宗南占领延安只是得了一座空城,指出"战争,最重要的是消灭敌人的实力!我们跟共产党打了二十年,不明智之处,就是得城得地的观念太重,不注意扑灭敌人的力量"③。其军事才能明显高于国民党其他将领。在与沈振新军这个勇猛的老对手第三次交锋前,他气焰嚣张,叫嚣着要彻底消灭对手,一举解决山东战局。但是当他得知作为后门的垛庄已被堵死,二四〇高地已被对手夺走时,内心深处不由得出现了不祥的预感。不过他并没有因此而完全丧失自信,而是带着赌徒的心理,计划主动发起全线进攻,妄想拼死一战创造一次惊人壮举,用战果证明自己国军第一主力的实力。当战争

---

① 鲁迅:《"这也是生活"》,载《且介亭杂文末编》,北京:人民文学出版社2006年版,第144页。
② 吴强:《红日》,北京:中国青年出版社2009年版,第3页。
③ 吴强:《红日》,北京:中国青年出版社2009年版,第342页。

进行到最后，解放军战士攻到他藏身的山洞时，他仍然强作镇静，企图用诈降的手段逃脱败亡的命运。正是通过细腻描摹张灵甫在战斗过程中思想、情绪的不断变化，作者将其忠于蒋家王朝、顽固不化，希望创造奇迹却又力不从心，具有一定的军事才能，却因过于骄横狂妄而变得盲目愚蠢的矛盾性格呈现得淋漓尽致。

另外，作品中的其他国民党军官也基本可以说是个性鲜明，性格突出，能够给人留下深刻的印象。比如，固守吐丝口的新编三十六师师长何莽，性情鲁莽、残暴、顽固，他枪决了丢失阵地的下级军官，还下令各个团组织掩埋队，将死了的士兵就地掩埋，重伤的士兵则秘密活埋，场面惨烈到令人毛骨悚然。而国民党第二绥靖区副总司令李仙洲则是怯懦、愚顽性格的代表。在莱芜战役中，他张皇失措、进退失据，一再延误战机，最终致使两个军共计五万余人在三天内被全歼，其本人也成为解放军俘虏，留下了"就是六万头猪，三天三夜也捉不完呐"[1]的笑柄。

可以说，作者基本是在战局的发展变化中，在生死攸关的战略决策中，层层深入地解剖国民党将领的内心。他没有将敌军将领漫画化、公式化、简单化，而是真实地表现出他们的反革命立场与本质，客观地呈现他们的军事力量与才干，写出他们既忠于蒋家王朝，顽固不化，又贪生怕死，在关键时刻发生动摇的性格特点。正是这种客观、认真的写作态度和细致入微的创作方法，使这些反面人物也具有了独特的审美价值。

第三节　英雄赞歌中的人性美、人情美

《红日》发表于1957年，是继《保卫延安》之后又一部大规模正面描写解放战争大兵团作战的文学经典。与《保卫延安》一样，作者也是被炮火与鲜血中无数可歌可泣的动人故事所感染，带着强烈的使命意识和明显的革命目的进行创作的，因此"为英雄而歌、为胜利而唱"[2]便成为作品最为突出的美学特征。然而作者又不满足于仅仅叙说一些动人心魄的故事，他在描绘激烈残酷的战争场面之外，又将笔触伸向日常生活，通过战友之情、军民之情、儿女之情等，多层面、多方位地写出人性、人情之美。由此作者为战争文学的创作开拓了新的天地，使

---

[1] 郭晔旻：《〈红日〉文学史上的大兵团作战经典》，《国家人文历史》2021年第6期。
[2] 吴延德：《高唱英雄之歌与追寻人情之美》，《丽水师专学报》1995年第3期。

浓烈却略显单一的英雄主义基调变得丰富多彩起来，同时在一定程度上揭示了中国共产党之所以能够取得解放战争胜利的历史规律。

一、团结一心的战友情

装备差、人数少的中国共产党之所以能在解放战争中取得胜利，除了为人民解放而战的政治立场、卓越超然的军事指挥才能之外，将士们高昂激越的战斗豪情和团结一心的战斗友情也是不可忽略的重要因素。

解放军战士大多出身于贫苦农民，他们受过地主、官僚、土豪、劣绅的残酷剥削和压迫，因此大都具有强烈的革命要求。在战争中他们吃苦耐劳，不怕牺牲，勇于为夺取最终的胜利而奉献自己宝贵的生命。团长刘胜一听到枪炮声就心痒难耐，在接到上级停战命令时他勉强在电报上画了个花生米般的小圈圈，而在得到要打七十四师的电报时他则签了个鸡蛋大的"刘"字；连长石东根渴望投入敲"硬核桃"的战斗，任务越艰巨他越兴奋，担任留守任务时则愤懑地认为是被迫做了"落后分子"；班长杨军身负重伤到后方休养，身体稍一康复就立刻要求返回部队参加战斗；机要员姚月琴得知被安排到后方工作时懊恼、伤心，被允许跟随部队作战时则欣喜异常。可以说，共产党军队的指战员个个英勇顽强，富有牺牲精神，身上闪耀着革命英雄主义的光辉品质。

另外，在长期的战斗过程中，他们还逐渐养成了替上级领导分担困难的美好品德。在上级领导面前，他们始终保持充分的信心和饱满的情绪，任务再艰难也绝不叫苦叫累，自己想办法克服一切困难，而绝不讲价钱、提条件，给上级领导增添忧虑。上级领导也体恤下情，在下达命令时充分考虑对方在实际执行过程中可能会遇到的各种困难，尽力给予有效的指导和帮助。即使偶尔有意见相左或者性格不合的情况出现，将士们也会在严明的组织纪律的约束下，在上级领导循循善诱的劝解下，尽释前嫌，最终并肩战斗在一起。比如苏国英团长壮烈牺牲后，刘胜升任团长，他对新派来的知识分子干部陈坚存有偏见，认为知识分子干部往往喜欢说漂亮话，言行不一致，所以不愿与之合作。后来在军长沈振新的严肃批评和引导下，通过在实际工作中的磨合，刘胜逐渐被团政委的真诚打动，两人相互理解，默契配合，共同带领全团战士投入到激烈的战斗中去。可以说，在共产党军队内部，上下级之间相互体谅，战友之间无私帮助，全军上下形成了普遍团结的氛围。

共产党军队内部的同心同德、同舟共济恰好与国民党军队内部的离心离德、尔虞我诈形成鲜明对比。国民党军队是自1927年北伐战争以来，由多支队伍凑集而成，虽然名义上是由蒋介石统一指挥，但事实上每一支部队都分而治之，并没有形成富有凝聚力和战斗力的统一的军事力量。在莱芜战役中，第二绥靖区副司令李仙洲被包围时，徐州前线司令部没有派出任何增援部队，增援部队不来并非因为他们也陷于困境之中，而是因为蒋介石的嫡系将军们心怀毒计，想看到李仙洲部败在共产党手里。因此李的参谋长曾这样劝说李仙洲："我们不是他们亲生亲养的，他们是借刀杀人。"① 在孟良崮战役中，张灵甫的七十四师和受他指挥的八十三师，受到共产党第三野战军的包围，在共产党部队的四周，蒋介石部队则部署了李宗仁和白崇禧的桂系军队以及来自四川和东北的杂牌军，整个战场宛如一个巨大的夹心饼。但是外围的国民党军队都优先考虑保存自身实力，无意为整编七十四师火中取栗，所以出工不出力，在两天时间里各部多则前进十余公里，少则不过三五公里。及至整编七十四师被解放军彻底消灭、师长张灵甫毙命时，距离孟良崮最近的国民党整编第二十五师仍在十里开外。国民党军队的将领们常常为了追逐个人的私利而任意违背上级指挥官的军事命令，这支四分五裂的军队败在内部组织健全，又众志成城的共产党军队手中也是历史的必然。

二、融洽亲密的军民情

共产党军队在解放战争中取得胜利的另一重要法宝就是广泛而良好的群众基础。与国民党军队妄图实现独裁统治不同，共产党军队是要推翻帝国主义和封建主义的压迫，为建立人民的国家而战，因此他们获得了最广大人民热烈而坚定的支持，他们的胜利是历史必然性的集中体现。

涟水战役之后，沈振新部转战到山东地区，战士们受到当地百姓的热烈欢迎。老百姓早早地就打扫好房间，收拾好床铺，等待解放军的到来。战士们进了屋，房东大娘又忙着沏吃的茶，烧洗脚的水，还捧上满满一大碗香喷喷的炒花生，热情地招待大家。部队驻扎后，老百姓又积极为我军站岗放哨，反奸防特，协助部队封锁战斗消息。部队则义不容辞地担负起保护百姓的任务，帮助百姓抢收粮食、护卫财产。部队开拔准备战斗时，百姓们又日夜筹集粮食、赶制煎饼，全力保障我军的后勤供应。人民群众的大力支持，不仅为我军作战提供了必要的物质保障，而且极大地鼓舞了部队的士气，为战士们奋勇杀敌提供了精神动力。

与人民群众和子弟兵的鱼水情深形成鲜明对比的是国民党军队与老百姓的

---

① 吴强:《红日》，北京：中国青年出版社2009年版，第149页。

关系恶劣到了极点。国民党军队所到之处，必然是民不聊生。他们要么抓壮丁补充兵源、构筑工事；要么拆毁房屋，砍伐树木，搜罗各种战略物资。老百姓在国民党军到来时，不但坚壁清野，不给敌人留下一粮一柴，还到处埋雷破路，全力抵抗国民党军的进犯。因此，国民党军队只能依靠武力强取豪夺。比如作品中写道，国民党军队限定崔家洼的百姓"在这天下午四点钟以前，要把五棵树干送到吐丝口，不按时送到，明天早晨就要烧毁崔家洼全村的房屋"①。这样蛮横霸道、不得人心的军队即便拥有再精良的武器也难以最终取得战斗的胜利。他们和共产党军队作战时，既不能及时准确地获取战略情报，以至于像盲人一样乱打乱撞；又不能有效获取后勤补给，以至于严重缺乏粮食和弹药。国民党军队的士兵们情绪十分低落，现代化的军事装备也无法发挥威力，最终无法扭转失败的命运。

三、纯真美好的男女情

作为十七年时期的战争题材小说，《红日》较为难得地用细腻的笔触描写了男女之间的爱情。无论是沈振新和黎青间温馨和谐的夫妻之情，还是梁波与华静间志同道合的知己之情，以及杨军和钱阿菊间浓烈甜蜜的新婚之情、姚月琴和胡克间朦胧酸涩的初恋之情都给读者留下了美好的印象。在这里，爱情作为一种美好的人间情愫，不仅没有和血雨腥风的战争形成尖锐的矛盾冲突而在篇章结构中显得不和谐，反而适当调节了作品的叙事节奏，拓展了人物形象的品格内涵，提升了作品的审美价值和思想价值。

当第二次涟水战役遭遇失败，军长沈振新心神不宁时，是他的妻子黎青及时回到他的身边，给予他爱情的滋润和言语的宽慰；当班长杨军身负重伤在后方医院调养时，是他的未婚妻钱阿菊来到他的身边，体贴入微地照顾他、关爱他，帮助他早日康复。在浪漫温馨的爱情中，这些在战场上叱咤风云的将士，褪去了刚强坚毅的军人的铠甲，显露出柔弱质朴的普通人的一面。他们也会遭遇精神或肉体的痛苦，他们也需要他人的抚慰和关爱，他们不再是仅会冲锋陷阵的战争中的钢铁战士，而是有血有肉、偶尔也会沮丧消沉的活生生的人。正是通过对爱人的思念，对美好爱情的渴望，他们的内心感受得到更为真实的袒露，他们的思想感情因为多维的呈现而变得饱满充实。另外，爱情也使战斗间隙的部队生活变得更为丰富温馨。无论是黎青为沈振新精心炒制的咸菜、编织的围巾，还是战友们为杨军、钱阿菊打造的洞房花烛，都使作品具有了些许的烟火气。爱情描写和战争

---

① 吴强：《红日》，北京：中国青年出版社2009年版，第96—97页。

场面一起刚柔相济、相得益彰,很好地拓展了作品表现生活的广度和深度。

爱情是甜蜜温馨的,也是复杂微妙的,尤其是处于爱情旋涡中的女战士,既要处理好爱情与工作、个人与集体的关系,又要克服女性的羞涩、矜持,其心绪尤为曲折动人、耐人寻味。被称为"顽固派"的华静,对副军长梁波由敬佩、爱慕到逐渐萌生爱情,内心的情感变化复杂细腻、颇为动人。两人的初次谈话就十分和谐融洽,一个侃侃而谈,另一个入迷沉醉,亲切睿智的话语伴随着清亮柔和的笑声,自然热烈而又有几分含蓄,尤其是双方言语中丰富的潜台词更凸显了爱情的独特魅力。后来华静抑制不住对梁波的思念,克服羞涩心理,亲手写了不是情书胜似情书的信,才使自己的心情得以安宁,终于可以酣然入梦。再后来,在紧张的调兵渡河过程中,两人久别重逢却又面临新的离别,片刻的相守既情意绵绵又有几分无奈,军人的爱情所特有的炽热浓烈却又充满自律的特点被淋漓尽致地表现出来。活泼可爱的机要员姚月琴为了不让恋爱影响自己的工作,故意十多天都不怎么搭理自己的恋人胡克,作者对她努力克服幼稚单纯,让自己变得成熟稳重的心路历程也表现得比较充分。

鲁迅说:"删夷枝叶的人,决定得不到花果。"① 虽然是一部战争小说,但是《红日》的作者并没有将笔触仅仅局限于写战斗,他匠心独运地将纷繁多样的生活图景同枪炮轰鸣的战斗场面错落有致地交织在一起,在紧张激烈的战斗以外写出了生活的丰富、人性的微妙,增强了作品的艺术感染力。

延伸阅读资料:

1. 吴强:《谈〈红日〉的创作体会》,《文学评论》1978年第3期。
2. 程光炜:《重建中国的叙事——〈红旗谱〉〈红日〉和〈红岩〉的创作策略》,《南方文坛》2002年第3期。

思考题:

1. 谈一谈《红日》这部作品对叙事节奏的把握。
2. 谈一谈《红日》中张灵甫这一人物形象的塑造特点及其意义。

---

① 鲁迅:《"这也是生活"》,载《且介亭杂文末编》,北京:人民文学出版社2006年版,第142页。

第三章 《铁道游击队》品读

作者简介及创作背景：

知侠（1918—1991），原名刘兆麟，河南省卫辉人。1938年奔赴延安，进入抗日军政大学学习并加入中国共产党。次年冬，他随抗大迁入山东沂蒙山区，从事报刊编辑和宣传工作。1943年夏天，山东省军区召开全省战斗英雄模范大会，知侠被铁道游击队的战斗事迹所感动，开始着手创作相关文学作品。后来他又两次到鲁南的铁道游击队采访，积累了丰富的写作资料。1952年他再次开始《铁道游击队》的创作，次年完稿，初版由上海新文艺出版社于1954年1月出版发行。

第一节 钢刀插入敌胸膛

《铁道游击队》以抗日战争时期鲁南地区党领导下的一支游击队为主要表现对象，讲述了游击队员神出鬼没破坏日伪军铁道线的英雄事迹。

一、初建队伍

游击队员们的抗日队伍最初是自发组织起来的。枣庄被日本鬼子占领后，不甘被欺凌的煤矿工人、铁路工人便自发成立了游击队。他们借着部分队员在日本洋行工作过，对里边的情况比较熟悉的有利条件，先后两次洗劫日本洋行，杀了鬼子、抢了枪支，拥有了最基本的武器装备。他们还从飞驰的火车上扒运枪支弹药，除了留下自用的以外，其余的就送给了山里的游击队，这样他们便和党组织取得了联系。后来，他们在上级党组织的指引下开设了义和炭厂，他们一方面继续扒火车搞物资，另一方面则以炭厂工人为职业掩护发展新的队员壮大队伍，更好地开展抗日斗争。随着炭厂的不断壮大，上级组织派政治委员李正到炭厂以管账先生的身份开展工作，由此确立了党对这支抗日队伍的领导权。这支队伍有了党的领导，也有了自己的番号——"铁道游击队"，战斗目标更明确了。他们破坏鬼子的铁道运输,像钢刀一样插在敌人的心脏和血管上,使鬼子们坐卧不宁。但是游击队也存在一些问题,比如部分队员身上还存留着一些坏习气。他们衣冠不整、谈吐粗鲁、好喝酒、赌钱、打架,他们还需要进一步的政治改造。李正积极真诚地帮助队员们克服生活上的困难,同时给大家讲解革命道理,大家都很信服他,在他的帮助下队员们的思想觉悟有了很大提高。

第二次洗劫洋行后,炭厂因暴露被查封了,游击队员们不得已离开了枣庄,转战到周围的其他村庄。为了配合山区的反"扫荡",游击队趁鬼子进山"扫荡"、后方空虚之际,又搞了一次大的战斗行动——袭击鬼子的票车。游击队员们化装成商人、农民等普通乘客上了票车,他们用烧鸡、美酒、花生、点心等各种美食诱惑鬼子,和鬼子喝酒聊天,让鬼子们放松警惕。然后趁鬼子不备扒上火车头,打死鬼子司机,绑了司炉工人,把火车开到其他游击队员事先埋伏好的三孔桥。在三孔桥,大家里应外合杀死了票车上的全部十二个鬼子,缴获了一批武器弹药。这次战斗打得巧、打得狠,给鬼子造成很大的打击,逼迫鬼子从山里撤出一千余人,连夜赶回枣庄进行疯狂的"扫荡",而游击队员们的威名则更加震动了整个津浦干线。

二、进山整训

票车被袭后,鬼子沿着临枣支线两侧疯狂地"扫荡"。游击队根据上级指示转战到微山湖地区和当地的农民武装汇合开辟新的根据地。通过严密侦察,游击队员把新的袭击目标锁定为鬼子在临城站北修的水塔。游击队员与当地农民武装相互配合,趁着大集混进临城,然后夜袭小院,杀了鬼子和伪军,缴获他们的枪支,取得了临城第一战的胜利。临城修水塔的鬼子和伪军被杀之后,鬼子和中央军都加强了对微山湖地区的"扫荡"。湖边的斗争形势逐渐严酷起来,游击队按照上级指示进山整训。在山里,游击队员们参加了联欢会、政治学习、上操跑步、经验报告等,政治军事水平都有很大提高,彭亮、林忠、鲁汉、小坡等都成了光荣的共产党员。

在游击队员进山的三个月里,敌人把湖区伪化了。游击队员刚一进村,鬼子汉奸就包围上来,游击队员们只能被迫转移到湖上。为了改变被动局面,游击队员们分头镇压了一批通敌有据、罪大恶极的地主或保长。通过震慑和劝解,铁道游击队能够在几个村庄立住脚了。他们不但可以安全地住宿在村子里,还可以帮助群众干些农活。他们重新和百姓建立起良好的军民关系,可以隐蔽在人民的海洋里躲避鬼子和伪军的搜捕了。

游击队继续在临城开展各种抗日斗争。他们抢得了鬼子火车上的粮食，帮助沿线百姓度过春荒，又刺杀了日本特务队队长冈村，打击了日本鬼子的嚣张气焰。冈村死后，枣庄鬼子司令部又派来新的特务队长松尾。与冈村相比，松尾带领的特务队行动更为隐秘。经过调查，松尾发现芳林嫂身份可疑，就带领特务队悄悄潜入芳林嫂的婆家——苗庄。驻守在苗庄的刘洪、小坡等人被松尾发现，双方发生冲突。虽然游击队员打死三个鬼子，活捉了两个特务，但是松尾却逃走了。第二天一早，三路敌人出发到湖边"扫荡"，对苗庄进行报复。看到苗庄的村民早已转移，松尾便放火烧了包括芳林嫂家在内的村里的大量房屋、谷草堆、粮食垛。看到鬼子的恶行，刘洪怒火中烧，他把长枪队拉出湖来，和鬼子面对面展开激烈的阻击战。王强火速派人把政委李正找来，李正劝阻刘洪不要意气用事。党的命令和政委的负伤使刘洪从愤怒的情绪中摆脱出来，他带领游击队员撤出战斗，避免了更大的伤亡。

受鬼子"扫荡"影响，虽然已经入冬，但是山里的战士们还穿着单衣，部队急需上万套棉衣。林忠找到了以前的朋友，沙沟车站副站长张兰，在张兰的帮助下，游击队弄到整整两车皮的布匹。他们把做冬衣的棉布运到山里，把带色的花布分给了帮忙运布的群众，自己留了半船黑布分给活动在附近的几支小游击队。有个叫黄二的游击队员偷了两匹黑布叛逃了。黄二进了临城做了日本特务，被编进松尾直接掌握的特务队。黄二的叛变使谢顺、张兰等人与游击队的合作关系暴露了，谢顺逃往天津，张兰进入湖区参加了游击队。黄二又带领松尾特务队到村里与游击队有联系的百姓家搜捕游击队员，结果林忠、鲁汉、王虎等人遭到围堵，在突围过程中，五名游击队员壮烈牺牲。彭亮奉命进入临城杀死了黄二。

三、湖区突围

鬼子"扫荡"鲁中抗日民主根据地的部队回兵南去，正从微山湖经过，鬼子司令命令他们顺便在微山湖一带进行一次大规模的"围剿"，于是近七千名鬼子开始"围剿"驻扎在微山湖的不足二百人的游击队。东北、西南湖面都被鬼子封锁了，出湖的道路全被堵死，微山岛被敌人重重包围了。黎明时分鬼子开始发动进攻，游击队员们英勇作战，打退了鬼子一次又一次的进攻。但是鬼子从西、南两面冲上微山岛，抄了游击队的后路，游击队几乎要陷入被两面夹击的困境。李正临危不乱，想出让队员们换上鬼子服装冲出去的妙计。队员们终于冲出了鬼子

的包围，但是张兰却不幸牺牲了，冲出包围的游击队员撤到山里休整。因为母亲重病以及冯老头被捕，芳林嫂两次错过进山的机会，她在田野中四处躲藏，最后被鬼子逮捕。被捕后冯老头被杀害了，松尾太太诱惑芳林嫂向鬼子递送情报，被芳林嫂拒绝，芳林嫂被继续关押。

鬼子大肆宣传铁道游击队已经被消灭，湖区再次伪化，各庄都成立了"反共自卫团"，日夜站岗放哨，遇有情况就向鬼子报警，鬼子马上来增援。"围剿"微山湖的敌人撤走了，游击队受命出山，他们要改变湖区伪化的局面，恢复对湖区交通线的控制。游击队员首先袭击了伪乡公所，枪杀了伪乡长，然后又袭击了湖边"剿共"司令部，活捉了"剿共"司令，游击队的一连串行动给附敌的伪保长造成极大的震撼。接着游击队又做了大量争取伪保长的工作，最终各庄的"反共自卫团"悄悄变成了抗日自卫团，他们配合铁道游击队重新控制了铁路，保证我方人员可以随时安全通过铁路，局面重新打开了。

四、迎接胜利

随着国内乃至国际局势的变化，抗战已到相持阶段，反攻也即将开始。铁道游击队的战斗任务由颠覆敌人的火车，获取战备物资，改为护送干部安全越过铁路线两侧的敌人封锁区。从山里不断传来的胜利消息以及过往干部的流动密度，让游击队员们看到了即将到来的胜利的曙光，然而同时部分队员也出现了麻痹大意的心态。政委李正及时发现问题，提醒大家保持警惕，成功粉碎了鬼子的一次搜捕，避免了在胜利前夕出现大的损失。

1945年8月9日，日寇正式宣布无条件投降，国民党军队疯狂抢夺胜利果实。铁道游击队跟随鲁南军区抗日部队被编入第五路大军，他们阻断了鬼子铁甲列车部队南去徐州的道路，迫使日本鬼子由向国民党军队投降改为向共产党投降。抗战胜利后，内战即将爆发，铁道游击队继续为保家卫国而英勇地战斗着。

第二节 铁道线上的飞虎英雄

《铁道游击队》讲述的是抗战时期活跃在鲁南地区铁路线周围的一支游击队的抗敌斗争故事。这支队伍战斗的地方恰好是一千年前梁山泊英雄好汉聚义反抗封建腐朽统治的地方，独特的地域环境，再加上奇异的斗争方式，这些英雄豪杰的战斗故事自然而然地带上了浓烈的传奇色彩，而他们的性格也呈现出鲜明的侠义之风。

一、除暴安良，尽显英雄本色

这支游击队伍劫洋行、搞机枪、撞车头、打票车……神出鬼没，来去无踪，纵横驰骋于鲁南大地，给鬼子、伪军沉重的打击。他们让敌人闻风丧胆，又让百姓崇敬不已，战斗事迹像神话一样在鲁南地区广为流传。他们个个身手矫健、技艺超群，总是在敌人猝不及防时迅猛出击，然后又急速撤离，当敌人反应过来时，他们早已消失得无影无踪，因此被称为"飞虎队"。高强的武艺与过人的胆识是他们出奇制胜的重要法宝，尤其是队长刘洪在长期的艰苦磨炼中掌握了一套飞檐走壁的攀爬绝技，在飞驰的列车上奔跑跳跃如履平地。后来小说改编成同名电影，刘洪一手拉住飞驰的火车，一手向天鸣枪的姿态，以其潇洒英武、卓然不凡的气度给观众留下了难以磨灭的深刻印象。

游击队初创时期只有三五个人，后来队伍不断扩大，主力也不过百余人，而他们却劫获物资、破坏铁路，给敌人造成极大的困扰，以至于鬼子误认为这是一支规模庞大的队伍，因此曾经调集将近七千兵力去"围剿"微山湖上包括铁道游击队在内的实际还不足二百人的抗日队伍。游击队员们以少胜多、以弱敌强的一大法宝就是沉着冷静、从容应对，利用智谋战胜敌人。他们往往在白天勘察敌情，制订出周密详尽的作战计划，然后以夜幕为掩护，在神不知鬼不觉中巧妙地完成战斗任务。然而因为敌人的狡猾或者天气的变化等原因，各种突发状况层出不穷，队员们却总能随机应变、化险为夷，创造出一个又一个令人惊叹的战斗成果。在微山湖突围时，游击队遭遇敌人的重重包围，敌我力量对比悬殊，情况万分危急。游击队员没有硬闯蛮干，而是急中生智，穿上以前缴获的鬼子的服装，乔装打扮、迷惑敌人，终于顺利突围。打游击的战斗方式使队员们经常深入敌穴，以便衣短枪和敌人短兵相接，战斗过程往往跌宕起伏、险象环生，他们身上的神秘、传奇色彩也就更加浓郁强烈。

游击队员们大都出身于煤矿工人或者铁路工人，底层艰难的生活环境使他们养成了豪爽热情、粗犷刚烈的性格特征。后来参加了游击队，常年在野外与敌人周旋，风餐露宿、挨饿受冻是他们的家常便饭。恶劣的斗争环境又进一步磨炼了他们的革命意志，使他们更加坚定执着、英勇顽强。他们乐于接受艰巨的富有挑战性的战斗任务，哪怕为了革命牺牲自己宝贵的生命也在所不惜。巨大的革命热

情和坚定的革命信念是他们打败敌人，取得胜利的又一法宝。在六孔桥战斗中，彭亮和林忠分别驾驶两辆机车相向而行，为了让机车发生更为猛烈的撞击，取得更好的破坏火车和路轨的效果，他们把机车速度调至最快，然后纵身跃下飞驰的机车，他们勇猛无畏、敢于冒险的革命豪情令人敬佩。

二、情深义厚，颇具侠士风范

生长战斗在水浒故地，游击队员们多少都有点行侠仗义、愿为朋友两肋插刀的侠士性格。参加革命之前，他们大多有过"吃两条线"，即扒运火车物资的经历。扒火车时，为了行动方便，大家往往会叫上三五好友组成一班人马，然后分工合作、里应外合，以团体的力量提高行动效率，而他们也就慢慢养成了有难同当、有福同享的江湖做派。彼此都是穷兄弟，遇事相互撑腰、抱团取暖成为大家不约而同的行为准则。

劫布车之前林忠去找沙沟站的副站长张兰打探消息，张兰是他以前的好朋友，不过已经多年没有来往。一见面，林忠看到张兰枯瘦的脸颊、破旧的制服立刻产生同情之心，他不急于请张兰帮自己解决难题，反而豪爽地从腰包里掏出一沓钞票放在桌子上帮张兰解决生活上的困难，并且告诉张兰，虽然自己不在沙沟，但是他在沙沟的朋友依然可以为张兰提供无私的帮助。林忠的仗义疏财、热情豪爽深深打动了张兰，于是张兰不仅不遗余力地帮助游击队完成了劫布车的战斗任务，还在随后直接参加了游击队。在微山湖突围的战斗中，张兰利用自己熟练的日语迷惑敌人，为战友的顺利突围扫清了障碍，而他自己却为革命献出了宝贵的生命。从林忠与张兰的交往中，我们不难看到"士为知己者死"的侠士情怀。

鲁汉和林忠的深厚情谊更能体现朋友之间情同手足的亲密关系。当他们因为叛徒黄二的出卖而被敌人包围，陷入极其危险的境地时，依然不离不弃、相互扶持，义的精神在血与火的洗礼中得到更为充分的彰显。鲁汉中弹后，首先想到的是把自己的枪转交给林忠，而林忠则感到失去最亲密战友的沉痛，所以他不顾四下飞射的弹雨，箭一般赶到鲁汉身边，以便抢救自己的战友，并且帮战友完成牺牲前的嘱托。面对源源不断扑将过来的敌人，林忠临危不惧，凭一己之力打退了敌人一波又一波的进攻。最后当林忠的枪里只剩一发子弹，而鬼子们却举着明晃晃的刺刀，嗷嗷乱叫着向他刺来的时候，他毫不犹豫地举起枪，打向了自己的额头，他牺牲在了自己最亲密的战友鲁汉的身边。鲁汉和林忠是真正的义结金兰的兄弟，他们没能同年同月同日生，却在同年同月同日死，他们的真情厚谊令人感慨不已。

过新年时，战士们把最丰盛的菜肴和最香醇的美酒供奉在逝去的战友的牌位前，并且恭敬地脱下帽子，对着牌位深深地鞠躬，然后才在自己的座位上坐下，开始新年聚餐。聚餐之后，几位老队员在草铺上喊着林忠、鲁汉的名字大声哭泣，大家明白新年的暂时的祥和平静正是烈士们用自己的鲜血换来的。大家忍受着失去亲密战友的巨大悲痛，化悲愤为力量，把对兄弟的怀念转为对敌人的仇恨，把传统的侠肝义胆的江湖豪气转化为英勇无畏的对革命的一片忠心。

三、精忠报国，深明民族大义

铁道游击队的队员大多是来自社会底层的草莽英雄，虽然文化水平不高，但是却都深明民族大义，对日本鬼子、伪军汉奸有着刻骨的仇恨，对国家民族有着赤诚的忠心。他们已经不是委曲求全、明哲保身的"老中国儿女"，在鬼子的欺压凌辱面前他们不再退缩、逃避，而是勇敢地组织起来进行反抗；他们更不是贪图安逸、卖国求荣的叛国者，在敌人的威逼利诱面前他们坚毅如山、毫不动摇；他们是逐渐觉醒并最终明确了反抗道路的有胆有识、甘愿为民族解放事业抛头颅、洒热血的中华民族的英雄儿女。

小坡是游击队员中年龄较小的一位，因为年轻稚嫩，缺乏斗争经验，在一次行动中他不幸被捕。在狱中，他扛住了敌人的皮鞭抽打，忍着辣椒水的剧烈刺激，接连被提审三次都一口咬定自己只有一个人，绝无其他同伙。他宁肯献出自己年轻的生命也绝不出卖战友，激励他与敌人斗争到底的，正是他内心深处对敌人海一样的深仇。每每想到鬼子的血腥暴行，他就暗下决心，只要自己能活一天就要斗争一天，为死难的中国人民报仇。他不时地在心里低唱这样一首歌曲"……誓复失地逐强梁。争民族独立，求人类解放，这神圣的重大责任，都担在我们双肩……"①

芳林嫂虽然不是正式的游击队员，但她长期为队员们提供各种掩护，耳濡目染也懂得了一些革命道理。她不再是普通平凡的农村妇女，而是已经觉醒的，并且走上了反抗道路的革命女性。在敌人的"清剿"中，她不幸被捕。松尾整整审了她三天，用尽了严刑拷打，可是她却始终咬紧牙关，没有透露半点铁道游击队的秘密。看到芳林嫂不惧酷刑，鬼子又以自由为诱饵，劝说她投降变节。芳林嫂识破敌人的诡计，一口回绝，以大义凛然的姿态保持了民族气节。

---

① 知侠：《铁道游击队》，北京：人民文学出版社1958年版，第96页。

1945年8月9日，日寇正式宣布无条件投降。铁道游击队在山东省军区司令部的指挥下拆毁沙沟站附近的部分铁轨，把鬼子警卫铁道线的铁甲列车部队困在了铁路线上。他们拒绝了鬼子的各种无理要求，以坚定强硬的态度粉碎了鬼子南下徐州向国民党军队投降的计划，迫使鬼子向自己缴枪投降。这支不足二百人的游击队伍，通过艰苦卓绝的抗争取得了丰硕辉煌的战斗成果，征服侵略者，捍卫了民族尊严，成就了抗日战场上的非凡传奇。

第三节　革命历史故事的时代化讲述

《铁道游击队》是在真人真事的基础上创作而成的。1943年夏天，在山东省军区召开的全省战斗英雄、模范大会上，作者知侠被铁道游击队的英勇斗争事迹深深打动，产生了强烈的创作意愿，于是他数次去微山湖和枣庄一带实地采访，并且与铁道游击队员们一起战斗、生活，积累了丰富的创作素材。然而小说毕竟不同于生活，在作者心目中，"生活的真实和艺术的真实是两回事。艺术的真实比生活的真实更高，更集中"①。因此，他从典型化、政治化、浪漫化等几个方面对收集到的创作素材进行了艺术加工。

一、典型化

作者知侠首先对现实生活中的人物进行了典型化处理。所谓"典型化"就是本质化的过程，具体地说就是"在创作中，可以舍弃那些琐细的、重复的和非本质的东西，把一些主要英雄人物加以合并，在性格上作大胆的塑造"②。也就是说，小说中的人物尤其是英雄人物并非现实生活中的活生生的人，而是作者根据历史记忆与社会想象建构出来的偶像。作为偶像，生活原型身上的某些性格缺陷或者是较为复杂的生活经历统统被去除、整合掉了，于是人物形象趋向纯净、完美、高大。

比如作品中的游击队队长刘洪，就是由作者将现实生活中游击队的两任队长——洪振海与刘金山糅合在一起创作而成的。第一任队长洪振海作战英勇，却

---

① 知侠：《〈铁道游击队〉创作经过》，载《铁道游击队》，北京：人民文学出版社1958年版，第518页。
② 知侠：《〈铁道游击队〉创作经过》，载《铁道游击队》，北京：人民文学出版社1958年版，第533页。

不幸在 1943 年与鬼子的一次战斗中牺牲了。作者写到了这次战斗，却没有写老洪牺牲，而是让他一直坚持到了作品的最后。作者解释这样处理的原因主要有二：一是从作品叙事的连续性而言，老洪作为作品中的主要人物，如果中途牺牲，必须塑造一个新的形象接替他，新旧形象如何衔接是一个比较棘手的创作难题；二是在这次战斗中老洪是违反游击战术原则的，他与敌人硬拼硬杀的战斗策略只能给我军带来巨大的人员伤亡。作者认为如实写老洪所犯的错误会影响人物高大形象的塑造，因此他没有写老洪牺牲，而是把老洪和后来的大队长刘金山合成一个人物来写，并为其取名刘洪。作者认为刘洪不是单单两个姓氏的合并，而是两个人物性格的糅合，这样的典型化手法既保证了作品叙述的连贯性，又保证了人物性格的完整性。

另外，政委李正以及芳林嫂等人物形象也都有被"典型化"的过程。李正是以铁道游击队的首任政委杜季伟为主要原型塑造而成的人物形象。杜季伟是一个有个性、有能力且对铁道游击队做出过特殊贡献的人，可是后来却因为私生活方面的问题而被调离。作者将他在私生活方面暴露出来的性格弱点隐去，又添加上铁道游击队另外三任政委的性格特点，才塑造成一个比较完美的政委形象。同样，芳林嫂也是由作者将主要原型时大嫂的某些性格弱点隐去，又添加上刘桂清、尹大嫂等其他原型的性格特点塑造而成的。

综观刘洪、李正、芳林嫂等几位重要人物形象的塑造过程，我们可以看到作者内心明显存有一套标准化的道德规范，他用这一套道德规范对现实生活中的原型进行评判，去除了他们身上所有不符合革命要求的性格特征，而添加上了其他更能彰显其革命性的性格特征，于是其笔下人物，尤其是英雄人物的性格便具有了某种趋同性。他们都具有无比坚定的政治立场，把党的利益置于至高无上的地位，对党无限忠诚，对敌人怀有刻骨的仇恨，在战斗中英勇无畏、不怕牺牲，在生活中严于律己，有着高尚的道德情操。可以说，经过这样的典型化塑造，作品中英雄人物的性格都达到了近乎完美的程度，而他们性格的独特性、鲜活性和丰富性却遭到了一定程度的损伤。

二、政治化

作者对创作素材进行艺术加工的另一重要手段就是加强作品的政治色彩，这主要表现在，作者突出强调了游击队员们从草莽英雄向革命战士转变的成长历程。游击队员们大都生长于社会底层，身上多多少少沾有一些底层人物的坏习

气，比如，鲁汉好喝酒，林忠爱赌钱，彭亮则喜欢打抱不平、招惹是非。他们正是在政委李正的帮助下，认识到了自己的缺点或局限，开阔了眼界，坚定了意志，逐渐成长为合格的游击队队员。

在队员们的成长过程中，进山整训是一个极为重要的环节。在山里，队员们不仅接受了严格正规的军事训练，还进行了严肃认真的政治学习。通过整训，战士们更加明确了革命的意义，也对战争形势有了进一步的了解，他们逐渐从单打独斗、自由散漫的普通百姓成长为有着严密的组织纪律，胸怀伟大革命目标的真正英勇无畏的革命战士。虽然回到铁路线上以后，他们还干着与以前相似的事情，但是他们行动的性质却已经发生了改变。他们不再是为了个人养家糊口，而是为了给大部队补充物资；不再是给穷弟兄打抱不平，而是为了更好地消灭敌人，早日实现全民族的抗战胜利。无论是他们的战斗作风、组织纪律，还是思想面貌、与老百姓的关系都有了很大的改善，他们自发性的反抗斗争实现了革命的升华。

为了进一步强调政治思想觉悟的重要性，作者还特意塑造了李九这一人物形象。李九是老洪和王强以前的朋友，过去他们在一起扒车、捡煤核。鬼子来后，李九也参加了抗日斗争却没能找到正确的斗争道路。他先是加入了顽固派的游击队，后来又单枪匹马一个人杀鬼子。他勇敢无畏，枪法极准，曾经在一天夜里，偷偷摸进鬼子的兵营，只身打死了七个鬼子。但是他过于相信自己的能力而忽视了群众的力量，老洪和王强曾经邀请他参加游击队，他却拒绝了，因为他迷恋一个人干的自由潇洒，不愿意受到任何约束。因为盲目自信，结果行踪不幸暴露，他遭到五十多个鬼子的包围，最后惨死在鬼子的刺刀下，头颅还被鬼子砍下挂在街上示众。李九以个人英雄主义的破灭给队员们带来极大的警示。

通过加强作品的政治色彩，作者实现了"用艺术形式来再现中国共产党领导的新民主主义革命的必然性与正确性，普及与宣传中国共产党的历史知识和基本观念"①的创作理念。正是在党的教育下游击队员们才改掉了绿林好汉式的自由散漫的工作作风，成为有着明确党性原则和高度自律性的革命战士。于是"党指挥枪"这一革命历史小说的基本创作宗旨被形象地展现出来，而作品也就顺利地融入借讲述革命历史故事强化国民革命意识的时代书写之中。

---

① 陈思和、李平、刘志荣：《重建现代历史的叙事——谈当代文学史上的现代历史题材创作》，《杭州师范学院学报》1999年第4期。

三、浪漫化

作为一部革命通俗小说，《铁道游击队》充盈着高亢激昂、浪漫乐观的美学基调。虽然战争是残酷的，道路是曲折的，但是无论处境怎样恶劣，游击队员们总能凭借崇高的革命信念、充沛的战斗激情、坚定的斗争意志克服一个又一个困难，最终走向胜利，甚至如有神助般地创造出令人惊叹的战斗成果。作者善于借助一些坊间传言把战士们的战斗风采夸张地描绘出来，制造一种神妙奇异的表达效果。比如，作者借张兰之口赞叹游击队员们的勇武神奇："刘洪两只眼睛比电灯还亮，人一看到它就打哆嗦。他一咬牙，二里路外就能听到。火车跑得再快，他咳嗽一声，就像燕子一样飞上车去。他的枪法百发百中，要打你的左眼，子弹不会落到右眼。说到李正么，听人说他是个白面书生，很有学问，能写会算，他一开会啥事都在他的手掌里了。他会使隐身法，迷住鬼子，使鬼子四下找不到他的队员……"① 这种将人"神化"的写法无疑增加了作品的传奇色彩，也增强了读者的阅读快感。

作者知侠是从血与火的洗礼中走出来的军旅作家，作为战争的亲历者，他目睹了太多流血牺牲的感人故事，所以他愿意用文字记录下那段不平凡的历史，为那些献身革命的烈士建造一座留存在后人心目中的不朽丰碑；作为最后的胜利者，他又被新中国成立的丰功伟绩所鼓舞，所以他乐于用文字抒发内心的激动与感慨，为来之不易的胜利唱一首颂歌。正是在这样的创作动机下，作者选择用昂扬乐观的语调去讲述故事。劫洋行、打票车、搞布匹……作品主要由一个又一个的胜利组成，即使中间偶尔出现的一些挫折与失败，作者也会立刻用更大的胜利去冲淡人们心头的悲伤，使作品始终保持一种激扬热烈的叙事氛围。

另外，考虑到自身的文化素养和广大读者的兴趣爱好、文化水平，作者有意识地选择了用中国古典小说的叙事方式来讲故事。在动笔之前，他特意重阅《水浒传》，仔细研究它的篇章结构、人物刻画、情节安排和语言文字等。他把中国古典小说的叙事手法吸收进来，比如，让故事的发展有头有尾，线索清晰，而且一章一个小高潮，跌宕起伏，波浪式发展等艺术手法，无疑大大增强了作品的通俗性、传奇性与浪漫性。

可以说《铁道游击队》是典型的带有时代烙印的革命历史小说。新中国成立后的独特的文化语境和作家的文化素养、读者的阅读习惯等共同促成了它的文学

---

① 知侠：《铁道游击队》，北京：人民文学出版社1958年版，第366—367页。

风格，使它在当时取得了巨大成功。随着时代的发展，人们阅读习惯的变化，它的说教化、同质化、简单化等问题逐渐暴露出来，影响力稍有下降。

延伸阅读资料：

1. 知侠：《〈铁道游击队〉创作经过》，《新文学史料》1987年第1期。
2. 宋剑华：《情绪记忆与红色经典对民间传奇的师承关系》，《当代文坛》2014年第3期。

思考题：

1. 你认为该如何理解《铁道游击队》中的侠义精神。
2. 谈一谈《铁道游击队》与《水浒传》的承续关系。

第四章 《林海雪原》品读

作者简介及创作背景：

曲波（1923—2002），山东黄县人。1938年参加八路军，曾任连、营指挥员，后进入山东抗大学习，毕业后在胶东军区任报社记者。1946年冬，时任牡丹江军区二团政委的曲波亲自率领一支骁勇善战的小分队，深入牡丹江一带的深山密林剿匪。这一战斗经历后来成为曲波创作《林海雪原》的重要生活基础。在解放东北的战争中，曲波曾两次身负重伤。1950年他转业到地方工作，1955年开始文学创作。1956年他完成了长篇小说《林海雪原》，1957年9月该作品由作家出版社出版。

第一节　气冲霄汉剿顽匪

《林海雪原》以一支解放军小分队深入牡丹江深山密林剿灭顽匪的故事为主要内容，从一个独特的视角反映了人民解放战争的波澜壮阔和我军的势不可当。作者首先介绍了剿匪的历史背景，接着按照时间顺序记述了奇袭奶头山、智取威虎山、转战绥芬甸、决战四方台等一系列具体的剿匪战斗。受地理环境、气候变化等因素的影响，再加上穷途末路的土匪们负隅顽抗，所以每一次战斗对战士们来说都是极为艰巨的挑战。战士们始终不畏艰险，奋勇作战，最终取得了剿匪任务的全面胜利。

一、奇袭奶头山

派遣小分队进山剿匪是我军根据敌情所制订的最切实有效的战斗方案。1946年冬，东北牡丹江地区的一股土匪二百余人突然袭击了林区边上的屯子杉岚站，他们大肆烧杀抢劫、无恶不作。解放军某团参谋长少剑波的姐姐也在这次屠杀中不幸遇难，这让少剑波悲痛万分。我军认识到，除匪不尽遗祸无穷，于是

根据林区土匪的行动特点制订了组织一支精悍干练的小分队，边侦察边打击，深入林区消灭匪徒的作战计划。少剑波承担了领队任务，他很快组建起一支包括侦察英雄杨子荣、战斗英雄刘勋苍、攀登能手栾超家、长腿孙达得等人在内的小分队。上级领导考虑到天气寒冷、山里环境艰苦等因素，又给小分队配备了一名叫白茹的女卫生员，至此小分队顺利组建成功。

组建工作完成后，小分队便开始进山剿匪。他们首先到达了九龙汇，队员们分头进行巡察。杨子荣和孙达得经过细密侦察发现了形迹可疑的小炉匠栾平，刘勋苍则抓住了负责与栾平接头的刁占一。通过审讯刁占一和栾平，小分队得知许大马棒的匪窝在奶头山，他们决定前去剿匪。奶头山地势险峻，只在西壁有一条路能上山顶。这条路中间有一段特别陡峭，仅有一脚之宽，两侧全是万丈悬崖，被称为"十八台"。考虑到地形的险要，小分队在蘑菇老人的指导下兵分两路：一路由少剑波率领，从奶头山东面的鹰嘴峰空降到奶头山山顶，从上往下打击敌人；一路由杨子荣率领，从下往上堵住敌人的退路。队员们如瓮中捉鳖一般很快就将敌人全部控制起来，许家父子五人，除许祥摔死在十八台下以外，其余四人全被生擒，只有许大马棒的老婆蝴蝶迷和惯匪郑三炮因不在山上而暂时漏网。

二、智取威虎山

奇袭奶头山之后，少剑波综合分析了搜集到的情报，决定下一步攻打座山雕盘踞的威虎山。在前往威虎山的路上，小分队抓获了外号叫"一撮毛"的座山雕的副官刘维山，从他身上搜到一张"先遣图"，并且发现位于牡丹江和二道河子交汇点上的神河庙是匪军的一个重要据点，庙里的牛鼻子老道是一个狡猾毒辣的敌人。座山雕在威虎山修筑了繁复的防御工事，整座威虎山像个烂泥塘里的螃蟹窝，小分队如果贸然闯入很容易受到隐藏在暗处的敌人的攻击。因此，小分队制订了兵分三路的作战计划。一路是少剑波和刘勋苍率领小分队的主力承担攻打威虎山的任务；一路是杨子荣单枪匹马闯入威虎山做卧底；一路是栾超家独自一人监视神河庙老道。少剑波把小分队的主力拉到威虎山脚下一个叫夹皮沟的屯子，准备把这里打造成攻打威虎山的堡垒。夹皮沟的百姓受尽土匪的欺压，对土匪充满了仇恨，对突然到来的小分队也采取敌视的态度。少剑波带领战士们为百姓捐送衣物、粮食，又组织百姓上山打猎、修复铁路、运输木材，并提请上级部门拨运了上万斤粮食和数百条衣裤送给百姓。经过不懈的努力，小分队终于和当地百姓建立起良好的军民关系。他们还苦练滑雪技术，真正和雪交上了朋友。

杨子荣单枪匹马进入威虎山后，先以"先遣图"作为见面礼获得了座山雕的信任，被封为威虎山的老九。接着他借值日巡山的机会了解了威虎山的地形和军事布置，想出大年夜借"百鸡宴"消灭敌人的作战计划。他把作战计划写在桦皮膜上，借军事演习的机会下山放在与孙达得事先约定好的地点，孙达得取到情报以后立刻返回小分队。夹皮沟的小火车在运行时遭到土匪袭击，包括十八岁的高波在内的十三名同志不幸牺牲，从牡丹江押送来的栾平也趁乱逃跑了。情况万分危急之下，少剑波带领小分队立刻出发进军威虎山。大年三十的晚上，杨子荣正在威虎山准备"百鸡宴"，突然从小火车上逃跑的栾平上了威虎山，他指认杨子荣不是胡彪而是"共军"。杨子荣沉着冷静、将计就计，逼迫栾平解释如何知道自己是"共军"。栾平只得承认自己曾经被"共军"俘虏过，这就和刚才他自称是从蝴蝶迷那里来形成矛盾，从而引起座山雕的怀疑。接着杨子荣又乘胜追击，给他扣上引"共军"进山、破坏座山雕六十大寿、是个"丧门星"等罪名，一不做二不休将其杀掉。晚上十点多，匪徒们大多已经烂醉如泥，刘勋苍率领小分队冲进威虎厅，冲着匪徒一阵扫射，干脆利落地只用二十分钟就胜利结束了战斗。

初一早上，负责监视神河庙老道的栾超家赶到威虎山，他带来了新截获的情报：国民党滨绥图佳党务专员侯殿坤和保安总司令谢文东已经探知我小分队正驻扎在夹皮沟，他们命令座山雕和另一匪首九彪，率部趁正月初七夹皮沟山神庙会之际，将小分队一网打尽。少剑波将计就计带领小分队迅速赶回夹皮沟，他把夹皮沟伪装成被座山雕占领的样子，布置好埋伏，然后让杨子荣继续假扮胡彪请九彪前来分赃。九彪带领众土匪进入包围圈后被小分队一举歼灭。消灭九彪之后，小分队又前往神河庙抓捕定河道人。定河道人原名宋宝森，他曾经是日本间谍，后来又成为国民党特务，假冒道人作恶多端，今天终于落入人民的手中。

三、转战绥芬甸

正月十五的晚上，小分队撤离了夹皮沟，转战七百里之外的绥芬大甸子。在路上，他们遭遇了长达三天三夜的暴风雪。行程延期，粮食快吃完了，少剑波决定冒着大雪覆盖路面、行人有可能深陷雪坑的危险急速赶路。可是没走多远，两名战士就陷入了深坑，大家尽全力将两人救了出来，便再也不敢贸然行军了。正在此时，小分队偶遇青年猎人姜青山，在姜青山的带领下，小分队改变了路线，避开了雪坑，顺利通过三关道，翻过绝壁岩，抄近道进入绥芬大甸子。

绥芬大甸子的居民一半是汉族，一半是朝鲜族，他们散居在大甸子的各处，

很难集中起来开展工作。一天晚上，小分队队员抓住一个刺杀少剑波的刺客，经过审讯，队员们得知此人是匪首马希山的部下——杨三楞。根据杨三楞的供词，小分队对绥芬甸子的敌情有了较为详细的了解。考虑到敌人的数量数倍于己，而且老巢的工事十分坚固，少剑波决定用调虎离山的办法打击敌人。他先命令队员们在村里强行把地主的财产分给群众，逼得地主进山报信。然后队员们伪装成仓皇逃跑的样子，引诱敌人下山追击，之后绕到敌人背后，直奔敌人在锅盔山的老巢。小分队放火烧了敌人老巢，当敌人赶回老巢救火时，小分队又迅速赶回大甸子，处死了两名大地主，俘虏了留守在大甸子里的五十余名土匪。等匪首们发现小分队的踪迹，再赶回大甸子时，小分队早已撤离，无影无踪了。就这样，小分队牵着敌人的鼻子在林海雪原开始了大周旋。几次交锋后，少剑波判断敌人正沿着基密尔草原向西南逃窜，企图翻过长白山进入吉林境内。少剑波派骑兵通讯员回团报告上级领导，请求速派主力到敌人逃窜的要道截击敌人。在万年屯，小分队配合主力两面夹击，歼灭敌人数百人，但是匪首侯殿坤、谢文东、马希山等三十余人漏网。小分队请教了在长白山挖人参的棒槌公公，得知冬天要过长白山，必须走四方台，他们立即前往四方台追击敌人。在李鲤宫前，小分队与顽匪展开了白刃战，谢文东被俘虏，郑三炮、蝴蝶迷被刀劈，马希山、侯殿坤被击毙，小分队的剿匪任务圆满完成，他们又踏上了转战西南、歼灭蒋军主力的新征程。

第二节　神化的英雄与妖魔化的土匪

解放战争初期，担任牡丹江军区二团副政委的曲波，曾经亲率一支小分队深入林海雪原执行剿匪任务。在半年多的时间里，他们穿林海、跨雪原，屡出奇兵，先后消灭了数十倍于己的多股顽匪，取得了大兵团作战难以实现的骄人战绩。战士们的英勇，敌人的凶顽，战斗环境的艰险，以及失去战友的悲痛，都给曲波留下难以磨灭的印象，也使他久久难以释怀。于是他用文字记录下那段难忘的岁月，借此向战友们表达最深的敬意。亲历战场的痛切感受，新中国成立的群情激昂的时代氛围以及传统通俗小说的长期熏陶，使曲波在创作过程中往往会不自觉地夸大笔下人物的性格特征，使其呈现出扁平化、漫画化、类型化等特点。

一、智勇双全的剿匪英雄

小分队虽然人数不多，但是队员们个个都是精挑细选出来的战斗英雄。他们身怀绝技、智勇双全，大多具有超强的作战能力。外号"坦克"的刘勋苍勇猛过人、力大无穷；外号"猴登"的栾超家身手敏捷、擅长攀登；负责联络的孙达得体健腿长，善于奔跑；负责警卫的高波机灵热情、勇于担当……可以说，作品中的主要队员大都以其鲜明的个性给读者留下了深刻印象，而其中最引人注意、最让人过目难忘的当然还是杨子荣和少剑波。

号称"孤胆英雄"的杨子荣在整个剿匪过程中可以说是屡建奇功。他智识并活捉了小炉匠；吸引敌人注意力，配合少剑波拿下了仙姑洞；和孙达得一起雪地追踪逮住了"一撮毛"……但是他最知名、最为读者津津乐道的还是化装成土匪胡彪，孤身打入匪巢，取得匪首座山雕的信任，与战友里应外合，智取威虎山的英勇之举。座山雕盘踞的威虎山防守严密、易守难攻，座山雕本人又老奸巨猾、生性多疑，因此要在极短的时间内赢得座山雕的信任，摸清威虎山的军事布置，制订出切实可行的作战计划绝非易事。杨子荣除了以"先遣图"做见面礼，初步赢得座山雕的好感之外，他还处处谨慎小心，时时注意自己的言行举止，尽力保持一种坦然自若、轻松随意的神态，让敌人放松警惕。当座山雕用军事演习试探他的真伪时，他凭借机警敏锐的观察能力和对战友的信任，迅速识别出敌人的诡计，并且将计就计，以"追击"为掩护将情报送下山，表现出胆大心细、反应迅速、聪慧过人的性格特征。除夕夜，小炉匠栾平跑上威虎山，当面指认杨子荣是共产党不是土匪，杨子荣遇到了最为凶险的挑战。他依然临危不乱，沉着应对，既以凛然无畏的气势威逼对方，给对方造成一定的心理压力，又仔细观察，寻找对方破绽，设圈套让对方陷入自相矛盾的境地，最后更以"不吉利"为借口果断坚决地处死对手，杜绝后患，充分表现出大智大勇的性格特征。

如果说对于杨子荣，作者着重表现的是他超常的侦察能力、应变能力，那么对于少剑波，作者则着重表现了他的指挥能力和政治思想水平。少剑波带领小分队深入林海雪原进行剿匪，战斗环境以及敌人数量、军事装备等始终处在变化之中。面对不同的敌人，少剑波总是能够审时度势，制订出奇袭、智取、周旋、大战等不同的作战方案，而且每每直击敌人要害，以最短的时间、最少的伤亡，取得最好的歼敌效果，表现出极高的军事指挥才能。小分队进山剿匪的直接原因就是土匪们下山作乱、杀害群众、破坏土改，因此在剿匪过程中，少剑波始终牢牢记住党的嘱托，把维护人民群众的利益放在第一位。他带领小分队队员或者耐心细致地做说服劝慰工作，或者用实际行动帮助群众解决生活中的困难，以真诚和实惠让老百姓切实感受到了共产党、解放军的好。小分队也正是在蘑菇爷爷、棒槌公公、李勇奇、姜青山等当地百姓的热情帮助下，才对地形、敌情等了如指掌，制订出一个个出人意料又精密细致的作战计划。少剑波及队员们扎实过硬的政治素质为最终圆满顺利地完成剿匪任务奠定了坚实的基础。

作者在塑造主要英雄人物时特别注意保持人物形象的高大、完美，甚至会通过一定程度的夸张，使人物的言行达到神奇的地步。比如，杨子荣假扮胡彪打入威虎山的土匪窝并迅速赢得了座山雕的信任，他身上多少是应该有一些匪气的，但是作者为了保持杨子荣英雄形象的纯净，便剔除了他身上的匪气，使文本表达与生活逻辑间出现了一丝缝隙。再比如，小分队接连取得智取威虎山和伏击九彪的胜利后，夹皮沟的老百姓纷纷传说英雄们有"勾魂钉身法"和"掌心雷"，把他们奉为"神人"，于是作者也就借老百姓之口把英雄们的勇猛威力进一步"神化"了。

二、作恶多端的土匪恶棍

与战斗英雄们的英勇无畏、正气凛然形成鲜明对比的是土匪们的阴险毒辣、淫乱无耻。这是一帮穷途末路、负隅顽抗的亡命之徒，濒临灭亡的处境使他们分外心狠手辣、残暴恶毒。作品一开始就写了这些土匪在五天之内，先后血洗了杉岚站、饮马河、靠山屯、兴隆堡四个村庄的暴行，他们烧杀抢掠、无恶不作，凶残的本性暴露无遗。尤其是几个匪首，为了扩张地盘，与解放军对抗，更是挖空心思用尽各种卑劣残酷的手段。许大马棒用血腥的屠杀报复翻身的百姓，对手无寸铁的男女老幼用刀铡、火烧、铁丝穿耳示众等手段进行威吓，其残酷程度令人发指；座山雕在威虎山修筑了繁复的防御工事，还在暗地里不断地观察考验杨子荣，其阴险狡诈的性格可见一斑；九彪故意拖延出兵时间，让座山雕替自己探险，十足一个自私算计的小人；马希山仗着自己人多势众，妄想一口"吃"掉小分队，表现出贪婪狂妄的性格……作者紧紧抓住每个土匪的特点，生动地刻画出他们各不相同的恶。

作者还通过描写土匪道德上的败坏，增强读者对他们的蔑视感、鄙夷感。女匪蝴蝶迷生性轻浮放荡，她在土匪帮里不断换姘头，凭着女色找靠山，丝毫没有道德观念上的羞耻感。神河庙妖道宋宝森表面道貌岸然，实则是一个奸淫掳掠、杀人不眨眼的恶魔。为了侵占美色，他残忍地杀害了原神河庙的定河师傅韩荣华全家，又欺世盗名，冒充定河师傅招摇撞骗、欺压良家妇女。其他大小土匪也无不在道德上表现出猥琐龌龊的性格特征，他们或者沉迷于花天酒地、寻欢作乐，被酒肉兵指挥得团团转；或者嗜赌成性、烟瘾难戒，被自己的恶习拖累着在邪路上越走越远。可以说，道德上的堕落、私生活的混乱也进一步加速着他们的彻底败亡。

再者，作者刻意强调了土匪们外表的丑陋。许大马棒"身高六尺开外，膀宽腰粗，满身黑毛，光秃头，扫帚眉，络腮胡子，大厚嘴唇"①；座山雕"一个尖尖的鹰嘴鼻子，鼻尖快要触到上嘴唇"②……可以说，土匪们无一不是三分像人七分像鬼，活脱脱野兽变的妖魔鬼怪。正是通过将反面人物妖魔化（野兽化）的方式，作者再次强调了剿匪的合理性和土匪败亡的必然性。

三、扁平化人物的得与失

E.M.福斯特在《小说面面观》中把文学作品里的人物形象分为两类：扁平人物和圆形人物。其中扁平人物"也称为类型人物，有时也叫漫画人物。其最纯粹的形式是基于某种单一的观念或品质塑造而成的……真正的扁平人物可以用一句话来概括……这一句话就把他说尽了，除此之外他的存在再无任何意义，再无任何快乐，再无任何私欲……"③《林海雪原》中的人物基本都是扁平人物，作者喜欢抓住笔下人物的某一性格特征，不断进行渲染，甚至会有一定程度的夸饰，以至于给读者留下英雄人物被神化、反面人物妖魔化的阅读感受。

比如，作者在塑造杨子荣这一人物形象时，用到了很多细节，但是无论是智识小炉匠、智取威虎山、智骗九彪，还是打虎上山、勇劈蝴蝶迷，作者不断强调的其实只是杨子荣单方面的性格特征——智勇双全、骁勇善战，除此之外，杨子荣是否还具有其他的性格特征，我们就很难从作品中获得有效信息了。这种塑造人物的方法，其好处是人物性格鲜明突出，能够给读者留下较为深刻的印象；其弊端却在于反映社会生活的真实性与深广度受到了一定程度的影响。所以在20世纪五六十年代，当杨子荣的性格与时代氛围相吻合的时候，他是家喻户晓的战斗英雄，但是到了20世纪八九十年代，当人们的阅读兴趣随着社会生活的发展

---

① 曲波：《林海雪原》，北京：人民文学出版社1964年版，第24页。
② 曲波：《林海雪原》，北京：人民文学出版社1964年版，第211页。
③ [英]E.M.福斯特：《小说面面观》，冯涛译，上海：上海译文出版社2016年版，第61页。

有所改变时,这一人物形象就显得比较单薄、不够丰满了。

因此,2004年,当有关方面把小说《林海雪原》改编成电视剧的时候,便不由得给杨子荣加了很多戏码,比如增加了杨子荣当伙夫的桥段,加强了他身上的江湖气,甚至还为他设计了一些感情戏。虽然这些改编大多有生活原型为基础,但是并没有得到观众的认可,反而招来一片质疑声。如果说小说中的杨子荣是一元政治意识形态的产物,满足了人们英雄崇拜的阅读需求,激发了读者的革命激情的话,电视剧中的杨子荣则是大众文化消费意识形态的产物,它所表达的是平民化、人性化等"后英雄时代"的文化诉求。表现英雄人物的凡俗化、生活化是对十七年文学过于强调人物的"阶级性""革命化"的反拨,它把英雄人物从高高的神坛拉回到真实的人间,使其更丰满,更贴近现实生活,这样的改编具有一定的合理性,但是在改编时一定要注意把握人物的时代特点与个性特征,避免掉入"泛情化""媚俗化"的窠臼,出现用一种"类型化"简单替代另一种"类型化"的尴尬。"红色经典"是时代感很强的文学作品,承载了一段历史记忆,如何正确理解和阐释"红色经典"中的英雄人物,使其既个性鲜明又丰满真实,获得更为长久的生命力,成为真正的"经典",还有很长的路需要走。

第三节 革命故事的传奇化书写

《林海雪原》被称为"革命英雄传奇"①小说,与一般的反映革命斗争的小说相比,《林海雪原》富有浓郁的传奇色彩;与传统的传奇故事(通俗小说)相比,《林海雪原》又具有强烈的革命意识,《林海雪原》可以说是特定时代中革命故事的传奇化书写。

一、独特战斗环境中的英雄传奇

"所谓奇者,言常人不能言,行常人不能行也。"②《林海雪原》里的小分队是在极为险峻恶劣的环境中执行剿匪任务的。原始神秘的莽莽林海,极度严寒的气候条件以及凶恶残忍的斗争对手,使战士们的剿匪过程异常艰辛,同时为战士们

---

① 洪子诚:《中国当代文学史》,北京:北京大学出版社2010年版,第143页。
② 张志忠:《定位与错位——影视改编与文学研究中的"红色经典"》,《文艺研究》2005年第4期。

增添了几分传奇色彩。

土匪们的巢穴大都安置在幽僻阴森的山林深处，巍峨险峻的地形山势、复杂坚固的防御工事，为土匪们提供了天然的保护屏障，却给战士们完成剿匪任务造成了极大的困难。奶头山上的十八台是上山的必经之路，路面仅有一脚之宽，两边全是万丈陡壁，真是易守难攻、极为险要；威虎山的阵势像个烂泥塘里的螃蟹窝，匪徒们可以在里面横冲直撞、随时隐藏，战士们却极易暴露、遭到伏击；大完颜分水岭上横断三百多里的绝壁岩，齐刷刷就像刀切一样陡峭，只有中间的"三关道"勉强可以通过，却需要"跳三跳，贴三贴，爬三爬"的高超攀爬技术，可以说是对胆量和经验的双重挑战。另外，还有杳无人烟的基密尔大草原；爬山者总是有去无回，号称"阴山望乡台"的四方台……然而无论怎样险恶复杂的地形条件，小分队的战士们总能奇迹般地征服，他们以飞檐走壁、跨越天堑的绝技上演了一幕幕英雄传奇。

小分队进山剿匪是在冬季，极端的低温、凛冽的寒风、漫天的飞雪……给队员们剿匪造成了极大的困难。严寒中的战士们要用自己前胸和腋下不多的暖气，温暖枪栓和子弹，一旦枪支被冻住则后果不堪设想。皑皑白雪下经常会隐藏着深不可测的雪坑，曾经有两个战士不慎掉下雪坑，其他战士迅速扩大坑口，前后共有二十余人分工合作、齐心协力，才终于把已经窒息的战士拉拽上来。面对困难和挑战，战士们不是消极逃避而是积极应对。他们苦练滑雪技术，终于和大雪交上了朋友。借着大雪的帮助，他们不但侦察到了匪徒的踪迹，而且加快了行军速度。智取威虎山时，他们在一天一夜的时间里驰行三百余里，可以说是名副其实的"雪上飞行军"。战士们驾驭着滑雪板穿越林海、踏过雪原、行进如飞的样子，别有一番奇幻浪漫的风姿。

除了直接正面描绘剿匪环境的艰苦外，作者还借助民谣、传说等进一步烘托神异奇幻的氛围。"老爷岭，老爷岭，三千八百顶……"写出了密林的广袤辽阔。"绥芬甸！绥芬甸！世外极乐园……"写出了大草原的美丽富饶。奶头山上有狄英儿与灵芝姑娘坚贞不渝的爱情传说；四方台前有李鲤姑娘开山辟路的斗争故事。民谣里的惊险与现实中的惊险相互对照，神话里的英雄与生活中的英雄相互映衬，作者以虚虚实实、亦真亦幻的文字，营造出神奇梦幻的诗意之美。

二、对通俗小说传奇性的借鉴

在总结自己的创作经验时，曲波曾坦言自己并不是特别喜欢《战争与和平》

《钢铁是怎样炼成的》等外国小说,而是更偏爱《水浒传》《三国演义》《说岳全传》等中国传统的通俗小说。他喜欢中国传统通俗小说简单明了的故事结构、个性鲜明的人物形象以及酣畅淋漓的阅读感受等。可以说,中国传统通俗小说的故事性、传奇性、娱乐性等都给了曲波很大的文学滋养,因此有评论者称《林海雪原》是"新的政治思想和传统的表现形式互相结合的典范"①。

　　《林海雪原》是以真人真事为基础创作而成的,不过作者并没有原封不动地照搬现实生活,而是对现实生活进行了一定的艺术加工,尤其是加强了作品的传奇色彩。首先,作者对现实生活进行了浓缩,他把自己当年在东北参加的大大小小七十二场战斗浓缩成了四次大的战役。浓缩后的剿匪斗争更加惊险刺激,也更为引人入胜,尤其是在叙事结构上像极了《西游记》中师徒四人西天取经、降妖伏魔的故事。就像师徒四人危难时刻总能得到各路神仙的指点和救助一样,小分队队员们也总能在一筹莫展之时先后得到蘑菇老人、棒槌公公、姜青山等人的帮助。正是在这些"山中奇人"的帮助下,剿匪队员们才一次次出奇制胜,屡建战功。由此《林海雪原》也就获得了与《西游记》相似的叙事效果:用极为夸张的艺术手法写出困难的艰巨性、恐怖性,又用"四两拨千斤"的手段将困难轻松化解,虽然历经千辛万苦却终究可以取得决定性的胜利。于是英雄人物的传奇性、不可战胜性得到了很好的弘扬,而读者也获得了惊险刺激与大团圆结局的双重阅读快感。

　　另外,作者在情节设置上也吸收了一些传统通俗小说的叙事元素。比如,杨子荣"打虎上山"与《水浒传》里的"武松打虎"有几分相似;"舌战栾平"又与《三国演义》里诸葛亮"舌战群儒"有相似之处,这些细节都给读者似曾相识的阅读快感,同时强化了作品中人物性格的传奇色彩。尤其是作品一开头,作者设计了土匪们血洗杉岚站,少剑波的姐姐鞠县长不幸遇难的情节,这一情节也有着明显对传统侠义小说中英雄人物报恩复仇叙事元素的借鉴。这样的情节借鉴,使得剿匪行动不再是单纯的政治任务、军事命令,而是有了明显的伦理道德的诉求,营造出读者熟悉的以血缘为核心的伦理文化氛围。毕竟与严肃简明、行动迅捷的军事行动相比,讨还"血债"的复仇诉求更能给读者造成强烈的情绪感染,更容易引起读者的共鸣,也更能显现出主人公性格中的英雄本色和传奇色彩。

---

① 李杨:《〈林海雪原〉与传统小说》,《中国现代文学研究丛刊》2001年第4期。

三、传奇化书写的得与失

《林海雪原》通过对传统通俗小说叙事模式的借鉴，获得了普通读者的喜爱，成为十七年红色文学经典中最受读者欢迎的作品之一。但是对传奇性、趣味性的过度追求，也使作品产生了漫画化、喜剧化的表达效果，在一定程度上影响了革命历史书写的真实性、可信性。

当作者用通俗小说传奇化的艺术手法去表现1946年冬到1947年春那场真实存在的剿匪斗争的时候，现代社会客观存在的两种政治力量间的残酷斗争就被转化成了艺术性的神魔斗法。解放军战士的作战能力被大大神化了，比如，作品中极具惊险和浪漫色彩的滑雪行军就基本上是作者的虚构。当时剿匪队员们的确有滑雪行军的设想，而且也买了滑雪用具，进行了练习，但是在实际运用时却发现在森林中滑雪危险极大而被迫放弃了，可是作者为了增强作品的惊险度和美感却保留了这一虚构的细节。被神化后的解放军战士，在战术水平、战斗能力、思想觉悟等各个方面都远远超过被妖魔化的国民党土匪，因此小分队虽然在人数上明显少于土匪，有时候甚至连土匪人数的十分之一都不到，但是他们却总是能够凭借神勇机智，牢牢把握住战斗的主动权。在作品重点描述的几场战斗中，小分队队员无论遇到怎样的困难与挑战，总能巧妙化解，干净利落地迅速控制局面，以疾风扫落叶之势取得斗争的最后胜利。土匪们或者乖乖地举手投降，或者无一漏网地被彻底歼灭，战斗过程可以说是酣畅淋漓，这与现实生活中土匪们顽固凶悍，"我军1946年剿匪平均六十发子弹打死一敌人"①形成鲜明对比。很显然，作者将现实生活中剿匪斗争的残酷艰巨简单化、浪漫化了，剿匪变得轻松有趣、易如反掌。土匪们的凶残仅仅停留在他们邪恶的外表、虚张声势的自我吹嘘和欺压手无寸铁的百姓上，如果真的遇到对手，他们则外强中干、不堪一击。如果根据情节发展的需要涉及我军将士流血牺牲的场面，作者往往通过一些转换手法尽可能降低这些场面给读者带来的悲哀情绪。比如，作者让栾超家代替杨子荣受伤，以保持杨子荣这一主要英雄人物的高大完美；或者用更大的胜利冲淡陈振仪等战士牺牲所带来的悲伤气氛；或者通过发誓报仇，把战士们因鞠县长、高波等人牺牲而产生的悲痛情绪转化成继续奋进前行的动力。

总之，作品中不会长久地弥漫悲伤哀悼情绪，而基本保持一种饱满昂扬的乐

---

① 姚丹：《"事实契约"与"虚构契约"——从作者角度谈〈林海雪原〉与"历史真实"》，《中国现代文学研究丛刊》2003年第3期。

观主义基调，甚至是一定的喜剧化色彩。这种乐观主义基调既是当时人们历经苦难终于开启新的生活征程时愉悦激动心情的写照，又是传统通俗小说所具有的传奇性、虚幻性、娱乐性等审美特点的反映。当我们以正视悲剧、开掘人性等现代人文精神去审视它的时候，就难免会为它的狭隘化、简单化等时代局限而略感遗憾了。

延伸阅读资料：

1. 曲波：《我是怎样写〈林海雪原〉的》，《山东文学》1981年第10期。
2. 李杨：《50—70年代中国文学经典再解读》，济南：山东教育出版社2003年版。

思考题：

1. 谈一谈《林海雪原》中的传统叙事元素。
2. 谈一谈《林海雪原》中杨子荣这一人物形象的塑造特点及其意义。

第五章 《野火春风斗古城》品读

作者简介及创作背景：

李英儒（1913—1989），河北保定人。1936年投身革命，1937年参加八路军，曾任记者、编辑、八路军某部团长。1942年在日寇进行"五一"大扫荡时，李英儒到保定从事地下工作，组织工人、市民、学生与敌伪作斗争。新中国成立后他以自己的亲身经历为素材创作了《野火春风斗古城》，该书于1958年12月由作家出版社出版。

第一节 野火烧不尽，春风润古城

《野火春风斗古城》反映的是1942年底至1943年初这一抗战最艰苦年代的革命斗争故事。作品以地下工作者为主要表现对象，描写他们冒着生命危险，克服各种困难，在敌人眼皮底下开展革命工作的英雄事迹。

一、重返省城

作品首先介绍了地下工作者的工作环境。在抗战最艰难的相持阶段，共产党干部杨晓冬接受了上级委派的新的工作任务，以失业市民的身份，回到敌人统治下的省城开展革命工作。配合杨晓冬开展斗争工作的有外线和内线两组同志：外线由城郊武工队梁队长负责，金环和杨晓冬的母亲担任外线交通员；内线由在伪市政府工作的高自萍和他的叔叔参议高鹤年负责，担任内线交通员的是金环的胞妹银环。金环和银环是省城火柴公司看门工颜宝的女儿。金环结婚不久丈夫就牺牲了，她自己带着女儿小离生活。银环上过护士学校，现在在市立第二医院工作。金环和银环都是共产党员，她们积极从事革命工作。看着女儿们进进出出、忙忙碌碌，颜宝多少有些替她们的安全担心。杨晓冬是1930年在省城师范学校读书时开始参加革命的。在学校里，他认识了图书员赵肖峰和打钟的工友老韩。

经他们介绍,杨晓冬阅读了《共产党宣言》等革命书籍,懂得了革命道理,并且参加了散发传单、传递情报等革命工作。在蒋介石宪兵三团血洗省城师范的大惨案中,工友老韩不幸牺牲,赵肖峰转移到城外。杨晓冬失学了,但是他在政治上却更坚定了,他加入了共产党,成为党的一名领导干部。

重新打入省城的杨晓冬先和在医院工作的银环取得了联系,了解了高家叔侄的工作表现。通过银环的介绍,杨晓冬敏锐地觉察到高家叔侄不可靠,便放弃了住在高家的原计划,到西下洼找到老韩的儿女韩燕来和小燕,把韩家作为暂时的落脚之地。杨晓冬在银环的引领下去高家找高自萍。高非常冷淡,他得知杨晓冬没有合法证件时就劝他回根据地以保证安全,同时,他也不愿意接受护送同志过路的任务,认为这是大材小用,太委屈自己了。杨晓冬走后,高自萍有些后悔,他觉得自己的态度过于冷漠,于是用请客看戏的方式进行弥补。杨晓冬应高自萍之约来到新舞台戏院,在戏院里他看到了前来看戏的日军将领阿布龟雄少将、多田首席顾问、伪省长兼警备司令吴赞东、伪治安军集团司令高大成等众多敌伪将领。他发现在所有敌伪军官中,高大成的伪一团团长关敬陶夫妇低调素朴、与众不同。

银环在工作中遇到了同样担任交通联络任务的杨晓冬的母亲。银环从杨妈妈那里接到了上级布置的新任务——到城内迎宾旅馆寻找四名从北京出来的青年学生,并且火速把他们送到根据地。小燕设法混进迎宾旅馆,装作送开水的服务员逐个房间进行排查,终于找到了四名学生。其中三名学生被顺利护送到了路西根据地,一名姓孟的女生不愿意去山区,自愿留在了路东平原。小燕给她一封到千里堤敌工站的介绍信,路上孟同学遇到了敌工干事,敌工干事根据介绍信接待了她。因为天已黑,距离敌工站又比较远,敌工干事便安排她到杨妈妈家住了一宿,这一贸然的安排给杨妈妈的安全埋下了隐患。

杨晓冬按照肖部长的指示,把韩燕来带到了根据地。在根据地,杨晓冬和韩燕来受到陈副司令等军区首长的接见。首长们详细了解了敌伪方面的情况以及沦陷区老百姓的生活,同时就下一步的工作原则、工作方法等对杨晓冬进行了指示,杨晓冬感觉思路一下子打开了,理论水平提高了不少。韩燕来则通过组织考察成为一名光荣的共产党员。因为敌人突然进犯根据地,大部队要马上转移,杨晓冬经过考虑,决定和韩燕来立刻返回省城。在返回途中,他们遭遇了敌人,二人毫不畏惧、勇敢拼杀,终于摆脱了敌人,赶到火车站,乘坐火车回到省城。

二、生死考验

因为敌军大都进入山区对我根据地进行大规模"扫荡",所以省城防备空虚。原来专司守卫的伪警备连,跟随高大成进山区"扫荡"了,新调来守卫的是关敬陶的伪一团第八连,司令部指挥权由关敬陶代理。经过详细侦察,摸清敌情后,杨晓冬与梁队长制订了奇袭伪治安军司令部的计划。一天深夜,梁队长带领武工队队员闯进伪治安军司令部,活捉了包括关敬陶在内的二十五名俘虏。他们把俘虏押回八里庄,分别对他们进行了审问。杨晓冬对关敬陶进行了一番政治教育之后,将他释放了。

伪治安军司令部受到袭击后,敌伪方面加强了对周围地区的盘查。为了安全和更好地打击敌人,梁队长率领武工队向路东转移,寻找新的战机,杨晓冬则返回省城继续开展地下工作。金环在护送杨晓冬返城途中不幸被捕,遭到了敌人的严刑逼供。在审讯中,她借机惩治了汉奸李歪鼻,也尽力保护了被俘团长关敬陶。后来她伺机刺杀多田时,不幸被多田连击五枪,壮烈牺牲。牺牲前,金环被散押在一户居民家里,她给妹妹写了一封长信,讲明自己的处境与愿望,并且托付这户居民家里一位善良的姑娘把信件转交给了银环。

麦收时节就要到了,敌人准备组织一次大规模的抢粮行动,关敬陶把这个消息告诉了到家里做思想工作的银环,银环又向杨晓冬做了汇报。杨晓冬立刻派小燕通知梁队长,自己则和燕来装扮成医生,混入伪省城商会办公处。他们挟持了伪商会会长,逼迫伪商会名下的粮商们退出了抢粮行动。高大成率领四个团到达离城四十里的千里堤边沿时,发现地里的小麦都已在一夜之间被抢收完毕。高大成恼羞成怒,干脆指挥士兵到百姓家里去抢粮食及各种物资。回城时,抢夺物资最多的伪三团走在队伍的最后,他们遭遇了武工队梁队长的伏击,整整一天抢来的物资又都原封不动地给武工队留下了。敌人恼羞成怒,开始了全城大搜捕。在伪省长吴赞东的安排下,高鹤年乘火车去了北京,他的侄子高自萍却被捕了。到根据地找爱人的孟小姐被敌人抓获了,她很快就叛变了革命,供出了自己所知道的一切,致使杨老太太被抓进了监狱。

经过苦心寻找,银环终于找到了替姐姐送信的姑娘——蒲小蔓。蒲小蔓安排银环同被关押在日本商行的杨老太太见了一面,杨老太太把自己手上一只嵌有一双赤心的白银戒指送给了银环。为了营救杨老太太,银环去找高自萍,无意中向他透露了下午四点与杨晓冬在红关帝庙见面的信息。高自萍立刻打电话把这一信息报告给了敌人，杨晓冬被捕了。敌人用尽各种办法诱惑、折磨杨晓冬。他们用假枪毙恫吓，用美女、盛宴利诱，用辣椒水、坐电椅威逼……然而一切都无济于事，杨晓冬始终不为所动。敌人又把杨晓冬押送到关押杨老太太的地方，他们准备用看着对方受酷刑的方法逼迫他们。为了不拖累自己的儿子，杨老太太趁敌人不备，跳楼自杀了。杨晓冬在狱中靠着坚定的革命信念顽强地活着，终于有一天，他通过送饭的老赵和外面的同志取得了联系，大家共同制订了营救计划。按照营救计划，韩燕来假扮成狱卒混进监狱，设法救出了杨晓冬。

三、策反起义

高大成出动了全部人马，全城戒严，挨家逐户搜查也没发现杨晓冬的踪迹。为了遮掩日本人的耳目，他决定把高自萍作为越狱逃跑又被抓回的共产党逃犯示众处死。听到处决共产党逃犯的消息，不知内情的梁队长赶去救援，却不慎暴露了目标，被范大昌抓捕入狱。根据地得知梁队长被捕入狱的消息，及时写信通知了杨晓冬等人。杨晓冬立即安排周伯伯进入敌人的宪兵队做伙夫，让他配合小燕设法和梁队长接上了头。经过商议，大家决定等敌人把梁队长等人转移到马驹桥的时候，在中途设法解救他们。杨晓冬化装成团部长官，以查勤为名，诱骗敌人放下吊桥，顺利占领了芦苇河的炮楼，并成功劫持了从河上经过的敌伪汽车，解救了梁队长等同志。解救成功后，全部人员乘坐缴获的汽车，奔赴关敬陶团伪一营营部驻地昌腾镇。在昌腾镇他们策反了关敬陶率领的伪一团，俘获了前来调查情况的范大昌、蓝毛和田副官，率领起义部队迅速向根据地撤离。撤离途中他们遭遇了高大成伪军和日军的追击，梁队长击毙了妄图逃跑的蓝毛和田副官，击伤了骑马指挥的高大成，不幸自己也负了伤。追击的敌人越来越多，万分危急时刻袁政委率领一个主力团及时赶到，起义部队顺利进入根据地。杨晓冬、银环、韩燕来等人则继续回内线开展地下工作，新的考验正等着他们。

第二节　深入敌后的孤胆英雄

《野火春风斗古城》讲述的是抗日战争时期，中共干部深入敌占区开展地下革命工作的故事，作品塑造了杨晓冬、金环、银环、韩燕来等众多在敌人眼皮底下坚持抗日斗争的英雄形象。

一、春风化雨的"拓荒"英雄

杨晓冬刚进入省城开展地下革命工作时,肖部长在留给他的布置地下工作任务的信里明确指出:"今天,你是携带着革命种子去拓荒。革命种子播在沦陷区人民的心里,必然要开花结果。那时节,再强大的敌人,也是甘拜下风无能为力的。"① 可以说,杨晓冬是肩负着发动、凝聚敌占区革命力量的"拓荒"英雄。作为一名"拓荒者",杨晓冬没有合法证件,没有正式职业,没有固定住所,工作条件极为险恶,可是他却凭借机警的反应能力,勇敢的担当意识,丰富的斗争经验,扎实的政治素养,出色地完成了党所交付的艰巨任务,凸显了革命者的崇高品德和卓越才能。

刚进省城时,杨晓冬听取了银环报告的高氏叔侄的工作情况后,立即敏锐地觉察到其中暗藏的危险,于是他放弃了原来想在高家居住的打算。为了自己和整个省城地下工作网络的安全,他宁愿露宿在城墙洞里,自己受点冷,也不愿冒险到没有把握的地方住宿,表现出机警敏锐、艰苦奋斗、以大局为重的性格特征。在省城安顿下来以后,从护送上级领导过路智斗蓝毛,到夜入伪商会组织反抢粮,从面斗伪省长吴赞东,到劫持敌人卡车推动关敬陶起义……杨晓冬承担了一项又一项艰巨而又危险的革命任务。每次他都是英勇无畏、冲锋在前,显示出共产党员应有的担当意识和牺牲精神。他或者以不凡的气度、从容的举止震慑住敌人;或者以周密的安排、迅捷的行动操控住敌人;或者以强硬的态度、坚定的意志降服住敌人……总之,他常常凭借丰富的斗争经验和过人的胆识气魄取得传奇般的战斗成果,一点一点地推动地下革命工作艰难前行。

在对待自己的同志和普通百姓时,杨晓冬则平易近人,亲切友好,显示出质朴的亲和力和扎实的政治理论素养。正是在杨晓冬的引领下,银环感觉心里踏实了许多,工作也更有条理、更有章法了;韩燕来也觉得自己的人生道路清晰了很多,生活有了明确目标,不再像以前一样凭借一股蛮劲乱打乱撞,而是走上了真正的革命道路。他们都是在杨晓冬的帮助下迅速成长为合格的革命战士的。对于二房东苗先生,杨晓冬并没有像韩燕来一样拒之千里,而是主动热情地与之交往,苗先生很快就被杨晓冬文雅的谈吐、大方的举止折服,对他产生了敬重之意,痛快地答应让他留住在小院,并热心帮他办理合法证件。在与韩燕来一起去根据地的路上,杨晓冬亲切随和地与当地百姓交谈聊天,很快就赢得了百姓的信任,摸清了当地的情况,

---

① 李英儒:《野火春风斗古城》,北京:人民文学出版社1958年版,第7页。

找到了安全通道,为成功抵达根据地准备了必要条件。可以说,杨晓冬注重利用一切机会发动群众,团结抗敌力量,扩大革命队伍,显示出非凡的凝聚力和卓越的政治理论素养。

二、春花烂漫的巾帼英雄

金环和银环是性格迥异的同胞姐妹。金环热情爽朗、大方洒脱,银环含蓄温柔、多情善良,她们都是为党的革命事业无私奉献青春乃至生命的巾帼英雄。

姐姐金环负责外线交通,经常穿越敌人的关卡传递情报、护送同志,出生入死的斗争经历使她积累了极为丰富的斗争经验。她把梁队长写给杨晓冬的密信裹在酒瓶塞子里,遇到险情立马将密信嚼碎吃下,很好地保全了党的工作机密。护送杨晓冬返回省城时,她不幸被捕。她首先想到的不是自己的安危,而是如何保护好同志。她拼命去夺一个敌人的枪,逼得敌人不得不朝天开枪,用枪声向杨晓冬报送讯息,显示出机智果敢、英勇无畏的性格。敌人把她捆绑进城,游街示众,她毫不畏惧、大义凛然,显示出共产党人的铮铮铁骨。敌人让她和嫌犯对证,她将计就计,假装与李歪鼻是老相识,对关敬陶则恨之入骨,巧妙地惩治了汉奸,保护了潜在的革命力量,显示出过人的智慧与胆识。当她得知自己有机会接近多田的时候,便准备好了又硬又尖的骨头簪子,找准时机用簪子直刺敌人的咽喉,却不幸遭到敌人的枪击,壮烈牺牲,献出了自己宝贵而年轻的生命。在留给妹妹的信里,金环回顾了自己短暂和光荣的一生,她记述了自己所经历的艰难曲折的革命历程,也描绘了自己所向往的光辉美好的革命前景,她热切地鼓励妹妹在革命道路上继续前行,表现出共产党员高尚的情操、坚定的信念和无怨无悔的牺牲精神,她是一名成熟的、令人敬佩的革命英雄。

妹妹银环负责内线交通,主要承担印发传单、传播革命思想等工作,是杨晓冬在省城开展地下革命工作的得力助手。作为一名革命者,银环具有英勇无畏、热情正直的精神气质。她讨厌高自萍自私胆小、怯懦犹疑的性格,喜欢在杨晓冬领导下紧张充实的工作状态。她假扮敌军警备司令部的机要员,混入宴乐园散发革命传单,胆大心细、机敏而又沉稳,出色地完成了任务。她进入关宅劝说关敬陶起义,以满腔热情和真知灼见赢得了团长夫人的信任和敬重,为进一步策反关敬陶打下了坚实的基础。作为一名女性,银环又具有心地善良、温柔细腻的性格特征。当她得知初到省城的杨晓冬因无合法身份要露宿街头时,满怀内疚地脱下自己的毛衣外套送给对方保暖。后来年关将至,她看到韩燕来他们灾祸不断、经济紧张,又干脆把毛衣外套当掉,帮他们筹钱救急。她总是全心全意地帮助别人,尽自己所能给同志们以热情和温暖。然而由于年纪较轻,斗争经验不足,银环又具有脆弱幼稚的性格特征。在得知杨母被捕的消息后,她心急如焚、乱了阵脚。为了尽快营救老太太,她放松了警惕,无意中向高自萍泄露了杨晓冬的行踪,直接导致了杨晓冬的被捕,给党的革命工作造成了极大损失。她是还需要不断磨炼与考验,需要党组织进一步引导和培养的成长中的英雄形象。

三、春雷初动的觉醒英雄

韩燕来是革命烈士的后代,他在杨晓冬的引领下,年纪轻轻就走上了革命道路,是新生的革命力量。韩燕来生性刚烈耿直,勇于冒险,有一种不肯服输的硬汉性格。他还是小孩子的时候就冒着生命危险,泅水翻墙去学校送信,展现了不凡的身手和热情似火的性格特点。他痛恨日本鬼子,宁肯失业挨饿也不愿意给日本鬼子做事,为此他辞去了电灯公司的稳定职业,靠朋友周济以拉三轮为生,过着食不果腹的穷苦日子。但是他始终不丢中国人的骨气,有一种"舍得一身剐,敢把皇帝拉下马"的执拗劲儿。

为了筹钱过年,韩燕来到街上卖外带,没承想外带却被伪警察当作私货查收了。他受了一肚子的委屈却无处诉说,于是干脆买了一把尖刀伺机复仇。在盲目地寻找仇人的过程中,他偶然撞见日本橡胶公司的经理龟山正在欺负一个中国女孩,新仇旧恨一起涌上他的心头,他一不做二不休,一刀刺死了日本鬼子龟山,解救了被欺负的女孩。在策反关敬陶的最后时刻,关敬陶有些犹犹豫豫,举棋不定,关的部下苟长海则趁机搞分裂,叫嚣着拒绝起义,又是韩燕来挺身而出,一刀结果了苟长海的性命,以不容置疑的强硬态度促成了关敬陶部队的顺利反正。可见韩燕来是有着豪放爽直、莽撞冲动性格的侠义英雄。

韩燕来虽有一身孔武之力,性格却比较孤僻。他不太擅长与人沟通,总是闷头闷脑、独来独往。对于拉扯自己长大的周伯伯,他话不投机就顶撞;对于住在同院的苗先生他则敬而远之,拒绝与之交往。狭隘闭塞的生活圈使他倍感压抑苦闷,他经常觉得自己像"隔着玻璃向外飞的虫鸟儿,眼看到外面明朗的天,头碰的生疼也出不去,一来二去,变成断线的风筝,上不着天,下不挨地……"[①]是杨晓冬帮他转变了思想,开阔了心胸,拓展了眼界,使他渐渐明白了革命的真义。在党的安排下,他打入敌人的部队,发展革命力量,打探战斗消息,为省城的地

---

① 李英儒:《野火春风斗古城》,北京:人民文学出版社1958年版,第36页。

下工作做出了贡献。尤其是和杨晓冬一起到根据地的经历给了他极大的震撼,他在一种全新的生活环境中真正感受到了生命的活力和意义,他明白了许多革命道理,也光荣地加入了中国共产党,终于从蒙昧的、自发的斗争者成长为觉醒的、自觉的革命者。

第三节 地下工作中的侠骨与柔情

作为表现敌占区地下斗争的文学作品,《野火春风斗古城》虽然没有直接描写正面战场大规模战争的文学作品那样的气势恢宏、波澜壮阔,却也有一种别样的惊险曲折、扣人心弦。

一、神秘又传奇的工作特色

地下工作顾名思义就是在敌人的眼皮底下秘密开展工作,独特的工作环境使得地下工作者不得不经常面临各种危险与挑战,其中最常见的就是突如其来的搜查。杨晓冬和韩燕来护送两位领导过路时,历尽艰辛终于到达了目的地。本以为办完了交接手续,过路任务就可以宣告结束,没承想却遭遇敌人突如其来的搜查。本来首长们已经躲进了夹壁墙里,有了较为安全的藏身之处,可是令人意想不到的是狡猾的敌人竟然要丈量房屋,这就使得首长们再次处于极度危险之中。最终多亏杨晓冬挺身而出,假扮日本军队的高级特务才震慑住了敌人,成功地掩护了首长,自己也全身而退。整个搜查过程可以说是奇峰迭起、险象环生。另外,杨晓冬越狱成功以后,高大成发动了全城大搜捕。杨晓冬先是藏在邢大姊家里,假扮成传染病病人,又靠关敬陶的暗中相助才躲过一劫。后来他为了确保安全,转移到教会医院。先是藏身于护士宿舍红楼地下室,后来又转移到太平间。本以为太平间是比较安全的藏身地点,可是凶残的敌人竟然连太平间也不放过。当敌人打开太平间房门的那一刻,气氛可以说紧张到了极点。幸亏杨晓冬及时藏到了太平间的房梁上,才再次幸运地躲过搜查。整个搜查过程也是一波未平一波又起,复杂曲折、惊险异常。

虽然地下工作者的斗争环境非常严酷,但是他们并不满足于仅仅维护自身的生命安全,而是不断寻找各种时机给予敌人沉痛的打击。比如,杨晓冬他们时而劫持伪商会会长,组织反抢粮运动;时而打探消息,组织营救被捕同志……

以自己英勇无畏、以暴抗暴的斗争行动,很好地配合了根据地的对敌斗争,动摇了敌人的残酷统治。如果说躲避搜查时,地下工作者主要是被动地应对,那么在以暴抗暴的行动中,他们则是主动出击,因此这类行动也就更能体现地下工作者的战斗能力和英雄本色。在行动之前,地下工作者们往往会谨慎小心地做好各项准备工作,尽可能提高行动的成功率。比如,在组织反抢粮运动时,杨晓冬先派小燕、韩燕来、周伯伯到各地送信,组织尽可能多的革命力量加入行动之中;在组织劫狱的时候,他们则利用送饭、放风等机会,使狱内外的同志取得联系,里应外合,制订切实可行的行动计划。然而天有不测风云,层出不穷的变数又往往会破坏他们原有的计划,使其行动难度大大增加。比如,反抢粮时群众发动不起来,行动力量比较单薄;劫囚车时敌人行动时间提前,接应队伍赶不到等。但是地下工作者们并不会轻易放弃,他们往往审时度势、随机应变,制订出新的行动计划。比如,反抢粮时杨晓冬化装成医生,闯进伪商会劫持了会长;劫囚车时他们又化装成伪军混进敌营,控制了芦苇河炮楼。可以说他们正是以绝不放弃的坚定信念,破釜沉舟的无畏气概,坚持斗争并终于迎来了胜利的转机,书写了绚丽辉煌的英雄传奇。

二、以政治为重的工作策略

作者李英儒在作品序言中谈道,他之所以将这本书命名为《野火春风斗古城》,是要"以野火喻作敌人的凶焰,以春风比作党的力量,任你敌人的凶焰再高,烧不尽中国人民革命的有生力量。在毛主席正确路线指引下,经过党的春风化雨,受尽苦难的中国人民,终于取得斗争的胜利,被敌人蹂躏的中国大地,终于云散烟消,晴空万里,呈现出一片欣欣向荣的景象"①。可以说,宣传革命思想,团结、感化敌占区的群众,甚至是敌伪人员,春风化雨般地培养、鼓动各种革命力量,正是我党地下工作的一项重要任务。

我党地下工作人员会利用各种机会宣传革命思想,如散发传单就是他们常用的工作方法之一。在《野火春风斗古城》中,杨晓冬在年关之际带领大家印制了大量宣传材料并四处散发。小燕直接把材料投进了关敬陶的宅邸;韩燕来把传单挂在奎星阁的阁顶,让大风吹着传单四处飘扬;银环则趁着敌伪军政长官举行新年晚会的时机,以贺年卡的形式将传单交给每一位与会者。这些传单给敌人造成了不小的震动,如伪省长吴赞东看到传单后,开始盘算如何为自己的将来寻找

---

① 李英儒:《野火春风斗古城·序》,北京:人民文学出版社1958年版,第2页。

退路。

　　策反也是我党地下工作者常用的化敌为己、迅速增加革命力量的重要工作方法之一。在作品中，金环对赵黑锅、汤二狗等俘虏进行了策反；韩燕来对邢双林、苏兴旺等拜把弟兄进行了策反；而对伪一团团长关敬陶的策反则是全书的核心内容。关敬陶曾经在北京读过大学，后来因战争爆发无处安身才报考了伪军。他良心未泯，有着较好的策反基础，但是常年在伪军供职也沾染了一些不好的习性，颇为顽固。因此，他的策反之路并非一蹴而就，而是一个系统、艰难的大工程，很是费了些周折。杨晓冬等人首先是晓之以理，对其进行政治思想教育。通过投送宣传单、审讯拷问、当面劝说等手段唤起他作为一个中国人的良心。然后是动之以情，让其在敌我双方不同的态度中受到感化、权衡利弊。杨晓冬等人曾经趁敌人大部队进山"扫荡"，城内防守空虚的机会，夜闯司令部活捉了他，却又旋即将其释放，让其充分感受到我军对他的尊重和诚意。后来金环被捕，被敌人逼迫指认他的时候，金环假装与其有深仇大恨，巧妙地保护了他。与此形成鲜明对比的是敌军对他却极不信任，他们用明升暗降的手段剥夺了他手中的实权，这让他的心理天平进一步向我军倾斜。然而他依然顾虑重重、犹疑不决，准备等战局进一步明朗时再谈起义之事。对此，杨晓冬等人干脆用武力进行逼迫，强令他立刻走上起义之路。可以说关敬陶是"在自愿与强迫相结合的情势下"①选择起义的，他的策反之路充分体现了我党地下工作者高超的斗争策略与技巧。

三、严酷斗争中的脉脉温情

　　抗日战争是中华民族遭受外敌入侵的惨痛经历，也是广大民众的民族意识不断觉醒、民族认同感不断加强、民族向心力不断迸发的过程。地下工作者虽然是潜入敌占区开展革命工作，处于敌人的包围之中，但他们并不是孤军奋战，而是时时处处都可以感受到来自战友的帮助和来自普通百姓的支持。正是有了这些理解和支持，地下工作在严酷惨烈之中透露出一丝温情和暖意。

　　杨老太太是作者在现实生活的基础上，参考借鉴中外文学作品中的众多母亲形象塑造而成的一个人物。她既有农村底层妇女的坚韧质朴，又有作为母亲的慈爱和蔼，还有作为革命者的坚毅顽强。她以自己的实际行动，谱写了一曲刻有革命烙印的母爱的赞歌。杨老太太是在儿子的影响下走上革命道路的。刚开始，她对革命并没有十分透彻的认知，只是出于对儿子的关爱，希望自己能够帮到儿子

---

① 李英儒：《野火春风斗古城·序》，北京：人民文学出版社1958年版，第4页。

而参与到革命工作中来。她有对儿子的思念以及对儿子生命安全的担忧，因此她在年关将近时忍不住跑到城里来看儿子。这时她身上体现出的更多的是普通母亲对儿子的关爱。后来她不幸被捕，为了不拖累儿子，她毅然选择了跳楼殉义。她以牺牲自己的宝贵生命为代价，成全了儿子的革命大义。她的壮烈牺牲给了敌人最沉痛的打击，也给了包括儿子在内的革命者们最有力的支持，是超越了普通母爱的更为崇高深沉的大爱。

当志同道合的战友在一起并肩战斗时，共同的革命情怀，相似的审美取向，难免会使他们因为相互欣赏而萌生爱情。在《野火春风斗古城》中，银环欣赏杨晓冬的睿智成熟，她感到和他在一起，自己的思想变得充实了，政治觉悟得以提高，精神也感到兴奋愉快，再也没有以前那些寂寞空虚的感觉了，她不自觉地对他生出一份爱恋之情。杨晓冬也喜欢银环的胆大心细、温柔善良。当银环为了让大家更好地过年而当掉自己的毛衣外套时，杨晓冬敬佩她的奉献精神；当银环假扮敌军机要员送出宣传单时，杨晓冬敬佩她的勇敢从容。在为了共同的革命目标而努力奋斗的过程中，他们相互爱慕的两颗心越走越近，甜美的爱情也在不知不觉中生根发芽。然而受工作环境和自身革命信念的影响，他们并不会在爱情上花费太多的心思，他们还是会自觉地把革命放在高于一切的首要地位。所以当杨晓冬遭遇母亲以及上级领导催婚时，总是以为时尚早为由婉言拒绝。直到最后母亲以家传戒指相托付，他和银环的爱情才趋于明朗。即便如此，他们之间的爱依然是淡淡的、含蓄的，尽管这份爱是坚定的、深沉的。正是这份恬淡却深沉的爱情使严酷的地下斗争多了一分温柔的诗意，也使革命者的信念更加坚定明晰。

延伸阅读资料：

1. 李英儒：《关于〈野火春风斗古城〉——从创作到修改》，《人民文学》1960年7月号。

2. 蓝爱国：《解构十七年》，上海：华东师范大学出版社2003年版。

思考题：

1. 谈一谈《野火春风斗古城》中的传奇性描写。

2. 谈一谈《野火春风斗古城》中金环与银环这一对姐妹的形象塑造特点及其意义。

第二编
成长类红色经典小说

第六章 《红旗谱》品读

作者简介及创作背景:

梁斌(1914—1996),河北蠡县人,原名梁维周。1932年保定二师爆发学生运动时,梁斌参加了护校运动。20世纪30年代初梁斌参加了北方左联,抗战期间和40年代后期,梁斌在解放区从事文化宣传工作。早在1935年,梁斌就以高蠡暴动为题材开始文学创作,先后写过短篇小说、中篇小说、剧本等文学作品。1953年他重回革命旧地考察、访问、座谈,在进一步熟悉和理解斗争史实的基础上正式动笔,1957年《红旗谱》由中国青年出版社出版。

第一节 锁井镇上的复仇故事

《红旗谱》讲述的是北方乡村的普通农民,如何在共产党的引领下超越传统的家族复仇,加入阶级斗争行列中的革命历史故事。

一、初步觉醒

作品一开始,作者用楔子的形式讲述了家族仇恨的缘起。在冀中平原滹沱河畔锁井镇的千里堤上有一口古铜钟,那是滹沱河下梢四十八村为修桥补堤,集资购地四十八亩的凭证。可是大地主冯兰池为了侵吞公产却要砸掉古钟,民间英雄朱老巩手持铡刀护卫古钟,好朋友严老祥挥斧助阵,然而冯兰池(人称冯老兰)却施展诡计骗走了朱老巩,砸毁了古钟,气得朱老巩悲愤交加,吐血而死。朱老巩死后,他的女儿又遭到强盗强暴,被迫跳河自尽,他的儿子——十五岁的朱小虎不得不背井离乡下了关东。

接着,作者把视线拉回当下,二十五年后的春天,当年的小虎子——朱老忠带着妻子和两个儿子——大贵、二贵返回了故乡。他们在好友严志和(严老祥的儿子)的帮助下,暂时在故乡安顿下来。朱老忠向严志和了解锁井镇这二十余年

的变化。当他得知前几年朱老明因为税赋摊派不合理,联合了二十八家穷人和冯兰池打了三年官司,却连输三场,弄得倾家荡产,还气瞎了眼睛后,更加坚定了与地主冯兰池斗争到底的决心。与此同时,冯兰池则变本加厉地继续欺压朱、严两家。严志和的大儿子运涛在田里逮到一只非常名贵的脯红鸟,两家人希望能将这只鸟卖个好价钱以便改善家境,于是带了鸟儿到集上去卖。冯兰池在集上看见了那只鸟,也很喜欢,就想据为己有,没承想却遭到了孩子们的拒绝。冯兰池怀恨在心,伺机报复,指使人将大贵抓去当兵。朱老忠托人说情没有成功,只能将计就计,制订出"一文一武"的复仇计划。他希望大贵能在军队里谋得一官半职,改变全家人总是被欺压的命运。事实证明,这条路根本行不通,后来朱老忠看到世间不太平,干脆写信把朱大贵从军队上叫回来,复仇计划暂时搁浅。

真正给朱、严两家的复仇计划带来转机的是共产党。严志和的两个儿子严运涛和严江涛先后外出打工、上学,他们偶然间认识了共产党员贾湘农,在贾湘农的引领下懂得了一些革命道理,从此真正走上了革命道路。运涛在贾湘农的引领下到南方去参加北伐军,他很快就从南方寄来家信,告诉家人他当上了革命军的见习连长,一家人看到信后高兴得不得了。然而不久之后,北伐就遭遇了失败,运涛因为是共产党员而被捕,被关押在济南的监狱里。家里人得到消息后都非常难过,运涛的奶奶更是悲痛欲绝,撒手人寰。严志和也患了重病,卧床不起。朱老忠主动表示愿意替严志和去济南探望运涛。为了凑路费,严志和把家里的两亩"宝地"卖掉了。他万般不舍,在卖地前夕和江涛一起走进"宝地",看了它最后一眼。在地里,严志和不由得跪下,大口地咀嚼、吞咽着泥土,与"宝地"诀别。朱老忠陪江涛到济南探监,他们见到了以政治犯身份被判无期徒刑的运涛。运涛虽然身陷囹圄,却依然心系革命,在狱中,他借着探视的机会大声演讲,宣传革命道理。

二、反割头税

江涛被哥哥所感染,也像哥哥一样投身革命,组织上派他回锁井镇组织反割头税斗争。江涛回村以后,根据压迫越大,革命性越强的规律,先到了常年扛长工,受压迫最深重的老套子家里。可是老套子思想守旧,并不接受江涛所讲的革命道理。江涛感到十分沮丧,他回到城里向贾老师请教。贾老师告诉他,工作要有针对性,建议他从养猪户开始展开反割头税的动员工作。所谓"割头税"是当时国民党政府的一项杂税,就是农民们在过年杀猪的时候,要缴纳十分沉重的税赋，这极大地损害了老百姓的利益。反割头税是真正解决农民生活中遇到的实际问题，因此受到积极拥护。江涛的工作有了新的正确的方向，变得顺利了许多。他向自己的父亲、忠大伯以及朱老明、朱老星、伍老拔等人宣传反割头税运动，他们都积极响应，并分头行动起来去动员自己的亲戚朋友，反割头税运动有条不紊地准备起来。

大贵在门前安了一口杀猪锅，帮乡亲们免费杀猪。当时县里的割头税是由冯兰池花四千块钱承包的，眼看割头税收不上来，自己要赔钱，他就想了各种办法破坏反割头税。他向朱老星索要陈年旧账，警告他要么还钱，要么退出反割头税。他又让承包了镇上割头税的刘二卯在街上大骂反割头税的百姓，结果刘二卯被群众痛打了一顿。冯兰池的儿子冯贵堂看大家实在闹得厉害，就口说不要割头税了，暗地里却跑进城里找县长，要求县长惩办严江涛，保障自己割头税的收入。贾湘农和张嘉庆来到乡下，指导反割头税运动。他们把村里会拳脚的都集合起来，组成了纠察队，护卫反割头税的群众。腊月二十五的年集上，江涛组织了声势浩大的反割头税游行。游行队伍冲击了官盐店和县政府，县长答应可以暂时不交割头税，反割头税斗争取得了初步胜利。斗争胜利之后，朱老忠、朱老明、严志和、伍老拔、大贵光荣地加入了中国共产党。冯兰池包税商赔了钱，想要抵赖包价，结果被县政府扣押，他就状告县政府镇压反割头税运动不力。县政府出面镇压反割头税，贾湘农被迫出走，临走前他安排张嘉庆去保定第二师范读书。

三、二师学生运动

反割头税运动结束之后，作者将视线转移到城里，讲述了第二次大的革命运动——保卫二师学生运动。"九一八"事变以后，江涛和同志们领导学生运动，宣传抗日，让省政府大伤脑筋。1932年春天，省政府宣布解散第二师范并开除多名师生，学校陷入白色恐怖之中。护校委员会决定召回在乡同学，开展护校运动，江涛及部分同学重新回到校园。十四旅旅长、保定卫戍司令陈贯义对学校实行严密的包围，致使学校里的蔬菜、粮食都吃光了。学生们不得已采树叶、打狗、捉鱼、挖藕充饥。严志和听说第二师范被包围，赶紧约了朱老忠赶到保定，看是否能帮到江涛。贾湘农也赶回保定，准备组织力量营救学生。冯贵堂也从乡下赶到保定，他见到陈贯义，建议他快刀斩乱麻，以迅雷不及掩耳之势逮捕学生。严知孝也去请求陈贯义，希望他能支持学生抗日，各方力量展开了严酷的斗争。

被围困在学校里的学生收到省委指示：二师学生运动主力转入乡村，去支持高蠡游击战争。学生们决定执行特委的决议：全体人员冲出市区，到乡村去开展抗日游击运动。但是行动之前，他们需要一批粮食补养身体。江涛策反了自己的老乡——负责看管学生的国民党兵冯大狗，在他的帮助下溜出校园，到市区和贾湘农等人取得联系。贾湘农请示了上级领导以后决定组织学生进行突围。江涛领着朱老忠、严志和，赶着车把粮食运到第二师范门口，张嘉庆领着同学们冲出校门把粮食抢运到校园里。没有等到学生突围，敌人先行一步，把学校的围墙拉倒了一个豁口，冲进校园。有十七八位同志不幸牺牲了，张嘉庆等五六个人受了伤，严江涛等三十多人不幸被捕。得到江涛被捕的消息，严志和感到无路可走，想要跳河自杀，被朱老忠拦下。张嘉庆在美国的思罗医院得到救治，身体康复之后，他乘坐朱老忠的人力车，连同看守冯大狗一起逃出了医院，他们将在冀中平原开展新的斗争。

第二节　两家农民三代人和一家地主两代人

《红旗谱》讲述的是家族仇恨演化为阶级对抗的故事。为了突出北方农村的阶级对立，作者将作品中的人物分割成两大阵营：农民阶级和地主阶级，并以两家农民和一家地主为代表，写出了两大阵营间矛盾的普遍性与不可调和性。

一、慷慨侠义的朱家

朱家人最为突出的性格特征就是他们都具有燕赵义士慷慨悲歌的性格。朱家第一代朱老巩为了保护村民公产，不惧强权与地主冯兰池展开抗争。虽然抗争以失败告终，朱老巩也不幸牺牲，但是他勇敢无畏的精神却始终激励着后人坚持不懈地与地主阶级斗争。他的勇于担当、大胆反抗的性格是朱家最为宝贵的精神财富。

朱家的第二代朱老忠是全书的核心人物，也是红色经典小说中最有代表性的人物之一，他被认为是"跨越新旧两个时代，在历史风云之际呼啸行进的民族英雄，其思想性格深刻地概括了我们这个世纪劳动人民的英雄品质和历史命运"①。

---

① 王万森、吴义勤、房福贤主编：《中国当代文学50年》，青岛：青岛海洋大学出版社2001年版，第74页。

受父亲朱老巩的影响，再加上自己几十年走南闯北，阅历丰富，所以朱老忠心胸开阔、意志坚定，具有一般农民所没有的豁达与坚韧。一回到故乡，朱老忠就打听二十多年里锁井镇的世事变化。当他得知朱老明等人因为打官司而倾家荡产，甚至气瞎了眼睛时，立即去看望他们，给他们精神鼓励以及力所能及的物质帮助。运涛参加北伐运动不幸被捕，严志和受不了打击卧病在床，朱老忠主动代劳，陪着江涛徒步去济南探监。江涛想要报考保定第二师范，严志和觉得负担太重不同意，是朱老忠苦口婆心地劝说才帮助江涛争取到了报考的机会。后来，江涛果真考上了，朱老忠又卖掉自己精心喂养的小牛犊，为江涛凑了十块钱学费。朱老忠经常说的一句话就是："这天塌下来，有我朱老忠接着。朱老忠穷了一辈子倒是真的，可是志气了一辈子。没有别的，咱为老朋友两肋插刀！"① 他豪爽义气，自然而然地成了乡亲们的主心骨。

朱老忠虽然担负着报仇的重任，可是他一点都不急躁，他经常说的另一句话就是"出水才看两腿泥哩"②。他不像自己的父亲朱老巩那样莽撞蛮干，也不像朱老明那样对统治阶级抱有幻想，妄想通过打官司扳倒冯兰池，他对斗争的艰巨复杂有着充分的认识，因此制订了"一文一武"的复仇计划，显示出一般农民所没有的深谋远虑。但是"一文一武"的复仇计划依然是通过屈从于统治阶级来获取复仇机会，因此还是带有明显的局限性。

朱老忠彻底改变是在接触共产党之后才发生的。他在共产党员贾湘农的支持下，和江涛一起组织领导了锁井镇的反割头税运动。他带领群众冲进县衙，迫使县长口头同意暂时不交割头税，斗争取得了圆满成功。反割头税运动是农民在党的领导下，有组织、有目标的斗争运动。它不同于朱老巩的单打独斗，而是依靠集体的力量获得了胜利；也不同于朱老明的走法律程序，而是依靠武装斗争迫使敌人让步。正是通过领导反割头税运动，朱老忠对农民与地主间的矛盾冲突有了新的认知。他超越了家族复仇的狭隘性，真正明白了阶级斗争的内涵和有效的斗争策略，农民式的报仇心愿升华成为整个阶级解放而献身的革命意志。朱老忠的思想终于在党的领导下发生了质的飞跃，曾经的自发反抗提升为自觉斗争，朱老忠也从一位普通农民转变成了无产阶级革命战士。

朱家的第三代朱大贵受家庭影响也具有疾恶如仇、敢闯敢拼的性格特点。比如，他拒绝将脯红鸟卖给冯兰池，在反割头税运动中，他勇敢地在门前支起杀猪

---

① 梁斌:《红旗谱》，北京：人民文学出版社1957年版，第23页。
② 梁斌:《红旗谱》，北京：人民文学出版社1957年版，第22页。

锅,帮乡亲们杀猪,这些都是其侠义性格的体现。后来他在父亲的影响下,加入了革命队伍,成为一名英勇的革命战士。

二、忠厚深情的严家

忠厚深情是严家人较为突出的性格特征。严家第一代严老祥是朱老巩最忠实的战友,当朱老巩举起铡刀与冯兰池抗争的时候,严老祥毫不犹豫地挥斧上阵,助自己的老友一臂之力。斗争失败,朱老巩不幸牺牲,严老祥倍感孤独落寞,同时又常常担心冯兰池会加害自己,所以不得已选择了出走关东。他在具有侠义性格的同时也体现了传统农民保守怯懦的性格特点。

严家第二代严志和更是集中体现了老一代农民既忠厚质朴又狭隘保守,既渴望革命又充满顾虑的矛盾性格。他热情忠厚、乐于助人,刚刚返乡的朱老忠正是在他的帮助下才在故乡重新安顿下来。他勤劳善良,对土地充满深情,希望能够通过自己的辛勤劳作让全家老小过上踏实、平安的日子。他总是默默耕耘,甚至有些逆来顺受,有时面对命运的摆布有些不知所措。当他为了筹集去济南探监的路费,不得已而卖掉家中的二亩"宝地"时,痛苦绝望的情绪浸染了他的内心。他跪在田里,大口地吞咽泥土,与"宝地"诀别,失去土地的悲凉无奈让人泪目。他原本的人生目标就是一家人能够吃饱穿暖,如果不是连这最基本的愿望也实现不了的话,他是很难下定决心投身革命的。因此,虽然他具有反抗地主压迫的斗争愿望,却难以承受斗争失败所带来的沉重压力。朱老明与冯兰池打官司,他慷慨相助,结果赔上一头牛。遭遇失败的他心灰意冷,感觉"在这地方咱算是直不起腰来"①,于是想和父亲一样做"逃兵"出走关东。二师学生运动失败,江涛不幸被捕,他难以再次承受儿子身陷囹圄的痛苦,企图自杀。他多次在挫折面前表现出畏难退缩的情绪,多亏朱老忠及时相助才重新找回对于生活的信心。与朱老忠这样的英雄典型相比,严志和更质朴本色,也更能代表三四十年代中国农民的普遍状态。

严家第三代严运涛、严江涛也都是重情重义的人。在脯红鸟事件中,运涛丝毫没有怪罪给自己造成经济损失的大贵,表现出胸怀宽广、敦厚质朴的性格特征。后来,他在共产党员贾湘农的引领下阅读了革命书籍,懂得了革命道理,改变了祖辈们局限于追求个人幸福的狭隘性格,成为锁井镇最先觉醒的革命者之一。他和弟弟江涛一起积极参加革命运动,当他们不幸遭遇失败,先后被捕入狱

---

① 梁斌:《红旗谱》,北京:人民文学出版社1957年版,第22页。

时，面对巨大的折磨与挑战，他们表现出了与祖辈们不同的坚毅顽强。他们凭借革命战士的坚贞不屈，在各种恶劣的环境中继续与敌人战斗。当运涛身陷囹圄，江涛被围困到断粮挨饿时，他们都毫不动摇革命信念，甘于为革命事业奉献自己的青春，牺牲个人的幸福。他们从农民的儿子成长为胸怀天下，为整个无产阶级革命事业无私奉献却无怨无悔、英勇坚决的革命战士。

三、霸道诡诈的冯家

冯家是锁井镇上势力最大的地主，也是与农民之间矛盾最尖锐、斗争最激烈的家族，书中的主要冲突基本是因为冯家而起。老地主冯兰池贪婪蛮横、作恶多端，手段极其阴险毒辣。比如他想私吞公产，准备敲碎公产凭证——古钟，就使用调虎离山计骗走与之大闹的朱老巩，最终阴谋得逞。他以平定兵乱为由，将公款费用全部摊派给下排户的穷人，上排户的富人却分文不掏，沉重而不合理的摊派逼得二十八家穷人联合起来与他打官司。他又施展手段，使得穷人们连告三状却都以失败告终。穷人们弄得倾家荡产，他却毫发未伤。他想抢夺珍贵的脯红鸟，不能如意就抓大贵当壮丁作为报复。他想霸占春兰，遭到拒绝就故意散播春兰的谣言，败坏春兰的名声。他趁着严志和家中遭难，乘机抢走了严家的二亩"宝地"，把严家逼到破产的境地。他还豢养了刘二卯、李德才等几个爪牙，替他跑腿卖命、干尽坏事。他贪婪成性，总是无休止地掠夺，为了达到目的而不择手段。同时，他又比较刻板保守，坚信地租和利息才是来钱的正路，其他的挣钱方式都靠不住。他不愿改变旧的生活方式，他"是从封建的生产基础上生长起来，是封建思想的代表人物"①。他欺压百姓的手段比较直接，与农民阶级的矛盾冲突也比较鲜明激烈，两者之间有着不可调和的刻骨仇恨。

少地主冯贵堂读过大学，念过法科，新式资产阶级教育使他思路开阔、思想新潮，更愿意尝试新的生活方式。他不满足于仅仅靠地租和利息增加收入，而是谋划着开展多种经营。他计划种植棉花、芝麻、大豆、花生等经济作物，引进水车、榨油机、轧棉机等新型生产工具，提高生产效率，增加经济收益。他还准备开买卖，贩卖盐铁和洋广杂货，通过多种经营方式开拓挣钱渠道。很显然，冯贵堂有着一般地主难以比拟的经济眼光，他也有着与父亲大不相同的政治头脑。他推行改良主义，在村里兴办新式学堂，推行"民主"议事政策，建议父亲少在受

---

① 梁斌：《漫谈〈红旗谱〉的创作》，载牛运清主编《长篇小说研究专集》(中)，济南：山东大学出版社1990年版，第109页。

苦人身上打算盘，和穷苦人搞好关系，缓和阶级矛盾。然而这并不意味着他愿意牺牲自己的切身利益，彻底消除阶级差别。事实上，一旦农民阶级的抗争触及他的根本利益，他就立刻露出狰狞的面目。反割头税运动中，他眼看着发横财的美梦要泡汤，立刻想方设法对运动进行破坏。与父亲冯兰池让李德才逼债、让刘二卯与农民对骂，这种直接与农民发生冲突的正面镇压策略不同，他更善于走上层路线。他找到县衙，试图通过拉拢县长，借助政府的力量彻底摧垮反割头税运动。显然，他的统治手段更加隐蔽狡诈，更具有破坏性。后来爆发二师学生运动，这次表面看来与冯家没有直接利益瓜葛的运动，他也要插手干涉。他找到保定卫戍司令陈贯义，诋毁学生的爱国热情，申明"怀柔"政策的弊端，彻底否定了自己曾经奉行的改良主义。可以说，此时的他已经接受了帝国主义奴化教育，成为"买办"型的农村地主阶级的代表人物。

第三节　革命历史小说中的生活化叙事

《红旗谱》一直被文学史家看成是十七年革命历史小说的经典文本，它"表征着中国文学的革命历史叙事所达到的成熟阶段。它所建构的那种革命历史观念、那种叙事法则，它的审美趣味，都标志着中国社会主义文学的高度"①。

一、革命历史叙事

《红旗谱》是一部经过革命历史叙事"改造"过的家族复仇小说。世代遭受地主欺压的穷苦农民在屡次遭遇抗争失败之后，终于在中国共产党的引领下，真正地团结起来，战胜了阶级敌人，取得了革命的阶段性胜利。作品通过记录中国农民走上革命道路的艰难历程，再现了中国共产党领导的新民主主义革命的必然性与正确性。作者从一开始就明确主题为阶级斗争，并且严格按照阶级斗争原则去安排人物关系，设置矛盾冲突，组织作品结构，形成了关于现代中国农民革命斗争的经典叙事模式。

首先，作者将作品中的人物划分为农民阶级与地主阶级两大尖锐对立的阵营。农民阶级处于社会底层，经济贫困，备受地主阶级欺压，政治上有反抗意愿但是找不到正确的道路，直到接受了中国共产党的领导才看到了斗争胜利的希

---

① 陈晓明：《个人记忆与历史的客观化》，《当代作家评论》2002年第3期。

望。地主阶级是社会的统治阶级，经济富裕，政治上与国民党政府相互勾结，在乡村社会实施霸权统治，残酷剥削穷苦农民。两大阵营界限分明，即使经过数代繁衍，也未出现边界的模糊混乱。比如，朱老忠从父辈那里继承了对地主阶级的刻骨仇恨，他不仅自己拼尽一生努力为父报仇，而且坚信这一仇恨的种子必将世代传承下去，子子孙孙，永不放弃，终究有一天可以击败对手，报仇雪恨。

其次，作者在两大阵营间设置了尖锐的矛盾冲突。朱老忠的父亲和姐姐都是直接或者间接遭受地主冯兰池迫害而死；朱老忠和严老祥都被冯兰池逼得远走关东；严志和在冯兰池的巧取豪夺下先后失去了一头牛和二亩"宝地"，自己也差点去了关东；朱老明因为和冯兰池打官司赔得倾家荡产，还气瞎了眼睛；朱大贵因为不愿意把脯红鸟卖给冯兰池而被抓了壮丁；春兰因为不愿意给冯兰池做妾而被散布谣言……以冯兰池为代表的地主阶级可以说道德败坏、心狠手辣，他们为了满足自己的私欲，在乡间横行霸道、作恶多端，逼得穷苦农民家破人亡、流离失所，两大阶级之间存在着不共戴天的尖锐矛盾。

最后，作者将矛盾冲突设置成线性递进的发展模式。朱老巩大闹柳树林却惨遭失败，使人们意识到仅凭单打独斗是无法战胜冯兰池的。于是人们团结起来，二十八户农民拧成一股绳，一起状告冯兰池。可是官司打了三年，依然以失败告终，这说明仅靠农民自己的力量依然无法战胜地主，还需要寻找靠山。大贵被抓壮丁，朱老忠将计就计，制订了"一文一武"的斗争计划，希望子孙后代能够在统治阶级的军队或政府中谋得一官半职，为家人出头报仇。然而事实证明这一计划并不可行，统治阶级并不容许穷苦百姓挤入上流社会，寻找靠山还需要先找到正确的道路。正是这种走投无路的绝境使得穷苦百姓接受共产党的领导成为历史的必然。事实证明，只有在中国共产党的领导下，穷苦农民才能够超越家族恩怨的世代轮回，走上为全人类解放而努力奋斗的革命道路。因此，《红旗谱》所建构的"是一种以阶级性与典型性相结合，并通过人物的阶级关系来展示社会面貌，带有鲜明的中共党史的叙事立场的叙事模式"[①]。这一叙事模式的主要特点是以叙述革命起源为主，通过描述农民革命者的成长历程和中国革命的历史化进程，形成红色革命的谱系性叙事。

二、乡土生活描写

作者梁斌在确定了作品以阶级斗争为主题以后，遇到一个非常现实的问题，

[①] 陈思和主编：《中国当代文学史教程》，上海：复旦大学出版社1999年版，第76页。

就是如何增强作品的可读性。他说:"书是这样长,都是写的阶级斗争,主题思想是站得住的,但是要让读者从头到尾读下去,就得加强生活的部分,于是安排了运涛和春兰、江涛和严萍的爱情故事,扩充了生活内容。"①如果说阶级斗争主题是作品的核心和骨架的话,那么关于北方农村民间生活场景的描写则是作品的血肉,正是这些有着浓郁乡土气息的生活场景,使得阶级斗争这一抽象的政治主题变得可知可感,具体生动起来。

小说中有许多关于冀中平原田园景物、风土人情的描写。滹沱河畔一望无际的千里堤是锁井镇最具标志性的风景。堤上白杨树枝叶茂密,可供人们纳凉;堤下桃李满园,可为人们结出累累硕果;堤外滹沱河水奔腾不息;堤内农家小院鸡鸭成群,欢乐祥和。背井离乡的朱老忠远远看到千里堤上钻天的白杨树便知道自己重又回到了故乡的怀抱;下乡组织农运的贾湘农看到千里堤上绿油油的树苗便禁不住赞叹乡村风物的美妙。生活在这片土地上的人们热爱生活、热情爽朗。他们喜欢养鸟,增加生活的乐趣;他们会在过年的时候贴窗花、包饺子,祈祷来年安康。他们既有燕赵之士的慷慨侠义,真正做到一方有难八方支援;又有乡村农民的质朴善良,以一颗忠厚纯净之心对待亲友乡邻。

梁斌用饱含深情的笔触写出了自己故乡的风物人情之美,同时展现了北方农村丰富驳杂的生活原生态。在原初的生活状态中,乡村里的人际关系较为复杂,农民与地主间的界限并非一清二楚,两者之间的矛盾冲突有时也较为缓和,并非总是剑拔弩张。比如,怀揣着复仇计划返乡的朱老忠在真正回到故乡之后却把复仇计划搁置了,这种搁置既与他找不到好的复仇方法有关,也与朱、冯两家的矛盾暂时没有被激化有关。身为地主的冯兰池也并不总是蛮横霸道、毫不讲理,有时他也会和最底层的雇农(如老套子)一起坐着牛车,一答一理儿地聊天,气氛还算轻松自然。而他的受过新式教育的儿子——冯贵堂曾经在村里兴办学堂,传授新学,并且尝试推行民主政治,愿意改善与农民的紧张关系。处在社会最底层的老套子对冯兰池也没有太深的仇恨,当江涛从老套子开始做革命启蒙工作的时候,不幸遭到了拒绝,老套子并不想反抗冯兰池的统治。即使面对割头税这样的苛捐杂税,也有老驴头这种持观望态度,并不想出头反抗的民众。甚至朱老忠本人在面对脯红鸟、抓壮丁、卖"宝地"等明显的欺压事件时,也有些束手无策,不得已而选择沉默。从这些细腻琐碎的生活细节中,可以看到传统道德对于农民

---

① 梁斌:《漫谈〈红旗谱〉的创作》,载牛运清主编《长篇小说研究专集》(中),济南:山东大学出版社1990年版,第95页。

思想束缚的深重,统治阶级人性的复杂以及革命工作开展过程的艰难,所以这些生活化描写不仅增强了作品的可读性,也很好地深化了作品的主题。

三、壮美的史诗风格

《红旗谱》是一部"中国共产党领导下的农民革命运动的壮丽史诗"[①]。作者在宏阔的历史背景中,用三代农民构成的英雄谱系,记录了中国农民由自发反抗到有组织斗争的革命历史进程。大跨度的时间设置,全景式的生活描写,乐观的英雄主义基调,使作品呈现出壮美的史诗风格。

作者将传统的为父报仇的通俗小说故事改造成记录革命者成长历程的阶级斗争故事,个人的成长与历史的变迁交融在一起,共同证明着历史发展的必然规律。在逐步展开的历史进程中,每个人都有专属于自己的位置和相应的历史责任。比如,作品中的三代农民分别代表三个不同的时代:第一代农民朱老巩代表着自发革命的阶段,时代环境注定了他必然失败的结局,但是他的斗争意识却点燃了革命的火种,为后来革命工作的展开奠定了基础。第二代农民朱老忠经历了艰难的革命启蒙,成为承上启下、逐渐觉醒的一代。他接过革命的火种并将其逐渐扩大,完成了从自发到自觉的关键性转变。第三代农民运涛、江涛等人则已经成长为革命的主力军,他们用革命的烈火摧毁敌人的腐朽统治,推动革命继续前行。三代农民的斗争方式一代比一代进步,呈现出线性递进的发展趋势。在这一总的趋势中,虽然也会出现波动曲折,比如运涛入狱、保定二师学生运动失败等,但是历史潮流滚滚向前的基本规律则永不改变。于是个体的短暂的失败不但不会带来悲剧性的气氛,反而会成为革命者革命意志更加高涨的起点。前仆后继的革命者会一代代将革命的火种传承下去,确定不移、终将到来的胜利使作品呈现出崇高壮美的风格。

因为洞察了历史发展的规律,并且对于未来的胜利充满信心,因此《红旗谱》中的乡土风情描写与五四以来新文学作品中的乡土风情描写大相径庭。如果说在鲁迅、王鲁彦等人的笔下,乡村生活更多是处于麻木僵化、阴暗压抑状态,那么这里的乡村则是充满活力、温暖明媚的。如果说在废名、沈从文等人的笔下,乡村虽然淳朴唯美,却萦绕着一种即将逝去的感伤,那么这里的乡村则是面向未来、富有希望的。虽然这里的乡村同样会有残暴的事件发生,可是这里的人们却更有勇气直面生活中的苦难,并且在苦难的磨砺中变得更加清醒、坚韧。他

---
① 王庆生主编:《中国当代文学史》,北京:高等教育出版社2003年版,第121页。

们已经不对统治阶级抱有任何幻想,而是在共产党的领导下奋起反抗,坚定地捍卫自己的权利。如果说五四一代作家是以现代社会的价值标准,批判传统宗法社会的愚昧落后,那么梁斌则更多地继承了解放区作家的写作传统。他站在阶级斗争的立场,阐释革命发展的必然规律,因此他笔下的生活细节呈现出更加美好温情的特征,其作品也洋溢着昂扬的格调。

延伸阅读资料:

1. 梁斌:《漫谈〈红旗谱〉的创作》,《人民文学》1959年第6期。

2. 贺桂梅:《革命与"乡愁"——〈红旗谱〉与民族形式建构》,《文艺争鸣》2011年第4期。

思考题:

1. 作者梁斌说《红旗谱》的叙事"比西洋小说写法略粗一些,但比中国的一般小说要细一些"①,对此你是如何理解的?

2. 谈一谈《红旗谱》中朱老忠这一人物形象的塑造特点及其意义。

---

① 梁斌:《漫谈〈红旗谱〉的创作》,载牛运清主编《长篇小说研究专集》(中),济南:山东大学出版社1990年版,第115页。

第七章 《苦菜花》品读

作家简介及创作背景：

冯德英（1935—2022），山东省乳山市人，出生于一个革命家庭，父母兄妹都是共产党员。抗日战争和解放战争中，冯家所有人都献身于革命事业。受家庭影响，冯德英当过儿童团长，1949年初参加了中国人民解放军。《苦菜花》以作者自己的家庭生活为蓝本，经过高度艺术概括与提炼而写成，初版于1958年由解放军文艺出版社出版发行。

第一节 抗战背景下的民族觉醒

《苦菜花》以抗战时期的胶东半岛为背景，通过讲述根据地人民英勇抗敌的故事，展现了党领导人民逐渐觉醒，坚决抗击日本侵略者和敌伪势力的艰难历程。作者歌颂了革命者英勇无畏、大公无私的崇高品质，同时对百姓的生活进行了生动细腻的描摹，深刻地剖析了人性的复杂。

一、仁义被逼出走

故事发生在胶东半岛的昆嵛山地区，作者从百姓受到的残酷迫害讲起。当地的王官庄是远近闻名的大村庄，村里的恶霸地主王唯一平素一直欺压百姓。他的儿子王竹看到本村农民冯仁善的儿媳妇长得漂亮，就对其进行欺凌，仁善一怒之下痛打了王竹，结果冯家遭到王家的报复。一天晚上，仁善被人吊到房梁上浇油烧死，儿子德贤和儿媳妇被残忍打死，仁善的家也被大火烧毁。仁善的亲弟弟冯仁义发誓要为哥哥一家报仇，被王唯一觉察后遭到迫害，仁义只好外出逃生，仁义媳妇冯大娘独自带着五个孩子艰难度日。

两年之后，冯大娘的大女儿冯秀娟十八岁了。她痛恨村里的地主欺压穷苦百姓，在党的特派干部姜永泉的帮助下悄悄加入了共产党。姜永泉领导王官庄的革

命力量举行暴动,活捉了王唯一并将其枪决。人们选举了新的村干部,成立了新的村组织。冯大娘在女儿的动员下参加了审判王唯一的大会,却没有勇气上台揭发王唯一的罪行。村里的长辈四大爷觉得娟子(冯秀娟)像男孩子一样抛头露面有伤风化,让母亲把娟子领回家,母亲拒绝了。

二、王柬芝潜伏回乡

随着作品中最主要的反面人物王柬芝的出场,乡里的革命形势变得严峻起来。王柬芝是王唯一的叔伯弟弟、国民党党员,现在他奉命回老家潜伏,出任乡中心小学校长。因为王柬芝常年在外且另有新欢,被他冷落的媳妇和长工王长锁有了私情,并生下了女儿杏莉。王柬芝撞破杏莉娘和王长锁的私情,便以此为要挟,派王长锁给驻扎在鬼子据点的汉奸王竹送密信。趁着王长锁不在,学校里的一名男教员,即王柬芝的姑表弟宫少尼以要挟的手段占有了杏莉娘。

日本鬼子要进村了,王柬芝接到上峰指示,准备借日本人"扫荡"的时机破坏共产党的组织。村干部组织乡亲们上山躲避,村里的第一个共产党员副村长七子因为腿上有伤不方便出行,就和妻子一起躲进事先挖好的地洞里,并且准备了四颗手榴弹以防万一。七子夫妻去洞里躲避的途中遇到了王柬芝,王柬芝发现了他们的秘密。王官庄的乡亲们逃走后的第二天上午,鬼子进了村。接到王柬芝的告密信后,王竹和王流子带着日本鬼子来搜七子夫妻藏身的地洞。七子和妻子扔出三颗手榴弹炸死几个敌人后,拉响最后一颗手榴弹自尽了。

三、英勇抗日

接着作者讲述了众人在艰苦环境中的英勇抗日过程。姜永泉率领民兵在山上阻击日本鬼子,鬼子人数太多,民兵有些寡不敌众,危急时刻八路军的救援部队及时赶到,帮他们解了围。战斗结束后,母亲(冯大娘)的大儿子德强跟随八路军小战士于水到八路军驻地给七子拿消炎药。在八路军驻地,德强见到了于水的父亲——团长于得海,于得海的平易近人让德强感到很惊讶。德强拿了消炎药赶回村子给七子送药,却发现七子夫妻已经壮烈牺牲。鬼子撤走后,乡亲们陆续回到村里。德强参加了八路军,母亲自豪又恋恋不舍地送他离开了家。

春天到了,母亲带着德刚和嫚子到田里劳作。繁重的劳动让她感到力不从心,但是她还是不愿意耽误娟子和秀子(二女儿)上学,宁愿一个人默默承担。一天,娟子因为要到区里开会,所以向王柬芝请假,王柬芝悄悄地派宫少尼伙同他人在半路上对娟子实施暗杀。娟子受了伤,却拼尽全力活捉了宫少尼,但是王柬芝却假装失手把押回学校的宫少尼打死了。娟子的伤势好转以后被调到区上担任妇救会副会长,她在战斗和工作中,和姜永泉之间逐渐萌生了爱情。

柳八爷是胶东的土匪司令之一,八路军干部陈政委到柳八爷的队伍上住了一个多月。经过谈判和政治教育,柳八爷终于被说服带着队伍加入八路军,成为于得海团的一个营。柳八爷的手下马排长曾经救过柳八爷的命,是柳八爷的得力助手。因为奸污民女,于团长要将其处以死刑。柳八爷为其求情遭到拒绝,柳八爷被八路军的严明军纪震撼,亲手砍了马排长的头。

王柬芝邀请老号长到家里喝酒,闲聊中获取了陈政委到专署开会的信息。他连忙给上峰发密电报告了这一消息。陈政委在返回途中遭到袭击,不幸牺牲,最终没能见上刚出生的孩子一面。鬼子又开始大规模"扫荡",他们为了找出八路军的兵工厂,把村里人都赶到河滩上严刑逼供。王柬芝装出咒骂日本鬼子的样子,暗地里悄悄向王竹告密,兰子、老村长德顺和赵星梅等都因身份暴露而被杀害了。母亲被关押起来,敌人用尽各种酷刑折磨母亲,逼迫她说出兵工厂的秘密。看到酷刑对母亲毫无用处,敌人又把五岁的嫚子抓来,当着母亲的面,用酷刑将孩子折磨致死。母亲抱着死去的孩子伤心欲绝,但她依然坚守兵工厂的秘密。杏莉娘和玉秋等人合伙灌醉并杀死了负责看守的伪军,救出了母亲。

敌人上次血洗王官庄,有计划地寻找兵工厂的行为引起了区委领导的怀疑。正好村里突然传出杏莉娘和王长锁的流言,这也有些蹊跷,于是区委领导派娟子回村做调查。回村的路上,娟子发现有两个人要谋害王长锁,大喝一声制止了谋杀,可惜让那两个人跑掉了。娟子到王柬芝家看望杏莉娘,杏莉娘欲言又止,这进一步引起娟子的怀疑。娟子走后,王柬芝威胁杏莉娘,不准她说出一个字。杏莉回家看望父母,偶然发现了王柬芝发电报的秘密。杏莉询问母亲事情的原委,母女间的谈话被王柬芝听到了。王柬芝杀死了杏莉,仓皇逃窜时被娟子打伤抓获。村里开审判大会,王柬芝被枪决,杏莉娘和王长锁成了合法夫妻。战事也暂时平缓了一些,人们终于可以过一个太平年了。年初一的晚上,大伙儿为娟子和姜永泉举行了婚礼。

四、民众觉醒

随着战争形势的发展,人们的家国情怀不断加强,同时个人意识也逐渐萌发。八年前闹春荒,四大爷把女儿花子卖给了王唯一的亲戚当媳妇,换回了二百

斤苞米。花子的丈夫是个傻子，婆婆又特别凶恶，花子受不了虐待，看着王唯一倒了就回到了娘家。在娘家村，花子和老起好上了，还怀上了孩子。风声传到她婆婆耳朵里，她婆婆来闹，并且把花子抓了回去。母亲到区上找干部帮忙把花子解救出来。在民主政府的帮助下，花子成功地离了婚，和老起、孩子幸福地生活在一起。

在外流浪了六年的仁义终于回来了，他很快就加入抗日的行列，在阵地上加入了中国共产党。在战斗中仁义和战友们走散了，他只好独自返乡。在回家的路上他被王竹抓获了。他趁王竹不注意，抱着王竹一起跳入冰冷的河水，王竹淹死了，仁义却命大没死，他奋力爬上河岸继续寻找队伍。做了伪军的村民孔江子看到日军气数已尽，内心开始动摇，他悄悄地为自己准备退路。看到敌人已经离开村庄，母亲和乡亲们悄悄返回村里，没想到敌人又返回来，大肆抓捕群众。孔江子救下被伪军抓住的母亲，杀死了想要残害娟子一家的玉珍，为将来反正做准备。

鬼子把王官庄的村民全部赶到南沙河里，他们让年轻一点的男人站一边，老人、女人和孩子站在另一边，然后各家认人。母亲把一个区中队员认作儿子领走了，娟子领走了八路军干部王东海，没有领自己的丈夫姜永泉。花子领走了姜永泉，没有领自己的丈夫老起。老起被敌人杀害了，花子回到家就晕了过去。王东海住在花子家养伤，在花子的精心照顾下身体恢复得很快，两人之间也有了感情。

八路军要打道水城了，上级领导派孔江子和德强、母亲和娟子分头进城做准备工作。母亲大姐的女儿婵子是翻译官杨胖子的情妇，婵子在娟子的指挥下悄悄地搞到八张通行证。德强拿着通行证领着几个便衣队员进了城。重新回到日军司令部的孔江子暴露了身份，母亲得知消息后赶紧通知德强提前行动，自己却不幸身负重伤。德强和战友们经过苦战，终于打开城门将抗日队伍迎进城内，道水城解放了。母亲得到全家人的生日祝福，她对未来充满了希望。

第二节　献给普通百姓的红色史诗

作为十七年革命历史小说中极为独特的作品，《苦菜花》在强调作品中人物的阶级性的同时，大胆突破阶级界限的束缚，从人性角度深入剖析人物内心复杂的心理活动，写出了人物性格的个性化与真实性，塑造出仁义嫂、王柬芝、杏莉娘等一批鲜活生动、贴近生活原貌的人物形象。

一、民族战争中的革命母亲

母亲是作品中作者用情最深的人物形象。作者曾经直接将这部作品命名为《母亲》，后来为了避免与高尔基的名著《母亲》重名，才在编辑的建议下改为现在这样一个极具象征意义的名字——《苦菜花》。"苦菜的根虽苦，开出的花儿，却是香的。"①就像苦菜花一样，母亲也在极其艰苦的生活环境中，始终保持着高洁的人格，散发着母爱的光辉，以她的慈爱仁厚、质朴善良温暖着身边的每一个人。丈夫被逼离家出走以后，母亲只能独自一人抚养五个孩子，但是她从来不叫苦不叫累，总是默默承受着生活的重担。她全心全意地爱着自己的孩子，每天晚上在灯下缝补衣服，看着孩子们熟睡的面孔，便是她一天中最幸福满足的时刻。母亲不仅爱自己的孩子，还关爱着身边的每一个孩子。她对待住在自己家中的八路军小战士就像对待自己的亲生孩子一样，还有花子、杏莉、赵星梅等人无一不从她的身上感受到母爱的温暖。坚忍的意志、宽广的胸怀是母亲最为突出的性格特征，也是她后来成长为革命母亲的前提条件。

母亲这一人物形象的重要意义在于，她不仅是一名普通农妇，还是在残酷的斗争中，在党的引领下，不断提高自身政治觉悟，不断加深对革命的理解，逐渐摆脱自发的斗争状态，慢慢成长起来的革命母亲。母亲的成长过程也是中国千百万老百姓逐步觉醒的过程，是抗日战争时期中国革命发展历程的生动反映。作品开始时，母亲一家对统治阶级的剥削压迫采取的是单打独斗的反抗形式。这种反抗形式的失败，尤其是大伯一家的惨死和自己丈夫的逃亡，使母亲对统治阶级产生了畏惧心理。她不相信穷人能够真的打倒统治阶级，她不愿意自己的儿女去冒这样的风险，她自己也没有勇气走上台去检举揭发恶霸地主的累累罪行。是斗争的胜利极大地鼓舞了母亲的信心，革命战士在一次次反"扫荡"中浴血奋战的战斗精神激励了母亲，同时敌人的血腥屠杀教育了母亲。母亲逐渐认识到，只有跟着共产党走才是唯一正确的选择，她不但鼓励自己的亲人参加革命，自己也竭尽所能为革命事业默默贡献力量。

在一次次血的教训中受到磨砺，也被身边无数的革命战士感动，母亲日益变得坚强。当日寇想要从母亲口中获取我军兵工厂的位置信息时，母亲咬紧牙关承受着敌人惨无人道的酷刑的折磨，甚至包括丧子之痛，她表现出大义凛然的牺牲精神。当我军准备攻打道水城时，母亲不再满足于在后方做物资保障工作，她

---

① 冯德英:《苦菜花》，北京：解放军文艺出版社1990年版，第148页。

直接走到战斗的最前线,在敌人的眼皮底下搜集、传递战斗情报。面对敌人的枪口,母亲表现出英勇无畏的斗争精神。母亲终于从普通百姓成长为自觉、坚定、英勇的革命母亲,她是千百万觉醒的百姓的杰出代表。

二、背叛民族的汉奸特务

王柬芝是作品中的头号反面人物,作者用丰富的细节写出了他的阴险狠毒、奸诈狡猾,在一定程度上避免了十七年文学中常见的反面人物容易流于简单化、表面化的弊病。

王柬芝是一个极其狠毒的人,为了达到目的他往往无所不用其极,完全没有做人的底线。正是由于他的告密,七子夫妇、陈政委、赵星梅、兰子、老德顺等人都不幸遇难,而娟子、于水、德强等人则身负重伤。为了逼迫仁义嫂交出八路军的情报,王柬芝更是惨无人道地派人将嫚子这样一个幼小无辜的生命折磨至死。王柬芝疯狂地破坏我党的抗日革命工作,给我党造成了极大的损失,他可以说是一个对自己的民族犯下了累累罪行、罪大恶极、无法被饶恕的人。

另外,值得注意的是,王柬芝不仅对共产党和老百姓心黑手辣,就是对自己的亲信、手下乃至家人也毫不手软,可以说是冷酷到了极点。他派宫少尼刺杀娟子,刺杀行动失败后,他怕宫少尼背叛自己,就寻机开枪将其打死。他曾经利用王长锁的弱点逼迫其为自己传送情报,当他发现王长锁不是那么可靠的时候,便派人刺杀王长锁。他还逼迫自己的妻子自杀,并亲手杀死了女儿杏莉。虽然杏莉不是他的亲生女儿,但毕竟与他以父女的名义共同生活了那么多年,而且又是那样一个美丽、聪慧、人见人爱的花季少女,他竟然没有丝毫怜惜之情,性情之冷酷残忍可见一斑。王柬芝可以说是一个杀人不眨眼的恶魔,他已经失去了最基本的人性。

王柬芝又是一个特别狡猾的敌人,他非常善于伪装,成功地把自己装扮成开明绅士的样子,欺骗了很多人的眼睛。他曾经把自己想象成是一匹灰色老狼,可以说他是一匹典型的披着羊皮的狼。他潜伏回村以后,并没有急于从事破坏活动,而是施展各种手段为自己营造好的口碑。他首先和王唯一撇清关系,痛骂王唯一是卖国的汉奸,横行乡里、罪有应得。接着他标榜自己如何爱国,说自己在外教书时曾经领着学生参加抗日宣传活动,并不幸被捕,被关押了好几个月。他还献出了自己家里的部分山峦和土地,用大批陈粮交了公粮,并帮助政府办学,担任了乡小学的校长。他教导教员们不要打骂学生,要有耐心,多多体恤学生,还经常自掏腰包给穷学生买纸笔等文具。他用具体行动在群众中树立起较高的威信，他不但被评为模范校长，还当上了县参议员。他的言行举止甚至迷惑了我党的部分领导干部，大家从开始时对他持有怀疑态度，逐渐转变为对他失去了警惕，以至于他多次罪恶得逞都没能被及时发现。王柬芝的存在无疑极大地增加了革命的难度，通过他作者写出了革命的复杂性与艰巨性。

三、在痛苦中挣扎的柔弱女性

在《苦菜花》中，还有一位特别值得注意的人物形象就是杏莉娘。这是一位历经坎坷、性格复杂、身份特殊的女性。作者并没有因为她出身于统治阶层就将其丑化，而是用充满怜惜的笔触写出她内心的巨大痛苦与无助，甚至写出了她的善良与美丽，使其成为十七年文学中极为罕见的比较正面的统治阶层的人物形象。

杏莉娘出身于一个没落地主家庭，嫁到王家后遭到王柬芝的冷落和漠视。王柬芝留恋城里那些时髦的女人，对于杏莉娘完全不感兴趣。夜夜独守空房的杏莉娘，在极度的孤寂和痛苦中，注意到了家中年轻的长工王长锁。受饥渴的性本能的驱使，杏莉娘终于跨越了阶级地位的鸿沟，勇敢主动地扑倒在王长锁的怀中，并且两人还有了私生女——杏莉。对于这段不伦之情，作者给予了极大的理解和同情，不但没有对其进行批判，反而写出这份情感的真挚与美好。杏莉娘对王长锁完全没有主子对下人的骄横之气，也并非仅把长锁当作满足性欲的工具，而是发自内心地尊重、爱恋着长锁，甚至愿意为长锁和女儿牺牲自己的一切。从这段不能被世俗伦理所认可的情感中，可以看到杏莉娘骨子里的勇敢和善良。

然而杏莉娘又是一个常年被封闭在深宅大院里的女人，过于逼仄的生活环境使她像背阴处缺乏阳光照耀的小草一样，柔细脆嫩、难堪风雨。当她被王柬芝、宫少尼发现了不伦之恋的秘密后，在他们的胁迫下选择了屈服，她不但让王长锁帮汉奸传送情报，自己还要忍受宫少尼的奸污。她妄想以此保全自己的爱情和生命，却没想到一次次的退让只能让王柬芝、宫少尼更加随心所欲地控制自己、践踏自己。此时的杏莉娘既有对王柬芝、宫少尼的仇恨与愤怒，又有做了汉奸帮凶的自责与懊悔，还有对长锁、杏莉生命安全的担忧与恐惧，以及违背世俗伦理的羞愧与自卑。她渴望结束这地狱般的生活，却没有胆量冲破这令人窒息的牢笼，只能偷偷地哭泣，委屈无奈地苟且偷生。

当仁义嫂被王柬芝抓获遭受酷刑时，杏莉娘既不忍心看到仁义嫂遭受非人的折磨，又希望自己也能够为革命、为民族多做些善事，以洗刷身上的罪恶。所以她冒着生命危险，和玉秋、长锁等人合力救出了仁义嫂，展现出性格中一直被压抑的勇敢侠义的一面。后来王柬芝被抓，杏莉娘和王长锁的爱情得到了民主政府的认可，她终于从沉重的伦理枷锁中挣脱出来，堂堂正正地过了几天舒心日子。可是当日寇再次开始"扫荡"时，她却贪恋舒适的生活，选择到王柬芝以前挖好的地洞中藏身，而不愿跟随大家一起到山野中躲藏。显然她还是心存幻想，缺乏对敌人凶残本性的清醒认识，结果一家三口不幸惨死在洞中。杏莉娘就是这样一个有着复杂性格的女性，作者生动地呈现了她苦苦挣扎、艰难觉醒的心路历程。

第三节　革命叙事中的情感因素

莫言曾经说过：在"文化大革命"前十七年的长篇小说中，对爱情的描写最为成功，最少迂腐气的还是《苦菜花》。[①]的确，与十七年革命文学中的其他作品相比，《苦菜花》不仅有较多的情感描写，而且较为辩证地处理了革命与情感的微妙关系，较为真实地呈现了革命者复杂多样的情感状态，从情感层面有效拓展了革命叙事的思想主题。

一、丰富细腻的情感描写

与十七年革命文学大多回避、淡化情感描写不同，《苦菜花》的作者比较关注作品中人物的情感经历，作品中有较多关于不同类型情感样态的描写。

娟子与姜永泉可以说是作品中最为幸福的一对恋人。姜永泉是娟子的"引路人"，两人的爱情是建立在志同道合的政治基础之上的。但是作者并没有因此就把两人的恋爱写得干巴巴的，让他们只谈革命工作，不谈私人情感，而是突破当时的写作规范，生动地写出两人之间或酸涩或甜蜜的情感起伏变化。娟子刚见到星梅时，误以为她是姜永泉的恋人，内心不由自主地生出酸涩、失落、委屈的情绪。作者写她听到姜永泉与赵星梅在房中说话时，尴尬地站在院子里，进也不是走也不是，初恋少女的微妙心理跃然纸上。年初一晚上，他们喜结良缘，成为并肩战斗的革命伴侣。简单而热闹的结婚仪式，紧张而羞涩的一对新人，摇曳的红

[①] 莫言：《难忘那戴着口罩接吻的爱》，载《冯德英作品评论集》编委会编《冯德英作品评论集》，济南：山东文艺出版社2019年版，第31页。

烛，低声的耳语，巧妙地勾勒出新婚之夜的幸福甜蜜，他们的爱情是革命浇灌出的最美艳的花朵。

杏莉娘与王长锁、花子与老起之间则是苦尽甘来的爱情。杏莉娘与花子都是婚姻不幸、经历坎坷的女性，她们在包办的、买卖的婚姻中承受着巨大的痛苦。在孤独无助中，她们分别与长工王长锁、老起走到了一起。虽然她们的爱情不可能被世俗伦理所认可，但她们却从中找到了真爱。她们和自己的地下恋人互相关心、互相体贴，共同享受着爱的激情，孕育出爱的结晶。他们的爱情是病态的，遭受着公众的责难、家人的谩骂，甚至她们自己也陷入深深的自责和愧疚之中。但同时她们的爱情又带有鲜明的反抗色彩，像熊熊燃烧的烈火一样，抗击着不合理的封建婚姻制度，释放着野性的生命活力，散发出独特的撼人心魄的力量。正是革命的胜利、人民政府的支持，他们的爱情才得到认可并有了坚实的保障，他们的爱情是革命重要性的有力见证。

杏莉与德强、赵星梅与纪铁功的爱情则带有浓浓的悲剧色彩。这两对恋人的共同特点是他们都那么般配，又那么相爱，可以说都是天生的一对、地设的一双。杏莉和德强青梅竹马、两小无猜，他们一起上学，又一起革命，有过许多美好纯净的幸福时光。虽然杏莉出身于地主家庭，但是德强及其整个家庭都无条件地接纳她。赵星梅与纪铁功也是一起工作的战友，是共同的革命理想把他们紧紧凝聚在一起。尽管为了工作，他们各奔东西、聚少离多，但是他们都充分地信任对方，始终在内心深处坚守着美好的爱情。然而他们却都是有情人未能终成眷属，杏莉、星梅与纪铁功的惨死使他们的爱情惨遭破灭，他们的爱情悲剧是对残酷战争的控诉，同时表明了革命的紧迫性、艰巨性。

另外，王东海与花子之间感恩报恩式的爱情、七子和媳妇之间共赴生死的爱情等，所有这些情感都十分令人感动。显然在《苦菜花》中，情感不但不是影响、干扰革命的因素，反而成为革命叙事的重要组成部分。情感或者成为革命的动力，或者得到革命的有力支持，或者因为革命而得以升华，革命与情感密不可分地交融在一起，共同推动着故事向前发展。

二、情理冲突中的艰难抉择

当然，不可否认的是在漫长而曲折的革命历程中，情感与理智、革命利益与私人欲求之间往往会产生一定的冲突。就像同时期的大部分革命文学作品一样，《苦菜花》中的人物在面临这类矛盾时，通常也是理智克制情欲，个人服从于集

体。但是与同时期其他革命文学作品不太一样的是,作者并没有因此而彻底否定私人欲求的合理性,而是真实地写出了人们在面临这种困境时,内心的痛苦与挣扎。

当狡诈的鬼子让村民认领自己的亲人以识别八路军的时候,花子、娟子都没有认领自己的丈夫,而是认领了对战争来说更重要、能够做更多事情的八路军干部。这是她们在严酷的斗争环境中,做出的勇敢、高尚而又无奈的选择。她们舍弃了个人的一己私欲,以牺牲个人的家庭幸福乃至生命为代价,去争取更大的胜利。她们将夫妻间的男女之爱升华为军民之间的革命大爱,体现了极高的政治觉悟和宝贵的思想品质。但值得注意的是,作者并没有因此就忽略、漠视她们内心的痛苦,而是用极为细腻的笔触写出她们在做出如此重大决定时宛如刀绞的伤心与绝望。尤其是花子,她和老起的爱情得之不易,他们的结合是经过艰苦的斗争才实现的,花子甚至差点为了这份感情而失去生命。此时,他们结婚不久,幸福的生活才刚刚开始,他们怎能不珍视自己的爱情和家庭呢?所以当花子准备舍弃老起而选择姜永泉时,她就像在炼狱中穿行一般,每一步都是那么艰难。她觉得有两种力量在争夺她,一种力量向前推她,一种力量又向后拽她。两种力量博弈的结果是,她虽然选择了前者,却也被折磨得心力交瘁。她浑身绵软无力,只有紧抱着姜永泉的胳膊才能跌跌撞撞地往家走,一进家门,她就昏倒在地上。

在《苦菜花》中,像这种毁家纾难、取义成仁的高尚选择还有很多。作者在赞美大家把国家利益置于个人利益之上,品质崇高、令人敬佩的同时,又真实地写出了他们内心的纠结与痛楚,给予他们最诚挚深厚的人道主义的关爱。当柳八爷痛下决心处死对自己有救命之恩的马排长时,这个草莽出身、铁打一般的汉子流下了多年未曾流过的眼泪。当纪铁功以革命为重劝说赵星梅暂时放下结婚念头的时候,赵星梅满腹委屈,她浑身颤抖着,流下了酸涩的泪水。当王东海需要在花子与白芸之间做出选择时,他一直犹豫不决。他不否认年轻美丽、更有学识教养的白芸对自己很有吸引力,但同时他也深知自己绝不能辜负花子的救命之恩。悲痛、失落、彷徨,这些在十七年大多数英雄人物身上难以看到的性格特点,不但没有减弱这些人物身上的英雄豪情,反而让他们更真实、更加血肉丰满,也更具有感人的力量。

三、革命主题的深层拓展

《苦菜花》中最成功、最重要的人物形象无疑是仁义嫂,曾有学者指出,仁义嫂是革命文学里第一个"完整的革命母亲的形象"①。然而值得注意的是,仁义嫂并不是共产党员,这在十七年革命历史小说中无疑是罕见的。作者如此处理仁义嫂的政治身份大概有两方面的原因。首先,仁义嫂是以作者自己的母亲为原型创作的,作者本着真实的原则,没有刻意拔高仁义嫂的身份地位;其次,作者想要呈现的恰恰就是像仁义嫂这样的中国普通百姓的觉醒。在作品中,当仁义嫂像疼爱自己的亲生孩子一样关爱着星梅、小李等八路军战士的同时,她的丈夫和儿女也正被其他的老百姓关爱和保护着。不知名的老大爷一家三代为了保护冯仁义倒在了血泊中,小方即使被折断手指也坚称德强和杏莉是自己的亲哥哥和亲嫂嫂。以仁义嫂为代表的老百姓在战争的磨难中,在共产党的引领下,突破个人的狭小天地,初步建立起家国意识,通过他们,作者书写了战争中全民族的觉醒。

除了树立起家国意识以外,《苦菜花》中的许多人物还实现了个体的觉醒。对于他们而言,参加革命不仅是打鬼子除汉奸、保家卫国,更重要的是他们对自己的人生道路有了新的认知。在新的思想观念的影响下,他们打开了眼界,或者有了新的人生规划,或者逐渐认识到自己性格中的不足,经过痛苦的蜕变实现了人生的飞跃。正是因为参加革命,娟子才有了像男子一样抛头露面的勇气和机会,她不再延续几千年来中国女性的命运轨迹,而是开始了完全不同的全新的生活。对于柳八爷来说,加入八路军的革命队伍,不仅扩充了他的军事实力,更重要的是去掉了他身上的草莽气,使他深刻理解了严明军纪的重要性,逐渐成长为一名真正的民族英雄。还有于得海、姜永泉、七子、冯仁义等也无一不是在参加革命的过程中开启了自己新的人生。

在作品的结尾,作者设计了一个意味深长的团圆场面:在八路军打下道水城,取得革命胜利的同时,母亲一家也获得了团圆。曾经离家多年终于归来的丈夫跟孩子们一起聚在母亲身边,女儿秀子献上一束鲜花作为母亲的生日礼物。通过这样一幅温馨的画面,作者似乎在阐明,革命的目的不仅仅是打败敌人取得胜利,更重要的是让人们过上幸福美满的生活,这才是革命更本质、更深层的意义。也正因为如此,"情"不但不是革命的障碍,反而成为革命的推动力。母亲爱孩子,推己及人,所以爱和自己孩子一样的革命青年;妻子爱丈夫,所以也爱像丈夫一样护卫家园的八路军战士,亲情、爱情、友情都转化成了革命的重要组成部分。正是借助对"情"的描写,作者冯德英不仅塑造出血肉丰满的人物形象,

---

① 李希凡:《英雄的花,革命的花——读冯德英的〈苦菜花〉》,载《冯德英作品评论集》编委会编《冯德英作品评论集》,济南:山东文艺出版社2019年版,第7页。

增强了作品的文学魅力,还有效地拓展了革命叙事的思想主题,使革命文学有了更丰富的内涵。

延伸阅读资料:

1. 李希凡:《英雄的花,革命的花——读冯德英的〈苦菜花〉》,《冯德英作品评论集》,济南:山东文艺出版社 2019 年版。

2. 丛新强、韩金男:《论"经典化"视野中的〈苦菜花〉》,《百家评论》2022 年第 4 期。

思考题:

1. 以杏莉娘为例谈一谈《苦菜花》中普通百姓的觉醒之路。
2. 谈一谈《苦菜花》中母亲这一人物形象的塑造特点及其意义。

第八章 《青春之歌》品读

作者简介及创作背景：

杨沫（1914—1995），湖南湘阴人，原名杨成业，出生于北平一个没落官僚地主家庭。1928年，杨沫考入北平西山温泉女子中学读书，后因家庭破产而辍学，先后在河北香河、定县等地任小学教员。20世纪30年代末参加革命活动，在晋察冀边区从事文化宣传与妇女工作。从1951年至1957年，她用六年的时间写完《青春之歌》这部长篇小说。1958年《青春之歌》由作家出版社出版，后来经过修改和补充，人民文学出版社于1960年出再版本，1978年人民文学出版社以再版本为主要依据出版重印本（定本）。

第一节 青春岁月的人生选择

《青春之歌》是一部关于中国现代知识分子觉醒、成长的小说。主人公林道静是一名出身于大家庭的知识分子，在历经坎坷的人生道路上，她尝试过多种人生选择，最终在中共地下党的引领下走上了革命道路。她通过不断向无产阶级学习，逐步克服了自身阶级属性所带来的性格弱点，最终成长为一名优秀的无产阶级战士。

一、反抗包办婚姻

作品首先介绍了林道静的成长环境。她出生于北平一个大学校长兼地主的家庭，但是她的母亲却是穷苦佃农家的女儿。林道静的母亲秀妮在二十一岁那年，因为年轻美貌被五十多岁的大地主林伯唐侮辱霸占，并在生下林道静后不久被抛弃，最终被逼无奈下跳河自杀，结束了年轻美好的生命。失去了亲生母亲的林道静从小在林伯唐家受尽折磨，只是因为林家想着将来能把她卖个好价钱，才有幸读了几年书。后来，当她高中毕业时，就被养母逼嫁给有钱有势的公安局局长胡

梦安。无奈之下林道静逃离了这个家庭,前往北戴河的杨庄投奔在那里当小学老师的表哥。可是到了北戴河,道静才知道表哥一家早已离开了,她只好向该小学的校长余敬唐求助。余敬唐表面上热心地挽留林道静住在学校,暗地里却准备悄悄地把她送给鲍县长做姨太太。林道静知道这一阴谋后,再次感到走投无路,于是便要投海自杀。村里的青年,正在北大读书的余永泽在危急时刻解救了林道静,两人成为无话不谈的好朋友。在余永泽的劝说下,林道静留在杨庄当了小学教员。

新的学期开始了,余永泽回北平上学去了,林道静独自留在北戴河。一天,她偶然结识了到杨庄探亲的卢嘉川,她被卢嘉川独特的气质所吸引。因为林道静忍受不了余敬唐的骚扰,于是就离开北戴河回到了北平。可是回到北平后她却始终找不到工作,同时又受到余永泽的猛烈追求,于是便和余永泽住到了一起。在琐碎的日常生活中,林道静感受到了与余永泽之间的差异。比如,余永泽并不支持林道静外出工作,只是希望她永远固守在小家庭中;而且余永泽还非常势利,他对前来求助的佃农魏三大伯非常冷漠,却极力讨好巴结权贵们,这些都让林道静倍感失望。放寒假了,余永泽回家过年去了,林道静没有和他一起回去。大年三十的晚上,她被住在同一个公寓的白莉苹请去和一帮大学生一起过年。在聚会上,林道静又遇见了卢嘉川,他们谈了很久。卢嘉川给她讲了许多革命道理,鼓励她走出狭小的个人世界,加入革命的洪流之中,并且送给她许多革命书籍,林道静如饥似渴地阅读着、思考着。

二、走出个人小天地

自从接触革命以后,林道静的性格与人生都发生了大的改变。寒假过后,从家乡归来的余永泽觉察到了异样,他发现林道静比以前更有神采,于是怀疑她变了心。余永泽嫉妒林道静和卢嘉川的密切交往,反对林道静参加革命活动,可林道静还是去参加了纪念"三一八"惨案的集会。在集会上,她第一次看见反动统治者的凶残和爱国学生的勇敢。当她被警察追赶时,多亏有卢嘉川的保护,她才得以脱险。在参加党内小组会议时,卢嘉川建议在白色恐怖的环境下暂时减少集会,但是他的意见被否定了。在接下来的"五一"集会游行中,林道静跟随卢嘉川一起发传单、喊口号,她感受到了革命的魅力。同时也感觉到自己与余永泽越来越疏远,对卢嘉川却越来越倾慕。其实卢嘉川也很喜欢林道静,但是他不想破坏林道静与余永泽之间的感情,所以只好把自己的情感深深地隐藏起来。卢嘉川遭到警察的追捕，思前想后，他躲到了相对安全的林道静的家里。他把一些宣传材料交给林道静，并请她帮自己去向组织汇报消息。林道静离开后，卢嘉川独自在林道静家奋笔疾书，撰写总结材料，这时余永泽回家了。两人发生了争吵，卢嘉川只好离开。后来因为叛徒戴愉的出卖，卢嘉川被捕了。无论是金钱诱惑还是酷刑拷打，他都毫不动摇，而是继续坚持斗争。他在狱中组织建立了地下党支部，领导了绝食斗争，为狱友们争取权利。最后在敌人的残酷迫害下，他英勇地牺牲了。林道静始终等不到卢嘉川回来，便自作主张趁着夜色把卢嘉川留下的传单张贴出去。在张贴的过程中，她感受到了生活的意义。但是她的行为却引起了余永泽的极大不满，他们终于分手了。林道静勇敢地走出了那间给过她幸福，同时让她无限痛苦的公寓。搬出公寓的林道静感受到前所未有的孤独，胡梦安把她软禁起来并向她逼婚。林道静辗转找到了北大学生会干事徐辉，在徐辉、王晓燕和同学们的帮助下，林道静逃出胡梦安的虎口，辗转到定县王晓燕姑姑任校长的小学当教员。

三、接受工农再教育

林道静的真正成熟是到定县以后，因为罢课，他们遭到追捕，林道静连夜转移到学生刘秀英家里。在那里她遇到了江华的"姑妈"，"姑妈"把她介绍到财主宋贵堂家里去当家教，让她找机会在宋家的长工中做点工作。在宋贵堂家，林道静与女佣、长工、车夫等建立了联系。麦收时节，农民在党的领导下抢割了地主家的麦子，林道静在地主家的房顶上看到了这惊心动魄的一幕。麦子被抢，少东家宋郁彬伺机报复。他到城里弄来一张包括林道静在内的十几个革命者的名单以及林道静的照片，准备按照名单谋害这些革命者。林道静在郑德富和陈妈的帮助下抄录了名单，连夜逃出宋家，到大陈庄找上级负责同志王先生汇报情况，上级安排她立即离开乡村回到北平。

到了北平，林道静在车站偶遇白莉苹。白莉苹硬拉着她去高级饭店吃饭跳舞，想引诱她过交际花的生活。林道静找机会从饭店跑了出来，无处可去的她还是硬着头皮去找王晓燕。王晓燕收留了她，并且替她到白莉苹处拿行李，却不幸被胡梦安的手下盯了梢。不久后的一天，林道静在家门口再次被捕。在监狱里，面对铁烙、灌辣椒水等酷刑，林道静像一名真正的共产党员一样毫不屈服，表现出坚定的革命意志。在牢房里，狱友林红给她讲了很多革命道理，这使她更加成熟了。后来林红不幸牺牲了，林道静继续坚定地沿着革命道路前行，她参加了监

狱里的绝食斗争。直到胡梦安跟随国民党军队撤离北平，林道静才从被关押了一年的监狱中释放出来。党组织根据她在狱中的表现，吸收她为中国共产党党员，并且安排她和刘大姐一起做机关工作。从刘大姐那里林道静知道了卢嘉川牺牲的消息，同时接到了卢嘉川写给她的第一封也是最后一封信。

在组织的安排下，林道静以巡视员的名义到北大去工作。正在北大读书的王晓燕此时正和叛徒戴愉谈恋爱。在戴愉的挑拨下，王晓燕揭发林道静不是北大的学生，是奸细。林道静遭到无情的驱赶，可是她依然坚持留在北大，在学生中间艰难地开展思想工作。孤独无助中她想去找刘大姐和江华，希望从他们那里获得帮助。可是他们现在已经不是她的上级了，为了不违反组织原则，林道静走到他们的住处门口又默默地离开了。在路上她偶遇许宁，许宁邀请她一起去陕北。她意识到自己不能逃避困难，不能随意放弃在北大的工作，于是婉言谢绝了。江华来找林道静，他再次成为她的上级，领导她开展革命工作。江华帮助林道静理清了工作思路，明确了工作目的，找到了合适的工作方法，林道静感到信心倍增。她按照江华的指示，深入学生社团中倾听学生们的声音，发现积极分子，壮大革命力量，北大的革命工作出现了明显改观。两人也在并肩工作的过程中，慢慢萌生了爱的情愫。随着革命工作的不断推进，隐藏在学生中的国民党特务被揭穿，北大学生自治会正式成立，消沉了几年的学生们又开始行动起来。"一二·九""一二·一六"，北大学生多次组织游行示威和罢课活动，抗日救亡的烽火再次被点燃，北大的五四传统重新得到恢复。学生运动遭到反动军警的残酷镇压，但是林道静和怀揣着革命激情的人们一起，不惧强权，不怕牺牲，继续迈着雄健的步伐坚定地前行。

第二节 小资产阶级知识分子的成长之路

与十七年文学的大部分作品以工农兵为主人公不同，《青春之歌》是当时较为少见的以知识分子为主人公的文学作品。作者以1931年"九一八"事变到1935年"一二·九"时期的学生运动为主要内容，描写了青年学生林道静在革命斗争中不断成长的过程。因为作品较为详尽地展示了林道静在党的引领下，从一个个人主义的知识分子成长为无产阶级革命战士的心路历程，所以又被称为"一部知识分子的思想改造手册"①。

一、与原生家庭决裂

林道静心灵成长之路的起点是"五四"文化启蒙。"五四"思潮中的个性主义价值观和人道主义思想使林道静具备了最初的个人意识和自由意志，同时使她产生了朦胧的对亲生母亲的同情和思念以及对父亲和养母的厌恶与憎恨，这些都给了她奋起反抗包办婚姻的勇气和力量。她不愿意做公安局局长的姨太太，过那种衣食无忧却依附于他人，缺乏自主和尊严的生活，于是怀揣着实现个人价值的梦想，勇敢地走出家庭，踏入社会，投身于个性解放的时代大潮之中。然而这时的她就像子君、莎菲等"五四"时期的众多叛逆女性一样，虽然具备了一定的叛逆精神，却缺乏必要的谋生能力和对社会人生的清醒认知，所以虽然她们希冀真正把握自己的命运，实际上却难以摆脱命运的捉弄。千方百计力求自力更生的林道静，几乎是必然地经历了求职失败、被人算计等一系列挫折，而最终乖乖地投入了余永泽的怀抱，从小家庭的幸福温馨中获得些许的安慰。此时林道静与原生家庭的决裂只是外在形式上的、表面的决裂。她还不能从思想认知上对独立自强等概念有真正深刻透彻的理解，因此也就不能从根本上摆脱性格深处的依附性。所以她冲出了大家庭的牢笼，却又陷入小家庭的泥淖之中，她的第一次反抗只能以失败告终。

然而与"五四"一代女性不尽相同的是，林道静毕竟生活在"五四"大潮逐渐退去之时，她终于在不是堕落就是回来之外，又有了第三种选择——参加革命。大年夜偶然参加的北大学生聚会打开了她的眼界，使她看到了在个人小家庭之外的另一个广阔世界。在那个世界中，人们不再沉迷于个人的狭小天地，不再为一己的得失而怅惘，而是有着更为崇高、宏阔的精神追求。人们自觉地将个人利益和集体利益结合起来，超越个人的独自奋斗而为天下人谋幸福。在这个新世界的感召下，林道静义无反顾地弃绝了两人世界的小家庭，融入千万人志同道合、共同奋斗的革命大家庭。在革命大家庭里，她感受到来自同志们的无微不至的关爱和正面积极的精神上的引领，她逐渐从婚后消沉、迷茫的精神困境中走出来，重新找到了自身生存的意义。她开始用阶级斗争的眼光去看问题，幡然醒悟到自己身体里有"黑""白"两种骨头，并且意识到自己因为父母的阶级剥削而背

---

① 戴锦华：《〈青春之歌〉——历史视域中的重读》，载唐小兵编《再解读：大众文艺与意识形态》(增订版)，北京：北京大学出版社2007年版，第196页。

负了"原罪"。她努力通过与工农相结合来为自己"赎罪",她在脱胎换骨的过程中逐渐明白了革命道理,明确了自己的人生方向。她情不自禁地与同志们以亲人相称,不管是"卢兄"(卢嘉川)、"郑姐姐"(郑瑾即林红),还是"妈妈"(刘大姐),都成为她生命中最为重要的人。由此,她从思想认知上彻底隔断了与原生家庭的深层联系,从"五四"女儿成长为党的女儿。

二、修正自身性格缺陷

作者并没有把林道静塑造成完美无缺、堪称楷模的优秀共产党员的典型,而是把她看作一个平凡的,既有追求真理的革命要求,又不断暴露出性格缺陷的小资产阶级知识分子的代表。与原生家庭决裂只是林道静革命道路的开始,要想成为合格的无产阶级战士,她还需要经过艰难的思想改造,即与自己的过去决裂。

作品一开始写林道静叛离封建家庭,坐火车到北戴河投奔亲戚。她一袭白衣,清雅脱俗,随身没带多少生活用品,却带了一堆乐器。这段极富象征性的文字,暗示了林道静性格中存在的两个较为突出的问题:一是她像白纸一样过于单纯幼稚,缺乏必要的生活经验,易于轻信他人;二是她对生活存有不切实际的幻想,喜欢小资产阶级的罗曼蒂克情调,具有个人英雄主义情结。到北戴河寻亲不遇,因为轻信,林道静差点落入余敬唐的魔掌,多亏余永泽及时相助才避免了投海自杀的悲剧。刚从事革命工作时,因为轻信叛徒戴愉,她把自己的行踪和计划和盘托出,结果不幸被捕。她喜欢游行集会、散发传单等惊险刺激的革命活动。参加完"三一八"游行后,她极为兴奋激动,觉得自己像长了翅膀一样自由快乐。卢嘉川被捕后,她冒险独自散发传单,时常沉浸在自我陶醉的狂喜之中。她渴望到火热的战场上当红军,却不安于平凡琐碎的事务性工作。刚到区委机关时,面对抄写、送信、洗衣服等略显平淡的革命工作,她曾经失望痛苦,产生不满情绪。她满怀革命热情,时常向往狂飙激进式的战斗生活,但是对中国革命的基本问题却不甚了了,当江华考问她中国革命的具体问题,包括一些最平常的斗争知识时,她竟一时语塞,不知该如何回答。

林道静是在卢嘉川、林红、江华、姑母等无产阶级革命者的引领下,逐渐意识到自己性格中的缺陷的。通过阅读卢嘉川推荐的革命书籍,聆听林红大姐的谆谆教导,接受江华的革命思想灌输,感受姑母身上散发出来的革命气质……林道静逐渐发现:"呵,我原来竟是一个小资产阶级的革命幻想家,我所理解的阶级斗争竟是粉红色的或者是灰色的,而它在残酷的现实面前，却是血淋淋的鲜红的呵！"①在革命引路人的帮助下，林道静于黑暗之中看到了光明。她虔诚地为自己身上承袭的剥削阶级的血液赎罪，不断地自责自己的软弱、温情。她在一次次痛彻心扉的忏悔中改掉了多愁善感、脆弱浪漫、耽于幻想的性格，洗刷掉了原有社会阶层在她身上打下的烙印，成功地跃入阶级解放的革命洪流之中。她的深重的"原罪"感，她在不断"赎罪"中获得新生的成长模式，成为中国现当代文学史中知识分子思想改造的典型。

三、与工农相结合

初版本的《青春之歌》历经波折，终于在1958年1月由作家出版社出版，之后便在社会上引起广泛而热烈的讨论。其中既有社会读者如郭开等人的尖锐批评与否定，也有茅盾、何其芳、马铁丁等著名作家、学者的积极肯定与支持。作者杨沫根据郭开等人的批评意见对初版本进行了大幅度的修改，于1960年3月在人民文学出版社出版了再版本。关于再版本的修改内容，杨沫曾在1959年12月写的《再版后记》中概括为三个方面，即"一、林道静的小资产阶级感情问题；二、林道静和工农结合问题；三、林道静入党后的作用问题——也就是'一二·九'学生运动展示得不够宏阔有力的问题"②。针对这些问题，杨沫大量删减了作品中关于小资产阶级情调的描写，同时增写了林道静在农村与工农结合的八章和领导"一二·九"运动的三章。

应该说作者的意图是好的，其修改目的是要使林道静的"成长更加合情合理、脉络清楚，要使她从一个小资产阶级知识分子变成无产阶级战士的发展过程更加令人信服，更有坚实的基础"③。这一修改意图正是十七年政治文化语境中，小资产阶级知识分子现实处境的集中体现。正如毛泽东所指出："知识分子如果不和工农民众相结合，则将一事无成。革命的或不革命的或反革命的知识分子的最后的分界，看其是否愿意并且实行和工农民众相结合。"④对于小资产阶级知识分子来说，要想真正融入无产阶级革命队伍，从革命的同盟者成长为革命战士，就必须走与工农大众相结合的道路，在具体的斗争实践中改造思想、磨炼意志。

---

① 王一川：《中国现代卡利斯马典型——二十世纪小说人物的修辞论阐释》，昆明：云南人民出版社1994年版，第184页。
② 杨沫：《再版后记》，载《青春之歌》，北京：中国青年出版社2013年版，第641页。
③ 杨沫：《再版后记》，载《青春之歌》，北京：中国青年出版社2013年版，第642页。
④ 毛泽东：《五四运动》，载《毛泽东选集》（第2卷），北京：人民出版社1991年版，第559页。

然而遗憾的是，由于新增内容超越了作品的原初架构，作者又缺乏必要的生活经验，艺术概括力、表现力也相对有限等原因，这些修改在艺术上并不是很成功。首先，从作品的整体结构看，新增加的章节与其他章节并不能很好地融合，以致作品结构显得松散凌乱。其次，作者对新增章节描写的内容并不熟悉，有些细节描写略显隔膜、牵强，让人感觉"林道静来到农村，与其说是执行新的地下斗争任务，毋宁说是去执行一项特殊的、专门的'锻炼锻炼'的任务"①。作品的真实性、可信性受到一定程度的影响。最后，人物形象也不够生动鲜活。许多人物就像道具一样机械地呈现作者的创作理念而缺乏真实情感的自然流露，性格的转折缺乏合理的铺垫，人物的复杂性、生活的丰富性都没能很好地呈现。可以说，再版本的修改主要不是艺术上的提升，而是思想上的完善。作者修改的重点是完整刻画小资产阶级知识分子的思想改造历程，将作者带有自传体色彩的个人化的情感叙事，逐步发展成为表现集体精神意志的宏大的政治历史叙事，从而使作品更好地符合当时政治文化语境的要求。

第三节　政治文化语境中的情爱叙事

《青春之歌》的核心主题是探究小资产阶级知识分子的思想改造问题，从这个意义上说，这是一部典型的政治小说。但是这一主题又是借助"一女三男"的爱情故事进行讲述的，所以情爱叙事构成了作品的基本叙事框架。在十七年文学中，《青春之歌》对情爱叙事予以了较多的关注和表现，这大大增强了作品的艺术魅力。但同时，受当时政治文化语境的影响，作者又不得不对情爱叙事进行政治转化、隐匿压抑或者是道德审判，使作品带上了深深的时代烙印。

一、政治化的情爱叙事

林道静从小资产阶级知识分子成长为无产阶级革命战士的过程，大致可以分为三个阶段：首先是在初恋爱人余永泽的引导下，接受西方个性主义与人道主义思想的启蒙，冲出封建家庭牢笼，成为大胆追求个人幸福的父权专制主义的叛逆者；其次是在我党学生运动领导人卢嘉川的引领下，阅读用马列主义理论写成的社会科学书籍，跳出个人反抗的小圈子，运用阶级观点分析中国社会的各种问

---

① 张化隆：《评增补后的〈青春之歌〉》，《东北师大学报》1981年第3期。

题，成为无产阶级革命运动的同盟者；最后是在成熟的共产党员干部江华的带领下，将马克思主义理论与中国革命实践联系起来，在经历了监狱考验和农村实践等各种革命斗争的锻炼后，成长为坚定的共产主义战士。细细梳理林道静的成长历程可以发现，在其人生道路成长的每个阶段都有一位男性起着至关重要的教育、引导作用，林道静与他们分别构成微妙的情人—导师关系，即林道静不仅为他们的男性魅力所倾倒，更被他们的政治理念所吸引。她的情感选择既是对某一具体男性的选择，又是对这一男性所预示的政治道路的选择。因此，林道静与几位男性的情爱关系就有了一个从"性"到"政治"的转变、升华过程。或者说私人的、个体的情感叙事被包裹上政治的外衣，上升为宏大的、表达集体意志的政治叙事，才具有了在作品中留存的合法性。

在政治外衣的裹挟下，政治理念和革命素养成为林道静选择异性伴侣的最重要依据。余永泽的被抛弃，既是他保守狭隘的个人性格造成的，又与他所代表的资产阶级个人主义信仰不再居于革命潮流的中心位置有关。同样，江华取代卢嘉川，既与他沉稳成熟的个性魅力有关，也与他所代表的马克思主义中国化在政治上取得最终主导权有关。从余永泽到卢嘉川再到江华，林道静的爱情经历伴随着中国革命的发展历程，"表面看是爱情的取舍、身体的委弃，而实质上表达的是知识分子如何抛弃资产阶级和个人主义信仰，投向无产阶级及其政党，追求共产主义信念的政治主题。男/女关系成为政治关系的一个借喻。男/女关系（爱情故事）是喻词，政治关系（知识分子走向革命的故事）是其实际的喻指"①。

革命导师与知心恋人的一体化，爱情叙事与政治叙事的同构化，是《青春之歌》最为突出的叙事特色，也是它获得大量读者的重要原因之一。然而值得注意的是，这种政治化的情爱叙事因为对爱情话语做了过多的规定和约束，所以爱情本身的私密性、含蓄性和朦胧的美感遭到了一定程度的破坏。就林道静个体内心的真实感受而言，她一直以来挚爱的是卢嘉川而不是江华，所以当江华向她表达爱慕之情时，她的内心不由得产生了一丝犹疑和挣扎。然而在强大的意识形态观念的影响下，她自觉地规避了自己内心的真实渴望，迅速弥合了个人感受与政治理念间的缝隙，怀着敬仰之情答应了革命导师的请求。由此政治伦理战胜了爱情本能，个体愿望臣服于集体意志，爱情叙事的复杂微妙、鲜活丰富遭到了悬置。

---

① 孙先科：《〈青春之歌〉的版本、续集与江华形象的再评价》，《河南大学学报》（社会科学版）2005年第2期。

二、隐秘化的情爱叙事

当情爱叙事只能借助政治升华获取文本意义时，爱情话语在文本中的生存空间就变得十分有限和逼仄了。虽然是以爱情故事作为作品的基本叙事框架，但是从叙事层面看，《青春之歌》对情爱的描写却极为简约。作者几乎没怎么直接展开与情爱相关的细节描写，只是用含混的语言隐秘地暗示出人物之间的情爱关系，显示出特定政治文化语境中情爱叙事的小心翼翼、如履薄冰。

首先，从青年男女的交往内容来看，作者尽可能以革命话语代替恋爱情话，净化男女间的交往动机，突出革命主题。卢嘉川接近林道静的理由是要帮助这个漂亮而痛苦的年轻女孩在思想上取得进步，因此他们以探讨革命问题为由光明正大、理直气壮地交往。甚至面对余永泽的指责，卢嘉川也可以坦然并且坚定地声明自己并没有和林道静谈恋爱。江华在与林道静的交往过程中更是只谈工作，不谈私事，直到他鼓足勇气向林道静表白时，林道静虽然早就有所猜测，但还是觉得有些突然。

其次，从青年男女在交往过程中的内心感受来看，作者尽可能淡化爱情所特有的柔情蜜意、缠绵悱恻，而代之以青春的激昂豪迈、拼搏进取，用革命的红色浪漫替代爱情的粉色浪漫。林道静和卢嘉川相识后，她所渴望的不是花前月下、耳鬓厮磨的儿女情长，而是集青春的生命活力、革命的热情似火于一身的，丰富、自由、飞扬、壮美的人生。而且在革命激情的对照下，曾经让林道静觉得温馨幸福的婚姻生活显得那么庸俗琐碎，不值一提，作者借助林道静的情绪感受否定了爱情婚姻的价值，高度肯定了革命斗争对个体生命的意义。江华更是以其稳重深沉的个性，不断地克制自己内心的冲动，他的耐心细致、平和持重使林道静常常觉得他更像一位父亲，或者其他长辈，而没有把他当作可以谈情说爱的同龄人。

最后，作者尽可能取消青年男女肌肤相亲的机会，使作品中的情爱叙事始终保持纯净、圣洁的模样。本来林道静、余永泽与卢嘉川之间构成了典型的三角恋爱关系，可是作者并没有让林道静在离开余永泽之后，马上投入卢嘉川的怀抱，而是将他们的情感无限期地延宕，直到卢嘉川壮烈牺牲，也没能有机会向林道静当面说出深藏在心底的话。这虽然给林道静留下无尽的惆怅和遗憾，却避免了一般言情小说因为三角关系中的争风吃醋而产生的庸俗感。江华虽然最终得到了林道静，但是他们也只是匆匆一夜的短暂相聚。第二天一早，他们便被急促的敲门声打断了难得的温馨与甜蜜,立即抽身脱离了令人沉醉的温柔乡,重新投入到艰苦的斗争生活中去,而且自此以后一直难有机会再次相聚。

除了林道静以外,其他的革命者,如林红、刘大姐、姑妈等也都是为革命抛却了个人幸福。丧夫之痛以及破碎的家庭将她们的情感需求彻底压抑、埋藏起来,她们只能在回忆中重温往昔爱情的甜蜜。她们以自己的故事进一步证明,在当时的政治文化语境中,情爱叙事只能以隐匿的形式留存在革命话语的缝隙中。

三、道德化的情爱叙事

在《青春之歌》中,情爱叙事还常常与伦理道德密切相关,成为鉴定个体道德水准高低的试金石。与林道静、卢嘉川、江华等革命者在恋爱关系中表现出的道德崇高感不同,余永泽、白莉苹、戴愉等革命的落伍者或者叛徒,往往在爱情问题上暴露出自私、放荡,甚至是欺骗等道德污点,借助他们,作者对那些不能实现政治升华的情爱叙事进行了严格的道德审判。

余永泽是林道静的初恋爱人,也是她的救命恩人,两人从相识相知到分道扬镳,其间的波折起伏本应五味杂陈、复杂难言,可是作者却对那份感情表现出坚定决绝的否定态度。一方面,作者尽可能地矮化、丑化余永泽,写出其人格的卑琐、自私,借此为批判这段感情找到更为充分的理由。作者先是通过余永泽对老乡魏三大伯和同学罗大方态度上的反差,表现出其道德品行的不堪。接着让余永泽对卢嘉川的被捕承担了间接责任,让其个人主义思想严重到不顾他人性命安危的地步。最后在作品的结尾,作者让林道静在"一二·九"运动的游行队伍中再次看到了冷眼旁观的余永泽。余永泽面对林道静的满脸伤痕流露出冷漠悠然、幸灾乐祸的样子,这再一次证明了他的冷酷无情以及林道静结束这段感情的正确性。另一方面,作者又从林道静的角度,不断描写她对这段感情的厌恶与憎恨,尤其注重描写她在意识到自己处理感情问题过于优柔寡断后的懊悔心情。这样作者就从余永泽和林道静正反两个角度,对这段感情进行了彻底否定。

白莉苹和戴愉的人生道路与林道静恰好相反。当林道静在卢嘉川、江华的引领下逐渐走上革命征途的时候,他们却逐渐叛离了革命,在歧路上越走越远,并暴露出自己人性中的许多弱点。白莉苹的身上有20世纪二三十年代"革命加恋爱"小说中"新女性"形象的影子,但是她们在作品中的意义和地位却早已截然不同。如果说在二三十年代的"新女性"那里,时尚浪漫常常被看作"现代性"的标志,具有令人炫目的革命光芒的话,那么在白莉苹这里,耀眼的光芒则早已消失殆尽。对感官享受的重视，对奢华生活的追求，作为资产阶级腐朽堕落生活的标志而遭到批判。同样是以身体为武器周旋在男性群体中，"新女性"往往能较为顺畅地实现性爱解放与革命追求的统一，而在白莉苹这里，解放的意义也早已不复存在，水性杨花的性格使其与异性交往过于随意，并最终堕入以出卖色相为生的道德深渊。作为革命的叛徒，经不起物质诱惑的戴愉，同样经不起色欲的诱惑。他不但臣服于女特务王凤娟的石榴裙下，还玩弄女学生王晓燕的感情。对革命的不忠诚与对爱情的不检点相互映衬，勾勒出他道德水平极为低劣的丑恶嘴脸。

借助政治升华、隐匿压抑和道德审判，《青春之歌》中的情爱叙事达到崇高、简洁、纯净的境界。但是不同阶层、不同个体对爱情认知的多样性、丰富性也被抹杀了，爱情叙事变成千篇一律的革命的模样，陷入公式化、模式化的困境中。

延伸阅读资料：

1. 茅盾：《怎样评价〈青春之歌〉》，《中国青年》1959年第4期。
2. 杨沫：《谈谈林道静的形象》，《文艺论丛》1978年第2期。

思考题：

1. 谈一谈《青春之歌》中的情爱叙事及其特点。
2. 谈一谈《青春之歌》中林道静这一人物形象的塑造特点及其意义。

第九章 《三家巷》品读

作者简介及创作背景：

欧阳山（1908—2000），原名杨凤岐，湖北荆州人。1932年参加了中国左翼作家联盟和左翼文化总同盟的活动，1941年到了延安。新中国成立后，他一直在广州担任文艺界的领导工作。从1957年开始，酝酿创作多卷本长篇小说《一代风流》。第一卷《三家巷》于1959年由广东人民出版社出版，1960年作家出版社再版。其他四卷《苦斗》《柳暗花明》《圣地》《万年春》也分别在"文化大革命"前后整理出版。

第一节 革命大潮中的家族悲欢

《三家巷》以"大革命"前后的广州为背景，通过描写三个有姻亲关系的家庭的日常生活和其间复杂的人际关系，讲述了"中国革命的来龙去脉"[①]。作者用编年史式的结构方式，从侧面反映了中国革命从起源到发展，再到经历各种挫折的曲折过程，故事跌宕起伏、扣人心弦。

一、三家巷概况

作者首先介绍了三家巷里三户人家之间复杂的人际关系，这是互有姻亲关系的三户人家：手工业工人周铁家、买办资本家陈万利家和官僚地主何应元家。周铁与陈万利是连襟，他们分别娶了老中医杨在春的两个女儿。陈万利娶的是势利刻薄，外号"钉子"的姐姐，周铁娶的是性情温和，外号"傻子"的妹妹。杨家还有一个性情泼辣，外号"辣子"的三女儿，嫁给了皮鞋匠区华。

周铁家有三个儿子一个女儿。大儿子周金在兵工厂做工，二儿子周榕和女儿周泉都在中学里念书。小儿子周炳相貌英俊魁伟，性格却憨傻耿直，父母看他

[①] 黄伟宗：《欧阳山创作论》，广州：花城出版社1989年版，第102页。

不是读书的料,就让他早早退了学,到铁匠铺学习打铁。可是因为要账出错,结果被东家辞退了。后来他又被大姨父陈万利收养为干儿子,因为不肯说谎替陈家遮丑,结果被陈家撵了出来。再后来,周炳又被送到三姨父区华家学做鞋,因为得罪了无赖被迫离开区家。周炳又到舅舅杨志朴与他人合开的生草药铺帮忙,却被歹人诬陷为偷盗钱财,他辩说不清,再次被辞退。接着他又到邻居何家的乡下宅院替何家放牛,因为做善事被监工发现再次被辞退。没有办法,周铁又萌生了让周炳回学校读书的念头,并准备把自己家的房子卖掉好给周炳筹集学费。从各方面看,房子卖给陈万利最合适。陈万利的儿子陈文雄正与周家的女儿周泉谈恋爱,于是他劝说父亲不但不要买房子,还应该把以前周铁抵押在陈家的房契、押单等全都退还。另外他还让父亲给了周家五十两银子,供周泉、周炳姐弟俩上学。周泉很感激陈文雄,也越发爱恋陈文雄,可是她却感到陈文雄有着自私专制的性格,这让她有些犹豫。周泉开始还想反抗陈文雄对自己行动自由的限制,可是后来她却屈从于陈文雄的权势,接受了陈的管制。

二、出现分歧

1925年1月底,除夕的晚上,几家的年轻人在街上卖懒、逛花市,享受生活的美好。初七人日那天,众人又到郊外去游玩。路上大家兴致勃勃地讨论着民族、国家、革命、政治等话题,意见却很不统一,阶级分歧非常明显。这种分歧与差别尤其表现在陈、周两家儿女们的亲事上。陈家的儿子陈文雄和周家的女儿周泉,周家的二儿子周榕和陈家的二女儿陈文娣到了谈婚论嫁的年龄,父辈们聚在一起商议孩子们的婚事时却无法达成一致意见。陈杨氏嫌周家穷,只想娶媳妇,不想嫁女儿,周杨氏则表示自己不会过多干涉孩子们的婚姻自由。周炳和表姐区桃之间也慢慢产生了爱情。他们一起参加话剧《孔雀东南飞》的演出,周炳演焦仲卿,区桃演刘兰芝,他们的精彩表演获得大家一致称赞。后来周炳又给区桃画了一幅画像,并借此向她表白自己的爱情,可惜两人的爱情之花很快就凋零了。6月23日的下午,周榕、周炳、区桃等年轻人参加了省港大罢工的示威游行,区桃不幸中了警察的枪弹而死。周炳痛不欲生,他大病一场,后来在大哥周金和朋友陶华的劝解下才终于从失去区桃的悲痛中走出来,全身心地投入到革命工作中去。1925年8月20日,国民党左派领导人廖仲恺遇刺罹难,时局更加扑朔迷离。几家的年轻人在政见上的分歧也越来越明显,他们逐渐分成两派,张子豪、陈文雄、何守仁等偏于右派,周家兄弟等偏于左派,几对小情侣间不时因为政见不同而发生争吵。

1926年,"三一八"事变后的第二天,陈文雄和周泉举行了盛大的新式婚礼。当天晚上,周、陈两家的另一对恋人周榕和陈文娣却感觉结婚无望,于是分别给家人留下一封信后私奔去了上海。3月20日中山舰事件爆发,蒋介石在广州实行紧急戒严,大批共产党人被监视或软禁,省港罢工委员会的工人纠察队武装被解除,共产党和国民党左派遭受沉重打击,蒋介石的政治、军事力量大大增强,国共关系进入转折期。陈文雄、何守仁退出了罢工委员会,张子豪、周炳分别参加北伐。虽然同样是参军,可他们却属于不同的利益集团,张子豪属于国民党,周炳则属于共产党。陈文婷劝周炳不要参加北伐,最好能留下来把高中念完,也可以熬一个小小的出身,但是周炳拒绝了。他斥责陈文雄是工贼,他说自己不愿意拿工贼的钱去读书。陈文雄当了兴昌洋行经理,何守仁做了广州市教育局里的一个科长,他们都春风得意,踌躇满志。北伐军攻克武昌,陈文雄非常激动。他邀请众人到家里来喝酒庆贺,没想到大家因为政见不同又吵了起来,最后不欢而散。陈文娣感到自己与周榕之间的裂痕越来越大。他们从上海回来已经半年了,小家庭依然没有着落,她终于下决心宣布分手,周榕平静地接受了她的决定。二人分手后,何守仁殷勤地追求陈文娣。周炳也给陈文婷写了一封断交信,却被陈文婷驳回了。陈文婷表示不管面对怎样的困难,自己都会坚持和周炳在一起。

三、分道扬镳

1927年春天,蒋介石发动"四一二"反革命政变,大规模的清党开始了。周氏三兄弟得到消息后,连夜逃走。他们在同志们的帮助下在芳村冼大妈家暂时安下身来。5月4日晚上,何守仁和陈文娣举行了盛大的婚礼。隐藏起来的周炳为了不让陈文婷担心自己的安危就给她写了一封信,结果信件落到了陈万利手中。陈万利拿着信去宪兵司令部告发了周家兄弟,何守仁也到宪兵司令部告发周家兄弟是共产党。结果大哥周金不幸被捕,周榕、周炳两兄弟侥幸逃脱。他们住进舅舅杨志朴与人合开的济群草药铺。周榕在同志们的帮助下对当时的革命形势和未来的发展前景有了更为清晰的认知,他信心大增,重新参加了各种革命活动。周炳却还沉浸在与陈文婷的感情纠葛中。他再次约陈文婷见面,可是陈文婷却再次爽约,此时的陈文婷已经开始接受国民党官僚宋以廉的追求。周炳第三次约陈文婷见面,可陈文婷还是没去。时局有所改变,周炳又可以公开活动了。他参加了工人自救队,在一个秘密的地下兵工厂工作,还参加了几次游行。周炳被转好的

形势所鼓舞,又给陈文婷写了一封热情洋溢的信,鼓励她继续坚定信心从事革命工作。陈文婷被周炳的信搞得六神无主,最后在家人的劝说下,彻底放弃了周炳而嫁给了宋以廉。局势进一步缓和,周炳、周榕弟兄先后回三家巷看望父母。陈文雄、何守仁也趁机请两兄弟吃饭,企图拉近感情。

12月11日凌晨3点半,广州武装起义爆发了。周炳和战友们一起奋勇冲杀,成功地占领了反革命的政治和军事中心——广州公安局。在起义军里,周炳遇到了周榕、区家姐弟等众多亲友,大家都怀着激动兴奋的心情努力工作。周炳参加了工农兵代表大会。听了张太雷的演讲,他备受鼓舞,对革命更加充满信心,但是第二天传来了张太雷牺牲的消息,这让周炳悲痛万分。国民党联合英、美、日、法等多国军舰,继续向起义队伍的各个阵地发起进攻。在敌人一次又一次的猛烈攻击下,起义队员伤亡很大,上级决定保存实力,撤离阵地。撤退之后,队伍很快就被冲散了,周炳趁机回到三家巷的家里,他约陈文婷见面,仍被陈文婷拒绝了,陈文婷还请三姐陈文婕把当年周炳写给自己的绝交信归还给了周炳。周炳将绝交信撕碎,扔进了垃圾桶。晚上,他拎着一大兜芍药花到红花岗上纪念在广州起义中英勇牺牲的先烈们。随后他在家人的安排下去上海给陈家大女儿陈文英的两个孩子当家庭教师,自此离开了广州。

第二节 革命队伍中的别样英雄

《三家巷》是欧阳山长达五卷本的革命历史小说《一代风流》(包括《三家巷》《苦斗》《柳暗花明》《圣地》《万年春》)中的第一部,其中最独特、最能给读者留下深刻印象的便是周炳这个出身于手工业工人家庭,并最终走上革命道路的知识分子形象。独特的生活环境,丰富的人生经历,造就了周炳特色鲜明的性格特征,使其成为十七年革命历史小说中最为复杂的人物形象之一。

一、品貌风格的独特性

作者在《三家巷》的开篇就直截了当地点明周炳是一个"长得很俊的傻孩子"①,英俊潇洒可以说是周炳最为突出的品貌特征。与十七年革命文学普遍不太强调英雄人物的外形美不同,在《三家巷》中,作者反反复复、浓墨重彩地渲染

---

① 欧阳山:《三家巷》,北京:人民文学出版社1960年版,第1页。

周炳的外形美。作者既用正面描写直接表现周炳的美,如"鼻子是端正而威严的……眼睛黑得像发光的漆"①,"强硬有力的,像雄马一样的颈脖"②;又用侧面描写,通过众人对他卓然出众的外貌的反应,表现他美的程度。比如端午节的时候,周炳到三姨父家做客,喝多了酒,躺在神厅里的杉木贵妃床上休息。作者借用"姑娘们都没事装有事地在他跟前走来走去,用眼睛偷偷地把他看了又看"③等细节,将周炳迷人的魅力幽默生动地呈现出来。

可惜的是周炳虽然外表风流倜傥,人见人爱,性情却憨傻耿直,常常遭到众人耻笑,憨傻可以说是周炳另一突出的个性特征。作者用要账失败、拒绝作证、打抱不平、遭受冤屈、救济穷人等一系列事件,生动地描述出周炳初入社会时不合时宜、处处碰壁的窘况,以此证明他是如何的憨傻。虽然说透过周炳表面的"傻",可以看到他淳朴忠厚、倔强执拗、不畏强暴、勇于承担、同情弱小等多重高尚品格,但是同时不可否认的是,这憨傻也多少暴露出他单纯幼稚、思想简单、容易冲动等性格弱点。虽然这憨傻之中,埋藏着他初步觉醒、自发反抗的斗争萌芽,为他后来走上革命道路提供了性格基础,但是这种憨傻状态,距离真正的机智成熟、稳重沉毅的革命英雄形象还是有相当大的距离。

周炳被称为"现代社会的贾宝玉"④。他仪表不凡,性情愚顽,这些与贾宝玉的精神气质颇有相似之处。更重要的是,周炳也像贾宝玉一样情感丰富细腻,经常多愁善感,可以说多情、痴情是周炳又一个突出的性格特征。周炳相貌出众、多才多艺,又性情温和、气质纯净,所以颇受女性的青睐。在《三家巷》中,他先后深爱过区桃表姐和陈文婷表妹,在《一代风流》的后几部书里,他又分别和陈文英、胡柳、胡杏、何守礼等多名女性有过深浅不同的感情纠葛,其丰富的感情经历在十七年革命文学的英雄人物身上极为少见。而且他用情极深,不管是对区桃,还是对陈文婷,都是真挚热烈、毫无保留地爱恋着对方,可以说是一个不折不扣的痴心情种,然而这种痴情与革命时代文学作品中所惯常塑造的不苟言笑、一心革命,拒绝儿女私情的经典的无产阶级英雄形象相去甚远。

如上所述,"俊""傻""痴"构成了周炳最为突出的特征。这些与"革命性"似乎关系不大,甚至略有冲突的特征,使周炳在十七年革命文学的人物形象系列

---

① 欧阳山:《三家巷》,北京:人民文学出版社1960年版,第96页。
② 欧阳山:《三家巷》,北京:人民文学出版社1960年版,第93页。
③ 欧阳山:《三家巷》,北京:人民文学出版社1960年版,第22页。
④ 曹书文:《家族与革命的双重变奏——〈三家巷〉新论》,《河南社会科学》2008年第11期。

中是那么与众不同、独树一帜,由此他也成了那个时代革命文学中最为独特的存在。

二、性格成长的缓慢性

周炳这一人物形象的另一突出特点就是他的性格发展较为缓慢。作为多卷本长篇小说的主人公,周炳向往革命、追寻革命、参加革命,最终成长为无产阶级革命战士的过程比较漫长。与朱老忠、林道静等其他多卷本革命历史小说中的主人公思想觉悟迅速提升,在第一部就加入了中国共产党不同,周炳一直到第二部《苦斗》才成为一名真正的共产党员。在第一部《三家巷》中,一直到作品的结尾,他都只是一名觉醒的、向往革命的小资产阶级知识分子,用当时的无产阶级革命英雄的标准去衡量,他身上还留有许多小资产阶级知识分子的性格弱点,他依然处在革命的初期阶段。

周炳的性格弱点首先表现为他对革命的性质与目的认识不够清楚,以致混淆了敌人与朋友的界限,在追寻革命的道路上走了一些弯路。受生长环境的影响,同时也被陈文雄等人的气质风度所迷惑,周炳在很长一段时间内都不自觉地把陈文雄等人奉为精神偶像。尤其是随着社会历史的发展,当"五四"的启蒙主题逐渐为救亡主题所代替,民族仇恨、阶级冲突代替封建专制对个体的束缚,成为社会主要矛盾时,周炳依然停留在对个性解放、自由平等的追求上。这就使他看不透陈文雄、何守仁等人的阶级本质,不能理解他们的利益追求与革命斗争间的本质冲突,从而把革命的希望错误地寄托在以他们为代表的买办资产阶级和官僚地主阶级身上,由此他时常因为看不清革命道路的前进方向而感到迷茫与困惑。

周炳的性格弱点还表现为,他对革命斗争的长期性、艰巨性缺乏清醒的认知。当革命发展较为顺利时,他便盲目乐观,以为很快就能取得最后的成功;当革命遇到挫折时,他又垂头丧气、消极悲观,对革命事业产生怀疑。不管是他给区桃画像时对美好未来的憧憬,还是省港大罢工、广州起义时他对革命形势的分析,都可以看出,他对革命的认知基本上一直停留在小资产阶级罗曼蒂克式的幻想阶段,有许多急功近利、不切实际的地方。也正因为如此,当区桃牺牲,革命遭遇白色恐怖时,他或者以酒买醉,或者消极厌世,表现出革命的虚无主义情绪,而缺乏无产阶级革命战士所应有的坚强意志。

周炳性格弱点的另一个重要表现就是,他不能妥善处理好个人与革命间的矛盾冲突,有较为明显的个人主义倾向。比如,白色大恐怖中,他和哥哥们躲藏在乡下，为了抚慰自己忧伤孤独的心情，他不顾哥哥的严厉警告，不断地给陈文婷写信，希望与她会面。结果暴露了地址，使共产党员的大哥周金不幸被捕，并惨遭杀害，给革命造成了不可弥补的损失。这时的周炳显然没有把革命的需求放在第一位，而是沉溺在个人情感的狭小空间中，暴露出自由、散漫的个性特点。

三、革命道路的曲折性

周炳性格的独特性、成长的缓慢性是由他的家庭出身、成长环境决定的，也是由作者的写作立场决定的。周炳出身于手工业工人家庭，他的父亲是世代打铁的铁匠，母亲是中药铺郎中的女儿。他的大姨父是买办资本家，三姨父是皮鞋匠人，舅舅则继承外公的衣钵继续行医坐诊。周家复杂的社会关系使周炳有机会接触不同社会阶层的人，也初步感受到了社会的纷繁复杂。除了生活环境复杂以外，周炳的人生经历也是相当丰富。他先是在学堂读书，拥有了学生身份，后又辍学到铁匠铺、鞋匠铺当了手工业工人，然后又到药铺学习经商，还到农村当过放牛娃，最后则参加革命成为一名军人。显而易见，周炳一人就拥有了工、农、兵、学、商五种社会身份，自然而然也就有了五种看待社会的眼光和立场。在不同行业认识的朋友，在不同阶层经历的事情，必然都会对他的思想和性格造成影响，对他日后走上革命道路产生或积极或消极的作用，由此他的革命成长之路也就比其他英雄复杂得多、艰难得多。

引路人是十七年革命文学中一类重要而特殊的人物形象，他们往往对主人公的成长产生至关重要的作用，比如卢嘉川、江华之于林道静，贾湘农之于江涛、运涛和朱老忠。可以说没有前者，后者将如何走上革命道路几乎是不可想象的。然而引路人之于周炳的成长，其作用却没有那么明显和突出。周炳生长在革命家庭，他的大哥周金、二哥周榕都是共产党员，然而由于牺牲或者外派，他们和周炳的相处时间都不是很长，也就没有来得及给周炳灌输更多的革命道理，对其产生更为深远长久的引导作用。周榕曾经让周炳去找共产党员金端，可是因为金端突然被捕，周炳并没有与其联系成功，也就再一次失去了在引路人引导下迅速成长的机会。可以说，周炳的成长主要是靠他自己在生活中摸爬滚打，去体验、去感悟以及不断地反省而完成的，由此周炳的成长周期也就比其他英雄漫长得多。

如上所述，周炳的生活环境是极为复杂的，这与十七年革命文学中其他英雄人物大多拥有正统的出身和纯净的生活环境形成了鲜明对比。而且作者不但不去清除或者割断周炳与统治阶级复杂微妙的联系，反而还让他给陈万利当了一段

时间的干儿子,和陈文婷有了一段刻骨铭心的爱情。作者显然是要突破阶级的界限,从更为深层的本能欲望的角度,写出周炳复杂的思想性格,从而使人物形象更加丰满立体,也更贴近生活的真实。作者没有按照意识形态的要求去刻意规划周炳的革命道路,简化他的成长历程,拔高他的思想境界,以求获得更好的政治上的宣传效果,而是花了大量笔墨细腻描写周炳痛苦、纠结的心灵蜕变过程。这就使作品呈现出更为浓郁的文学色彩,具备了更加动人的感染力。

第三节　革命叙事中的世俗风情

《三家巷》以20世纪20年代革命策源地——广州的市民生活为背景,以三个家族为纽带,讲述了大革命浪潮中一代年轻人的成长历程。作者在讲述革命故事时,将史传笔法、世情模式、风俗描写与政治主题结合起来,在宏大叙事中关注到了个体的情绪感受,呈现了地域特色,取得了较为理想的表达效果。

一、史传结合的叙事传统

《三家巷》是一部典型的革命历史小说,革命历史事件构成了作品的基本框架。作者以"公历一千八百九十年"开篇,然后不断用纪年的变化记录人物生活状态的改变。如"到了一千八百九十八年""如今已经是一千九百一十九年"……这种有条不紊,类似于编年史的叙述方式,将每一个具体事件都在历史的链条上进行了准确的定位,显示出作者要对革命历史发展的全貌进行梳理、总结的雄心壮志。作者通过无处不在、无所不知的全能叙述视角,按照时间的先后顺序,将沙基惨案、省港大罢工、北伐战争、反革命大屠杀、广州起义等一系列重大革命事件娓娓道来。全知叙事者对历史发展脉络的清晰把握,在一定程度上减弱了艰难岁月、动荡生活给人们带来的不稳定感,既揭示了历史发展的必然规律,又给读者带来顺畅轻松的阅读感受。

作者对革命历史事件的讲述又是通过描写周炳这样一个平凡小人物的生活经历实现的。将革命历史进程的记录和周炳个人的生平传记结合在一起,形成典型的史传结合的叙事手法。作者把周炳放在急剧变化的历史潮流中,让他成为各个重大历史事件的参与者或者见证者,通过他的人生经历自然而然地将各个重大历史事件勾连在一起。在沙基惨案中,周炳参加了十万人的大游行,并痛失了自己挚爱的女孩——区桃。在省港大罢工中，周炳参加了罢工委员会庶务部和游艺部的工作，并在省港大罢工的主要领导人苏兆征的建议下，演出了话剧《雨过天青》。在北伐战争中，他亲赴前线，成为战斗英雄。在反革命大屠杀中，他和哥哥们东躲西藏，感受到革命低潮期的恐怖和苦闷。在广州起义中，他担任了起义军的通讯员，亲身感受到张太雷、叶剑英等起义领导人卓越的领导才能，还参加了珠江堤岸和观音山的防御战，和战友们一起护卫着革命的胜利果实。

  作者用个体的生活经历、内心感受去丰富抽象的历史事件，又通过历史事件使个体的生活经历具有更为深广的社会意义。史传结合的叙事手法使政治化、革命化的主题变得更加生活化、文学化了。比如，区桃在沙基惨案中不幸中弹牺牲，周炳伤心绝望、痛不欲生。作者既详尽细腻地描写了周炳高烧不退，处于半昏迷状态中的痛苦呻吟，以及借酒浇愁，醉后误把陈文婷当成区桃的欲望冲动，也借他人之口介绍了公祭会的悲壮场面和工贼破坏罢工的严峻形势。这样就既写出了悲剧的发生给主人公造成的心灵创伤，又阐明了悲剧发生的普遍性与必然性；既有对外在的社会发展规律的阐释，也有对内在的人物精神世界的开掘。史与传、公与私的巧妙融合，使概念化的历史事件借助人物的具体经历变得生动可感，充实鲜活，有效地减少了宏大叙事容易粗疏、僵硬的弊端。

二、悲欢离合的爱情故事

  《三家巷》的故事框架是革命发展历程，但主要的故事内容却是爱情的悲欢离合，几对三角恋人的分分合合，既写出了人性的本能欲望，又展现了阶级地位、经济利益对爱情婚姻的影响。

  《三家巷》中的爱情描写基本上都是甜蜜温馨、幸福浪漫的。作品中的几对年轻人，无论是陈文雄与周泉、周榕与陈文娣，还是周炳与区桃，或者周炳与陈文婷都是学生时代就自由相爱的恋人，他们的爱情可以说是"五四"崇尚个性独立精神的具体体现。不过与"五四"青年必须付出极为惨烈的代价才能争取到爱情自由不同，这些年轻恋人的爱情都较为顺畅美好。他们不仅可以公开地卿卿我我、耳鬓厮磨，而且普遍获得了父母亲友的认可与祝福。即使是周榕和陈文娣的私奔，也只是在极小的范围内引起大家短暂的震惊，而没有造成更为严重的矛盾冲突。作者对爱情的描写更多的是呈现情投意合的愉悦感，通过轻松欢快的氛围，可以看到"五四"落幕后的广州民风已经比较开放，爱情自由的思想观念已经被市民普遍接受。

与爱情的纯净真挚相比，婚姻就复杂、世俗了许多。婚姻不只是恋爱双方两情相悦的内心感受，更是各种社会关系博弈的结果，往往会受到金钱、地位等众多外来因素的干扰。它就像是被神秘力量操纵着的旋涡，常常让卷入其中的当事人身不由己，想要抗争却力不从心。周泉虽然已经发现了陈文雄的专制自私，也曾经想过放弃这段感情，可是却因为贪慕陈家的荣华富贵，想过舒适安逸的日子，而最终选择了婚姻，抛弃了曾经珍视的个性自由。与之相似，陈文娣、陈文婷两姐妹也是放弃了浪漫的爱情，选择了现实的婚姻。她俩虽然分别深深爱恋着周榕、周炳两兄弟，但是却始终没有勇气真正迈入婚姻。政治上的分化最终导致了感情的破裂，与大胆突破阶级界限的爱情不同，她们的婚姻也只能在自己的阶层中做出选择。陈文娣选择了何守仁，陈文婷嫁给了宋子廉，周榕、周炳两兄弟则分别和同属于无产阶级的区苏、胡家姐妹等继续着爱情故事，青年男女婚姻上的聚散离合反映了社会阶层的联合与分化。

因为爱情的私密性、情欲化与革命的公众性、神圣化存在一定的冲突，所以十七年的大部分革命历史小说在涉及情感关系时都会小心翼翼地避谈爱情而只关注革命工作。受社会环境的影响，《三家巷》的作者也是尽量对爱情描写进行政治化的包装，努力使爱情话语与革命话语更好地融合在一起。比如，作者在描写周炳与区桃和陈文婷的爱情时，除了写他们在容貌、才华上的相互吸引之外，还特别强调了他们情感中的革命因素。区桃和周炳都出生于手工业工人家庭，他们有着共同的反抗精神和爱国主义情怀，这是他们相爱的坚实基础，并且他们的爱在参加罢工游行的革命行动中得到了升华。陈文婷虽然出生于买办资本家的家庭，可是她宣称要继续区桃表姐未竟的事业，周炳也坚信她是陈家的"一个例外"，革命成为他们爱情的试金石。随着周炳不断地向陈文婷灌输革命知识，一心引导她走向革命，革命又成为他们维系感情的动力。然而最后他们还是因为对革命认知的不同而出现了感情的裂痕，革命话语与爱情话语始终紧紧缠绕在一起。

三、丰富细腻的风俗描写

《三家巷》的另一个突出特征就是作者在记录革命发展历程、讲述爱情婚姻故事之外，还用了大量笔墨描绘广州的风俗人情。这些看似随意疏淡的风俗描写，不但为革命的发生、发展提供了极为深广的社会背景，深化了作品的主题，而且营造了诗意的生活氛围，提升了作品的审美品格，丰富了十七年革命历史小说的表现形式。

《三家巷》中的风俗描写主要包括节日庆典、婚丧嫁娶、特色饮食、服装建筑、民间习俗、风物景色等。其数量之多、内容之杂在十七年革命文学中较为少见。作者一方面借传统节日的习俗风尚写出广州的地域特色，另一方面又借年轻一代的新派作风写出当时广州社会的发展程度。比如，端午节时人们吃粽子，用雄黄、朱砂在小孩额头画"王"字；七夕节时女孩们摆出巧物，任人品评；重阳节大家相约去登高望远；春节则结伴逛花市、卖懒。陈文雄和周泉的婚礼已经极为豪华气派，何守仁和陈文娣的婚礼则更加奢靡热闹。男子喜欢用"某君"或"同志"相称，女子则流行短发，服饰花样繁多，自由随意。青年男女可以大大方方地逛街出游，嬉戏打闹。丰富细腻的风俗描写汇聚成热闹欢乐的生活画卷，给读者带来美的享受。

然而日常生活平静祥和的表面之下却隐藏着日益严重的贫富分化和日趋尖锐的阶级对立。周、陈两家是连襟又是邻居，相互之间却很少往来，悬殊的贫富差距在两家之间形成巨大的鸿沟。所以周家的女儿可以嫁到陈家，但是陈家的女儿却不能嫁到周家，"姑换嫂"变成了"只入不出"。婚礼上穷亲戚坐在大厅里，显贵的客人聚在小厅里；生日宴上发达的陈家不再愿意出席落魄的杨家贺寿家宴；外出游玩时，从衣着打扮就可以轻松地分辨出每个人的家庭出身、经济状况。一条"工农兵学商"的标语，引发了大家关于五种社会阶层究竟应该如何排序的持久而激烈的争论。每个人都站在自己的阶级立场，拼命维护本阶级的地位和利益。显然阶级矛盾已经渗入生活的方方面面，成为人们日常生活中无法回避的客观存在。

不管是有滋有味地在节日风俗中寻找乐趣，还是痛苦无奈地承受贫富分化带来的生活磨砺，日子总是永不停歇地往前奔涌。当初在枇杷树下换帖明志时，谁也不会想到拜帖兄弟有朝一日竟然会背信弃义，卖友求荣。当初区桃在凤凰台上被选为"人日皇后"时，是那么青春靓丽、风光无限，可是不到半年，她却被人们抬上凤凰台，永远安葬在那里。曾经十多位少年一起除夕卖懒、人日出游，最是惬意逍遥、其乐融融，可是转眼间却已经各奔东西，相聚无期。其实整个三家巷又何曾静止过、安定过。从多家杂处到六家人再到三家人，三家巷始终处在变化动荡之中。正是这些夹杂着美好与沧桑的生活描写给了人们一份希望、一丝怅惘，也让作品更加耐得住品读，回味绵长。

延伸阅读资料:

1. 郭冰茹:《革命叙事中的爱情——〈三家巷〉中的爱情话语与时代语境》,《海南师范学院学报》(社会科学版)2006 年第 6 期。

2. 孙先科:《〈三家巷〉:一个复杂的话语场》,《信阳师范学院学报》(哲学社会科学版)2008 年第 4 期。

思考题:

1. 谈一谈《三家巷》中的家族叙事。
2. 谈一谈《三家巷》中周炳这一人物形象的塑造特点及其意义。

第十章 《红岩》品读

作者简介与创作背景：

罗广斌（1924—1967），四川成都人。1948年加入中国共产党，同年9月被捕，囚禁于重庆"中美合作所"渣滓洞、白公馆集中营。在狱中他与狱友一道坚持斗争，重庆解放前夕越狱成功。

杨益言（1925—2017），四川省广安市武胜县人。20世纪40年代在同济大学读书，后因在上海参加学生运动被学校开除。1948年8月被捕，囚禁于重庆"中美合作所"渣滓洞，重庆解放前夕越狱成功。

1950年，罗广斌、刘德彬、杨益言根据在狱中的经历，写成报告文学《圣洁的血花》。1958年，三人又合作创作了革命回忆录《在烈火中永生》。后刘德彬退出创作小组。1961年，罗广斌与杨益言合著长篇小说《红岩》。《红岩》自1961年12月由中国青年出版社出版以来，多次印刷，1977年9月再版，创造了我国长篇小说发行量的纪录。

第一节 黎明前光明与黑暗的较量

《红岩》以新中国成立前夕我党在重庆开展的地下工作为主要内容，分三条线索，即重庆市内的地下工作，川北革命根据地的游击战，渣滓洞、白公馆等监狱内的顽强抗争等，全面真切地再现了我党地下工作人员不惧敌人的残酷镇压，坚持与敌人斗争到底的革命信念。

一、不幸被捕

作品首先交代了新中国成立前夕，我党在重庆地下工作的开展情况。1948年中国革命进入转折期，胜利即将到来，而敌人也更加疯狂地镇压革命。为了更好地开展地下工作，党决定在重庆沙坪坝正街上开设一家书店，作为党在沙磁区的备用联络站。书店由甫志高负责，为了表现自己，他擅自扩大书店规模，销售进步书刊，还自作主张吸收了一名叫郑克昌的年轻人入店工作，并且准备出版文艺刊物。地下党市委委员、工运书记许云峰准备启用书店做联络站，他到书店检查工作，发现书店存有诸多隐患，进而怀疑郑克昌是一名特务。于是他让店员陈松林赶紧转移，让甫志高也赶紧隐藏起来不要再回家，还让甫志高通知刘思扬等与书店有联系的人都赶紧转移。可是甫志高完全意识不到潜在的危险，他依然要回家与妻子道别，结果在家门前被捕，并且在被捕后很快叛变。第二天，许云峰与川东特委李敬原在一家高级茶园秘密接头，许云峰汇报了书店的情况，他们都意识到问题的严重性，准备采取行动保护战友，然而为时已晚，已经叛变的甫志高和几个特务包围了茶园。许云峰看到已经无法脱身就故意吸引特务们的注意力，成功掩护李敬原安全撤离，自己却不幸被捕。

除了许云峰之外，还有多名与甫志高有联系的同志也不幸被捕。长江兵工总厂附属的修配厂厂长成岗和党支部书记余新江，都是我党的地下工作者。他们都曾经做过许云峰的交通员，与甫志高有过联系，现在他们都因为甫志高的告发而被捕。其中成岗还接受过江雪琴、李敬原等同志的领导，负责党的群众性宣传刊物《挺进报》的刻版与印刷工作，他的被捕给我党的宣传工作造成极大的困难。另外，刘思扬是一名世家少爷，和甫志高是大学校友，两人有过一段交往。刘思扬也是我党地下工作人员，他曾经和未婚妻孙明霞一起负责收听、记录来自解放区的广播，为《挺进报》提供最新信息。甫志高因为刘思扬有比较好的社会关系，就在书店开业登记时私自用他的名义做了保证人，现在刘思扬也因为甫志高的叛变而被捕了。

二、狱中斗争

接着作品转入对狱中斗争的描写。许云峰被捕后，国民党西南长官公署第二处处长兼侦防处长徐鹏飞亲自审问他，并让他看自己的战友成岗遭受酷刑。另外敌人还假装枪杀成岗和余新江，故意让许云峰听到枪声，想以此恫吓许云峰，可是许云峰始终不为所动。徐鹏飞又特意设宴款待许云峰，假意释放他，准备拍一张许云峰与自己碰杯的照片，刊登在报纸上混淆视听。另外，徐鹏飞还专门安排国民党伪国防部保密局局长毛人凤直接与许云峰面谈，劝他放弃革命，可是敌人的所有算盘都落空了。

在描写狱中斗争的同时，作品穿插介绍了川北革命根据地的情况。为了支援党在农村的工作，江雪琴被派往川北华蓥山根据地，她即将和自己的丈夫——华蓥山纵队政委彭松涛一起并肩战斗。陪同江雪琴一起前往川北的还有重庆大学的学生华为，华为的妈妈正是华蓥山纵队司令员——"双枪老太婆"。在去根据地的路上，江姐设法穿越被敌人重兵把守的县城门口时，突然看见自己丈夫的头颅被敌人挂在城头悬首示众。她忍住悲痛，赶紧撤离危险之地，换了另一条线路和从根据地下来接应她的"双枪老太婆"见面。见面后江姐坚决要求到丈夫生前战斗的地方工作，她在川北组织开展抗丁、抗粮、抗捐工作，给敌人造成极大的打击。甫志高带领特务到川北打探到了江姐的行踪，他们逮捕了江姐，将其关押进渣滓洞。江姐遭受了用竹签钉手指等种种酷刑，却始终坚贞不屈。

在渣滓洞，炎炎夏日，敌人用故意断水的方法迫害革命者，革命者们团结一心，勇敢抗争，他们用双手在牢房后面的荒坡上挖出了一眼山泉。龙光华在打水时被特务打得遍体鳞伤，不幸牺牲。战友们集体绝食抗议，迫使敌人答应给龙光华开追悼会、狱友重病一律送医院治疗、改善政治犯的生活待遇等要求。随着辽沈战役、淮海战役接连取得胜利，解放军即将渡过长江解放全国等有利形势的不断出现，国民党被迫释放出一些和谈信号，渣滓洞的敌人也开始着手改善狱友们的生活条件，实施明松暗紧的监控策略。敌人同意在新年期间打开所有牢门，给狱友们一整天的放风时间，大家决定利用这个机会举行新年联欢会。元旦那天早上，天还未亮，人们就纵情高歌，开始了新年大联欢。唱完歌大家相互交换自制的贺年卡、五角星等礼物，还纷纷在牢房门口贴上自己写的春联，表演了叠罗汉、秧歌舞等节目，狱室里洋溢着欢快的气氛。

为了表示和谈的"诚意"，敌人假意释放了来自资本家家庭的共产党员刘思扬。刘思扬回到家中的第二天夜里，特务郑克昌假扮成我党地下工作人员，潜入刘家向刘思扬套取狱中地下党的秘密情报。刘思扬接到李敬原派人送来的密信，在密信的提醒下，他识破了敌人的诡计，向假扮成共产党员的特务提交了假材料，结果再次被捕，不过这次他没有回到渣滓洞而是被押送至白公馆，就此作品的叙述线索也扩展至白公馆。

白公馆的斗争氛围和渣滓洞很不一样，这里的同志大都比较沉默，他们的斗争也更隐蔽。和刘思扬关在同一间牢房的成岗一开始对刘思扬非常冷漠，在得到党的正式通知，确认了刘思扬的可靠性后才变得热情起来。在狱中，成岗坚持办《挺进报》，他把从隔壁黄以声将军那里获得的消息，用仿宋体写在小纸条上，通过秘密通道传递给楼下的狱友，供他们传阅。被关押在一楼的胡浩是误入白公馆

禁区而无辜被捕的青年学生,已经被关押了九年。他在传看秘密纸条时不小心被敌人发现了,敌人对其严刑拷打,妄图借此逼问出党在监狱中的秘密组织。同在一楼的齐晓轩挺身而出,宣称纸条是自己写的。他解释说自己是在放风时,悄悄进入敌人的管理室而读到了相关信息,巧妙地保护住了党在狱中的秘密组织。

三、组织越狱

许云峰被秘密转移到白公馆,独自关押在一间地窖里。他利用独自一人被隔离关押,敌人又疏于监管的有利条件,用手和铁链挖掘了一条越狱用的地道。被关押了十五年,故意装疯卖傻麻痹敌人的华子良利用给许云峰送饭的机会表明了自己的身份,重新和狱内外的党组织取得了联系。他借外出买菜的机会在狱内外的地下党组织间传递情报,推动狱内外的地下党组织联合制订里应外合的越狱计划。

人民解放军迅速向大西南挺进,重庆即将解放,敌人在仓皇出逃前做着最后的挣扎。他们提前秘密杀害了江姐、许云峰、成岗等人,同时加强了渣滓洞与白公馆的警戒,并且调换了相应的值班人员,两处监狱与我党的地下联络先后中断,原定的越狱计划被破坏了。狱友们在得不到外界确切消息的情况下根据时势变化决定提前暴动。渣滓洞的狱友利用声东击西的办法,推倒监狱的围墙冲了出去。白公馆的狱友在齐晓轩的指挥下,从许云峰挖掘的地道冲出了监牢。他们在攀登山崖继续出逃时遭到了敌人的追击,多亏华子良带领增援部队及时赶到,他们才成功脱险。虽然在暴动过程中刘思扬、齐晓轩等同志不幸牺牲了,但更多的同志冲出了魔窟,他们在解放军隆隆的攻城炮声中,冲破黑暗迎向黎明。

第二节 歌乐山下的英雄群像

为了更加全面深入地反映解放战争最后阶段革命与反革命间的生死较量,《红岩》的作者没有将笔触局限在某一两个中心人物身上,而是广泛描写了来自不同革命战线、具有不同社会身份以及不同觉悟程度和斗争经验的众多革命者的斗争经历。这些革命者既有相同的奋斗目标,又有不同的性格特征,他们并肩作战,共同凝聚成一座巍峨的共产主义战士的英雄群像。

一、成熟坚定的领导者

在众多的英雄人物中，江姐与许云峰无疑是最具有感召力和影响力的灵魂人物。他们勇敢坚定，富有远见卓识，充分体现了我党领导干部的模范带头作用。首先，作为地下工作人员，他们都机警老练，具备良好的革命素养。他们善于观察周围情况，能够敏锐地捕捉到各种信息，并对其进行综合分析判断，在瞬息万变、错综复杂的形势下做出对党和革命最有利的决策。许云峰到准备作为备用联络站的沙坪书店检查工作，一进书店就从人员组成、工作方法等若干方面觉察到了潜在的危险，于是当机立断让相关人员赶紧转移，显示出卓越的观察与判断能力。江姐与甫志高在码头按约定碰头，她看到身穿西装的甫志高不是雇用力夫，而是自己提行李时，立即觉察到这种行为的不妥，显示出地下工作者的精细和警惕。其次，作为狱中地下党的中坚人物，他们都品格高洁、意志坚定，富有人格魅力，具有很好的精神引领作用。在渣滓洞，许云峰被单独囚禁在楼八室，但是他却用战斗的歌声和刚劲有力的脚镣声向同志们致意问候，在心灵上与同志们取得联系，帮助同志们燃起斗争的火焰。江姐被关进监狱后，遭遇到残酷的毒刑拷打，她凭借钢铁般的意志承受着刻骨的痛苦，保守着党的机密，她的坚定刚毅赢得了狱友们的敬佩和尊重。大家纷纷写信向她表达敬意，她也用行动和言语引领大家继续前行。最后，作为领导干部，他们都透彻理解党的斗争策略，灵活开展革命斗争，即使在严酷的斗争环境中，他们也能打开斗争局面，取得斗争胜利。在渣滓洞，他们先后组织了集体绝食抗议、新年大联欢、绣红旗等革命活动，成功地在最黑暗阴森的人间地狱点燃革命的烈火。在白公馆，许云峰更是利用独自被关押在地窖的独特条件，用双手和铁链挖开了一条越狱用的通道，为狱友们成功越狱做出了贡献。

许云峰和江姐在敌人面前都表现出勇毅顽强、坚贞不屈的英雄气概，但是不同的性别和经历又使他们呈现出不同的性格特征。许云峰领导过工人运动，具有丰富的斗争经验。他善于抓住敌人的弱点，与其展开针锋相对的斗争，并以凛然的姿态痛斥敌人的罪行，直击敌人要害而削弱其嚣张的气焰，使自己转弱为强。在监狱这一特殊的斗争环境中，许云峰最为擅长的斗争武器就是充满蔑视的傲然大笑。不管是在敌人的审讯室，还是精心准备的酒席宴前，抑或是行将就义的刑场上，许云峰都能冷傲地嘲笑敌人，揭露敌人外强中干、色厉内荏的反动本质，显示出非同一般的见识与格局。如果说许云峰擅长用笑声击破敌人的阴谋，那么江姐则是不论遭遇怎样的创痛，都绝不流下懦弱的眼泪，她总能做到面对危难面不改色、心不跳。在去川北的路上，她突然看到自己丈夫的头颅被挂在城头悬首示众，却能做到用强大的意志压制住自己即将涌出的眼泪。在监狱里，她被敌人用竹签钉手指，却能用"竹签子是竹做的，共产党员的意志是钢铁"①回击敌人的狠毒。临刑前，她从容镇定地整理自己的衣装，用视死如归的大无畏态度安抚同志们的感情，实践自己随时为共产主义理想献身的誓言。

二、不断进步的后继者

与江姐、许云峰等我党领导干部的成熟老练不同，刘思扬和成瑶等年轻一辈的革命者，往往会因为缺乏斗争经验等原因，在斗争中暴露出盲目冲动、脆弱消沉等问题。他们还需要老党员的教育和引领，他们只有在斗争的磨砺中才能逐步认识到自己身上的问题，然后努力克服缺点，走向成熟。

刘思扬的成长之路较为曲折，他在经历了多次考验之后，才终于克服了性格中的弱点，真正成长为一名优秀的无产阶级战士。刘思扬面临的第一次大的考验就是他被假释以后，遭遇了"红旗特务"的诱骗。究竟是按照"红旗特务"的要求，说出狱中党的地下活动情况，去换取"组织"的重新信任，还是忍受被误解的痛苦，严守党的秘密，刘思扬面临艰难的选择。后来，他在党的引领下，经受住了特务的各种诱惑，思想有了明显进步，但依然没有完全成熟。刘思扬面临的第二次大的考验是他再次被捕，被转押到白公馆后，一时难以适应新的环境。与渣滓洞相比，白公馆的监管更加严酷，革命者的行动也更加小心谨慎。初入白公馆的刘思扬遭遇了同屋狱友成岗的冷漠，这让他非常痛苦。他怀念渣滓洞火热的斗争氛围，忍受不了白公馆的孤独与寂寞，此时的他还缺乏革命者所必需的忍辱负重、甘于平凡的崇高品质，他还需要进一步的锻炼。后来，他和成岗一起在狱中合作出版《挺进报》的"白宫版"，他兴奋地建议在刊头写上"挺进报"三个字，却遭到成岗的拒绝。他又热情激动地在监狱图书馆的书上画上马克思的画像，却遭到老袁严厉的批评。屡屡碰壁，使他逐渐认识到了自己身上所存在的个人主义意识。在同志们的帮助下，他慢慢摆脱了貌似勇敢，其实却对革命有害的小资产阶级的浪漫情调，逐步走向成熟。在最后越狱时，刘思扬不幸胸口中弹，他意识到自己生命的最后时刻即将到来，他渴望像成岗那样在就义前高呼口号向党表达自己的忠心，却又意识到这样做可能会暴露尚未脱险的战友们，终于他抑制住自

---

① 罗广斌、杨益言：《红岩》，北京：中国青年出版社2000年版，第269页。

己内心汹涌的热情，选择安静地死去。在以大局为重，放弃个人诉求的艰难选择中，他走向了真正的成熟。

成瑶是作品中另一个成长型人物的代表。虽然成长在革命家庭，但是由于缺乏必要的革命实践的磨炼，她表现出轻率、鲁莽的性格特点。一开始，她冒失地把《挺进报》从学校带回家里，结果遭到哥哥成岗严厉的批评。后来她以记者身份出席敌人的新闻发布会，因为急于表现自己而暴露了身份，引起敌人的注意，差点给党的地下组织带来严重危害。初涉革命的她暴露出众多性格问题，后来在经历了残酷的血腥斗争的考验和锻炼后，她才逐渐克服了内心所隐藏的个人主义意识，逐步走向成熟。

三、革命事业的同道者

除了英勇不屈，甘愿为革命事业抛头颅、洒热血的共产党员外，《红岩》还塑造了一批革命道路上的同道者。他们虽然没有共产党员的身份，却同样有一颗爱国心，有强烈的正义感，他们用实际行动将自己和狱中的党组织紧密联系在一起，并且同样为呼唤光明、伸张正义奉献出自己宝贵的生命。

作为白公馆乃至世界上年龄最小的烈士，"小萝卜头"——宋振中的独特经历集中体现了生命本身的美好圣洁以及把这种美好圣洁无情扼杀的敌人的凶残恶毒。这是一个尚在襁褓中就被关进监狱的弱小生命，常年牢狱生涯使他分外瘦弱单薄，纤细的身体配上一个又大又圆的脑袋是他最为鲜明的形象。他很少有机会接触外面的世界，以至于在他的梦里，城市也像监狱一样只有窄窄的巷道和密布的特务，甚至人们也都穿着囚服，到处弥漫着阴森恐怖的气氛。但是成长环境的恶劣并不影响"小萝卜头"对知识的追求和对美好生活的渴望。他刻苦努力，曾经师从共产党员罗世文、国民党将领黄以声等人学习文化知识。他聪慧过人，小小年纪就已经可以用俄语与黄将军对话，并且字典上的字也都能认能写，甚至包括一些生僻字。他曾经画过一幅颜色浓烈的画，红、黄、蓝、绿，鲜亮的颜色把一张纸装得满满的，笔锋间充满了对自由的强烈渴望。他还曾捉住过一只小飞虫，虫子的美丽可爱给他带来片刻的欢乐，可是他却不愿意剥夺飞虫的自由而将它放飞。他爱憎分明，由衷地敬佩那些忍受酷刑也不吐露党的机密的革命志士，却痛恨心狠手辣的特务。他热情助人，主动帮革命者打探消息、传递情报，做一些力所能及的革命工作。然而就是这样一个幼小无辜，在恶劣的环境中依然顽强成长，浑身洋溢着炽热光芒的生命，却在九岁的小小年纪就被敌人无情地杀害了，他的善良热情恰恰与敌人的残暴卑劣形成鲜明的对比。

还有国民党将领黄以声将军，他利用自己可以看报的特权，秘密向住在自己隔壁的地下党员传递来自外面世界的最新消息，默默支持狱中地下党的革命工作。在生命的最后时刻，他力图将共产党员送给他的匕首插进敌人的胸膛，为革命事业做最后的贡献。胡浩是因为无意中走进白公馆禁区而被逮捕的青年学生，一关就是九年。残酷的环境消磨着他的体力与意志，他依靠做给小树浇水这种关爱弱小生命的事情支撑着自己活下去。当他偷偷阅读狱中地下党传给他的文件而不幸被特务发现时，他也像共产党员一样，咬紧牙关绝不吐露半个字。经过漫长而痛苦的摸索，他终于在即将越狱的最后时刻，冒着巨大的生命危险，写出了一份发自肺腑、感人至深的入党申请书，使自己从一名普通学生成长为真正的革命者。

第三节　红色叙事的经典形态

作为红色经典中发行量最大的文学作品之一，《红岩》自出版以来即产生了极大的社会影响。革命志士在特殊斗争环境中表现出的坚强意志和高尚品格影响了几代中国人的成长之路，因此著名评论者严家炎将其誉为"名副其实的共产主义精神的教科书"①。

一、共产党人的正气歌

与普通文学作品相比，《红岩》更注重传承我党优秀的革命传统并弘扬共产党人的革命精神。它通过鲜活生动的人物形象，曲折感人的故事情节，铿锵有力的语言表达，将文学作品对国民思想改造的教育意义发挥到极致，成为对读者尤其是青年进行革命传统教育的生动教材。

《红岩》以新中国成立前夕重庆地下党的革命活动为主要内容，描写了在全国即将胜利的大背景下，在重庆具体的小环境中，敌人力量依然相对强大的残酷现实。濒临灭亡的敌人在即将崩溃的最后时刻，疯狂地残害革命者。他们对革命志士施以最惨烈的酷刑，并丧心病狂地制造了骇人听闻的"十一·二七大屠杀"惨案。即使以这样血淋淋的内容为题材，作品的基调也并没有过于低沉压抑，给

---

① 严家炎：《〈红岩〉的突出贡献》，《贵州社会科学》1984年第4期。

人沉痛悲哀的感觉，相反却让人感到精神振奋，意气昂扬，使人获得巨大的精神上的鼓舞。作品之所以能够产生如此神奇的阅读效果，究其原因应该在于作者并没有沉浸在私人的情感体验中，而是站在更高的思想水平线上，用更开阔的格局与视野，更饱满的乐观主义情绪，写出了革命者崇高的精神境界，谱写了一曲共产党人的正气歌。

《红岩》所展现的共产党人的崇高品格主要体现在以下几个方面。首先是英勇无畏、不怕牺牲的奉献精神。不管是许云峰为了掩护李敬原脱险而勇敢地迎着叛徒走上去，把敌人的注意力吸引到自己身上，还是江姐走上刑场时流露出的从容庄严、镇定自如，都表现出他们早已将生死置之度外，随时准备为革命事业牺牲自己的生命，具有视死如归的英雄气概。其次是忍辱负重、坚定不移的顽强意志。华子良肩负着上级领导的重托，长期装疯卖傻，甘愿蒙受屈辱，直到最后的关键时刻，才表明自己的身份，向同志们吐露真情。成岗被敌人注射了"诚实"针剂，他强忍着药物对自己神经的侵蚀，努力保持神智的清醒，用强大的意志力粉碎了敌人的阴谋，表现出超人般的精神上的顽强。最后是随机应变、锲而不舍的斗争智慧。在白公馆、渣滓洞的特殊环境中，敌人处于明显的优势。面对敌我之间悬殊的力量差异，革命志士毫不畏惧，他们团结一心，灵活应对，取得了开办图书馆、为龙光华开追悼会、举办新年联欢会等一次次斗争的胜利，他们用卓越的斗争智慧很好地打击了敌人的嚣张气焰。另外还表现为乐观积极，不断团结各种革命力量，壮大革命队伍的宽广胸怀。革命志士虽然身陷囹圄，但他们并非孤军作战。一方面他们积极与狱外的地下党取得联系，另一方面他们又积极争取监狱内的各种革命力量。他们团结黄以声等爱国将领、胡浩等进步学生，建构起广泛的斗争战线，共同反抗敌人的残酷统治，显现出强大的革命力量。

二、从回忆录到红色经典

《红岩》能够成为革命历史教育的教科书，并非一蹴而就、自然而然的事情，而是经过了漫长而艰难的修改过程。《红岩》的创作最早可以追溯到1949年底。这一年的11月27日，溃逃前的国民党特务在重庆歌乐山的白公馆和渣滓洞制造了震惊世人的大屠杀。为了悼念死难的烈士，并且弄清新中国成立前后重庆地下党组织的活动情况，惨案过后不久，罗广斌就在上级领导部门的安排下，对大屠杀事件进行了两种不同性质和用途的书写活动。一是他为重庆市委组织部撰写的带有内参性质的《关于重庆组织破坏的经过和狱中情形的报告》；二是他和刘德彬共同编辑的对大屠杀以及死难烈士情况做出全面介绍的公开发行的文字读物《如此中美特种技术合作所——蒋美特务重庆大屠杀之血录》。与此同时，曾经被禁闭在渣滓洞的杨益言，虽然在大屠杀之前就已经被释放，但是他也在大屠杀发生后写了《我从集中营出来》，以示对死难者的纪念。半年之后，也就是1950年7月，重庆《大众文艺》一卷三期发表了罗广斌、刘德彬、杨益言三人署名的报告文学《圣洁的血花——献给九十七个永生的共产党员》，随后这篇报告文学又很快被全国性杂志《新华月报》转载并被新华书店出版单行本。以上这些写作可以说为后来小说《红岩》的成功奠定了扎实的基础。

在之后的几年中，《红岩》的两位作者在上级领导部门的安排下做了大量与大屠杀事件相关的报告会。通过做报告，他们积累了更多与大屠杀事件相关的材料，也积累了更多"正确"言说该事件的经验，并获得了权力机关对他们"言说者"身份的充分信任，这些都增强了他们从事大部头文学创作的信心。因此，1956年10月，他们请了创作假集体合作，于1957年初向重庆市文联提交了一份暂名为《禁锢的世界》的作品。这部作品并不算成功，它只是一份油印稿，远未达到出版水平。甚至人们也无法说清它究竟是报告文学还是小说，充其量只能算是"一堆材料"。同时，三位作者也在《禁锢的世界》和《红岩》两个名字间犹豫不决。他们觉得《红岩》这个名字更有深意，但是与自己作品的实际内容却不甚吻合。

虽然在创作上遭遇了一些挫折，但是三位作者所做的大量工作却引起了中国青年出版社的注意。在中青社的邀约下，三人合作于1958年2月在中青社创办的流行刊物《红旗飘飘》第六集上发表了回忆录《在烈火中得到永生——记在重庆"中美合作所"死难的烈士们》，后来又于1959年2月出版了单行本《在烈火中永生》。同时，为了迎接新中国成立十周年向党献大礼运动，罗广斌、杨益言在中青社的帮助下，再次开始小说创作，而刘德彬却因为在1957年反右派运动中犯了错误受到批判，而退出了这次写作活动。在上级领导、知名作家以及中青社编辑的大力支持下，罗广斌、杨益言五易其稿，长篇小说《红岩》终于在1961年12月由中国青年出版社出版。

三、"在烈火中永生"

通过梳理《红岩》的创作过程，我们可以看到，这是一次典型的有组织的集体性文学创作。在这一创作过程中，作者不断地克服私人化的体验或感受,努力从意识形态的高度对所掌握或收集到的原始材料进行提炼、加工与升华,以求达到宣扬意识形态,对读者尤其是青少年进行思想政治教育的写作目的。因此,在十多年的成书过程中,作者虽然对作品进行了数次修改,但是他们修改的目的或者说重点,并不是增强作品的文学性,而是尽可能增强作品的政治思想内涵,使其更加具有教育意义。因此,《红岩》虽然是一部文学作品,但是其写作目的却是充分政治化的。作者不是以个体身份进行私人化的自主写作,而是在完成一项严肃的政治任务或者说神圣的革命工作。也正是在这个意义上,《红岩》的真正作者并不仅仅是罗广斌和杨益言这两位显性的作者,而是"一群为着同一意识形态目的而协作的书写者的组合"①。

在《红岩》的创作过程中,有两次重要的修改极大地提升了作品的政治品质。首先是当时的四川省文联主席沙汀所指出的作品在思想路线上存在的问题。沙汀认为,作者把敌人写得很嚣张,而共产党人尽管坚贞不屈却显得比较被动,缺乏革命的进攻精神,这种安排是"颠倒了的(极为错误的)"②。这就抓住了造成小说低沉压抑、满纸血腥原因的关键,即作者只看到那个禁锢的世界,却没有放眼于全国的大好形势,没能跳出监狱这个小圈圈,把狱中斗争和全国的革命形势联系起来,因此小说的精神面貌出了问题。问题的原因找到了,但是如何去改正却依然是摆在作者面前的一道难题,是毛泽东思想帮助他们找到了解决问题的方法。通过学习、阅读毛泽东著作,作者学会了运用辩证唯物主义和历史唯物主义看待问题的思想方法。他们学会了透过事情的表面现象,抓住其底层的本质。也就是,虽然敌人从表面上看非常残暴但是其内心却是虚弱的,而革命志士虽然身陷囹圄,却把监狱变成了革命战场,依然表现出斗志昂扬的革命气概,那些狱吏才是真正的囚徒。

至此,《红岩》不再是记录作者独特人生经历的回忆录,而是向青年进行革命传统和共产主义品德教育的生动教材。作者并不特别在意人物性格的丰富性、发展性等这些文学性的写作要素,而是更关注如何提炼与呈现革命志士的高贵品格与坚强意志,并将它们与时代精神相融合。作者从意识形态的宏观视野出发,超越现实客观环境的局限,对革命志士的战斗风采进行了大胆的虚构与想象,终

---

① 洪子诚:《中国当代文学史》,北京:北京大学出版社2010年版,第125页。
② 沙汀:《从〈禁锢的世界〉到〈红岩〉——有关〈红岩〉修改、加工琐记》,转引自钱振文《〈红岩〉是怎样炼成的——国家文学的生产和消费》,北京:北京大学出版社2011年版,第116页。

于塑造出以江姐、许云峰等为代表的革命志士的光辉形象。这些英雄人物的崇高品格像嘉陵江边上红色的岩壁一样,在烈火中得以永生,同时也影响着一代又一代年轻人的精神世界。

延伸阅读资料:

1. 朱寨:《时代革命精神的光辉——读〈红岩〉》,《文学评论》1963年第6期。
2. 钱振文:《〈红岩〉是怎样炼成的——国家文学的生产和消费》,北京:北京大学出版社2011年版。

思考题:

1. 谈一谈《红岩》这部作品的美学风格。
2. 谈一谈《红岩》中江姐这一人物形象的塑造特点及其意义。

第三编
农村类红色经典小说

第十一章 《太阳照在桑干河上》品读

作者简介及创作背景：

丁玲（1904—1986），湖南临澧人，原名蒋伟，字冰之，毕业于上海大学中国文学系。1930年丁玲参加中国左翼作家联盟，并主编左联机关刊物《北斗》。1932年丁玲加入中国共产党。1933年在上海被国民党特务秘密绑走，囚禁于南京。1936年，丁玲在党的帮助下逃离南京，到达陕北解放区，成为第一个到延安的文化人。1946年夏天，丁玲参加土改工作队，去桑干河两岸的怀来、涿鹿一带进行土改，积累了大量一手资料。1948年丁玲的反映土地改革运动的优秀长篇小说《太阳照在桑干河上》出版。1951年该作品荣获斯大林文学奖二等奖。

第一节 土地改革运动的真实记录

《太阳照在桑干河上》通过描写暖水屯这个华北农村普通村庄的土改运动，真实生动地反映了农村尖锐复杂的阶级斗争和土改运动对农村社会造成的巨大的根本性改变。

一、盘根错节的亲缘关系

暖水屯土改运动中的一大难题就是村里人祖祖辈辈生活在同一块土地上，自然而然形成了盘根错节的姻亲关系，这些关系像一张无形的网束缚着人们的革命行动。

作品首先从村里的富裕中农顾涌写起。顾涌是个外来户，他十四岁跟着哥哥来到了暖水屯，从放羊娃做起，经过四十八年的打拼，终于有了一份还不错的家业。他不断地买地、买房，组建起一个有十六口人的大家庭，一家老老小小生活在一起，颇为温馨和睦。顾涌的大女儿嫁到了八里桥胡泰家，二女儿嫁给了本村钱文贵的小儿子钱义。顾涌的一个儿子参加了八路军，所以顾家是抗属；另一个儿子顾顺是村里青联会的副主任，是一个颇为激进的年轻人。

顾涌的二儿媳妇是一个穷苦人家的孩子，她的哥哥叫李之祥，是一个三十多岁的穷光棍，四年多前娶了一个从关南逃难到这里的快四十的女人董桂花。董桂花虽然是外地人，可是为人正直又勤快，被推选为村妇联会主任。李之祥两口子去年请张裕民帮忙，买了过去的大乡长许有武五亩葡萄园子，虽然只是半价，可他们还是为此欠了十石粮食的债。

李之祥的姑丈叫侯忠全，年轻时曾是一个伶俐的小伙子，家境也算殷实，生活可以说是幸福美满。后来遭到本家侯殿财的陷害，落了个家破人亡。他一步步沦落到社会最底层，性格也变得迂腐、迷信了。

顾涌的二女儿嫁到了钱文贵家，钱文贵是本村数一数二的头面人物，他家的姻亲关系更为复杂。钱文贵有一个女儿、两个儿子。女儿名叫大妮，嫁给了村治保员张正典；大儿子钱礼在村里种地；二儿子钱义参加了八路军，所以钱家也是抗属。

钱文贵有一个同胞的哥哥叫钱文富，是个寡佬，种着一二亩菜园地，虽然和钱文贵是亲兄弟，但是两人之间并无来往。钱文贵还有一个侄女叫黑妮，黑妮五岁上死了父亲，她娘另外嫁人，钱文贵不让黑妮娘把女儿带走，于是黑妮便跟着二伯父钱文贵过日子。黑妮十七岁那年，钱文贵家里来了一个名叫程仁的长工，与黑妮二人相互爱慕，慢慢有了感情。

程仁以前是李子俊的佃户，李子俊曾经是村里的大地主，不过他守不住家产，断断续续地既卖房子又卖地，家产不知不觉少了许多。比如，顾涌就既买了李子俊的房子，又买了他以前租给程仁种的地。顾涌是中农，地由自己种，用不着佃户，程仁就到钱家做长工。程仁在钱家做了一年工，便又成了钱家的佃户，现在还种着钱家八亩水地。后来程仁当了农会主任，钱文贵就逼着黑妮去诱惑程仁，希望程仁也能成为钱家的女婿，以便为自己所用。

作品中的土改运动就在这样的亲缘关系中，在短短的二十几天的时间内，疾风暴雨般地开展起来。

二、艰难曲折的斗争过程

作者没有直接写暖水屯的土改运动，而是先从周围地区的土改运动写起，营造出山雨欲来风满楼的气氛。有一天，中农顾涌把住在八里桥的亲家胡泰的胶皮大车赶回了村子，原来八里桥已经开始闹共产了，胡泰害怕自己家的两辆车被共产，所以就让顾涌赶了一辆回来。回到村里，顾涌跟乡亲们解释说是因为胡泰病了，自己帮着赶两天车，可是村里人却半信半疑，并开始产生惶惑不安的情绪。

有关土改运动的消息在村子里传播着，人们盼望着自己能从这次运动中得到一些好处，同时又担心新的战争会爆发，安宁的日子过不长久，新获得的土地会重新失去。钱文贵便准备利用人们的这种矛盾心理搞些小动作，以阻挠土改运动的顺利开展。他建议村里的小学教员任国忠在村里散布些谣言，传播变天言论，动摇老百姓参加土改的信心。

村支部书记张裕民和农会主任程仁到区上拿回一本《土地改革问答》，几个干部一起研究这本小册子，越研究越觉得土改问题很复杂。张裕民希望区上能派一个得力的人来帮他们把这件大事办妥。果然，不久村里就来了土改工作组。工作组一共有三个人，组长是文采同志。工作组和村干部一起酝酿斗争对象，大家提了好多名字却都被否了，大家发现暖水屯缺少一个或者罪大恶极，或者土地特别多的斗争典型。张裕民认为钱文贵是村子里最应该被斗争的典型，但是他担心干部中会有人替他说话，斗争会遇到阻力。

任国忠到果园里找到李子俊，给他讲形势的严峻性，李子俊经不住任国忠吓唬悄悄跑掉了。他家的佃户担心他把红契也带走，赶紧组织起来到他家去讨要红契。李子俊的女人主动把红契装在匣子里，抱出来让大家自己拿，并且哭着道歉，请大家原谅。众佃户反倒心软了，啥也没拿就退了出来。江世荣担心自己被斗，就让老婆拿了几件衣服送给村副赵得禄的老婆，想借此拉拢赵得禄。赵得禄识破江世荣的计谋，把自己的老婆教训了一通。同时，他提醒张裕民赶紧把果园里的果子控制起来，免得造成钱财上的损失。十一家地主的园子被看起来了，人们到果园里摘果子、运果子，都兴奋不已。李子俊的老婆也来到园子里，她看到红色的果子堆成的小山，内心充满了憎恨。农会又组织郭富贵等九家农户到江世荣家里要红契，郭富贵识破了江世荣主动献地的诡计，和他算清了旧账，还领着大家查封了他家的浮财，斗争取得了初步胜利。

钱文贵的果园没有被管制，引起部分村民的不满，尤其是以前和张正典有仇的刘满更是借机讽刺张正典立场不坚定。张正典气不过和刘满打了起来，同时他也感到自己在村领导班子中越来越被孤立了。同时感到越来越被孤立的还有小学教员任国忠，四处碰壁的任国忠偶然间在街上遇到了前来指导工作的县宣传委员章品，便借机向章品散布谣言，没想到被章品识破并教训了几句。到了村子里，章品首先找到张裕民和李昌，他们决定首先斗争钱文贵，并立即采取行动把钱文贵扣押在许有武家的院子里。晚上，钱文贵的老婆悄悄地找到程仁，梦想用黑妮和财物收买他，被程仁严厉地拒绝了。章品还要回县里忙其他工作，临走前，他嘱咐张裕民千万不要把人打死，一切要按程序走。在审判会上，大家对钱文贵的仇恨情绪爆发了，纷纷冲上去打他、揍他。张裕民力劝大家保持清醒，暂时放钱文贵一马。最后钱文贵写了保证书，得以被释放回家，暂时住在钱义院子里，钱家的浮财被贴了封条。顾涌看到村里的斗争形势，心里很是惴惴不安，生怕自己也会挨斗，却又舍不得主动献出自己的土地。亲家胡泰来取回自己的胶皮大车，顺便给顾涌讲了讲当前的形势，顾涌决定要献地，献完地他觉得自己心里踏实了一些。侯殿魁为了保命，亲自拿了地契送到侯忠全家里，磕头求侯忠全留下地契。侯忠全拿着地契终于相信世道变了。斗争大会结束了，后续工作也有条不紊地开展起来。分地、分浮财、分卖果子的钱，在这些工作中，有些人表现出大公无私的高尚品德，有些人则暴露出自私的本性。

前线的战况有了新的变化，上级又给文采他们派了新的工作任务，他们马上就要离开村子了。中秋节那天，人们重新分配了土地，终于有了土地的翻身农民在毛主席的画像前鞠躬致敬，然后绕着村子游行示威。游行结束人们回家吃饺子，过佳节，而民夫们则奔赴前线去挖战壕，文采他们也离开了村子，奔赴新的工作岗位，暖水屯的土改运动有了较为圆满的结果。

第二节　土改运动中的众生百态

作为较早大规模反映土改运动的长篇小说，《太阳照在桑干河上》生动而真实地记录了华北农村土改前后的众生百态。在人物塑造上，作者重点强调了人物的真实与平凡，正面人物不是一无缺点的英雄，反面人物也尽可能写出其人性的复杂。从逐渐成长的农村新人到阴险狡猾的恶霸地主，从精明能干的地主老婆到情窦初开的花季少女，作品中四十多个有名有姓的人物无一不是栩栩如生，被作者刻画得入木三分。

一、不断成长的基层干部

村支部书记张裕民是暖水屯的第一个共产党员。他出身穷苦，八岁上就死了父母，和刚满周岁的兄弟一起住在外祖母家。穷苦的处境使他早熟，长到十七岁他便自立了门户。后来因为被甲长江世荣选中,给八路军送过粮食,所以较早接触到了革命队伍,并从此走上了革命道路。复杂的成长经历使张裕民的性格也较为丰富,一方面他积极革命,另一方面却也保留着一定的江湖习气,有一些与革命身份不太相称的言行。比如,工作组组长文采刚到暖水屯时,他就带着一身酒气去见文采,结果让文采对他颇有意见,甚至对他的革命性产生了怀疑。另外,在斗争钱文贵的过程中,他开始犹犹豫豫,缺乏魄力,致使斗争目标始终确定不下来。后来在章品的帮助下,他做了深刻的反思,并在党员会上做了真诚的检讨:"咱们谁没有个变天思想,怕得罪人?谁没有个妥协,讲情面?谁没有个藤藤绊绊,有私心?咱们有了这些,咱们可就忘了本啦。如今咱掏心话就这些,要是还有半句谎,你们开除咱。"①从此他坚定了革命信念,终于把斗争目标锁定在钱文贵身上,并及时发觉了张正典的异常举动,阻止了他对土改运动的破坏行为。尤其是在最后的斗争会上,他牢记章品的嘱托,坚持"人千万别打死"②的原则,甚至不惜趴在钱文贵身上,用自己的身体去替他抵挡群众愤怒的拳头,以保证他的生命安全。这时他已经较为深刻地理解了土改运动的相关政策,较好地掌握住了斗争分寸,有力保证了暖水屯土改运动的顺利进行。

　　农会主任程仁是暖水屯另一个从雇农身份成长起来的共产党员,他与地主钱文贵家有着千丝万缕的复杂联系,因此他的成长之路也就更为曲折坎坷。程仁曾经是钱文贵的佃户,遭受过钱文贵的盘剥,因此他对钱文贵充满着仇恨,从心底赞同斗争钱文贵。可是他与钱文贵的侄女黑妮又有一层恋爱关系,担心斗倒了钱文贵会连累黑妮,因此总是犹豫不决,内心处于矛盾之中。他先是怕别人说闲话而故意疏远黑妮,接着又在是否应该斗倒钱文贵的问题上装糊涂,故意采取回避策略,表现出模棱两可的含混态度。后来在党员大会上,他经过党的教育和积极分子的带动,开始慢慢反省自己的言行,所以当钱文贵的老婆跑到他家里来,企图用地契和黑妮的婚姻收买他时,他终于清楚地认识到了问题的严重性,并奋力挣脱那些无形中捆绑着自己的绳索,终于从一个"落在群众运动浪潮的尾巴上"③的犹豫者,成长为率先冲上台去批斗钱文贵的积极分子。他主动揭发了钱文贵老婆企图收买自己的阴谋,坚决地和广大群众站在了一起,并且斗争在土改运动的最前列。斗倒钱文贵后,在分浮财现场,程仁和黑妮再次相遇。这时程仁才意识

---

① 丁玲:《太阳照在桑干河上》,北京:人民文学出版社1956年版,第191页。
② 丁玲:《太阳照在桑干河上》,北京:人民文学出版社1956年版,第202页。
③ 丁玲:《太阳照在桑干河上》,北京:人民文学出版社1956年版,第194页。

到斗倒钱文贵不仅不会连累黑妮，反而会解放黑妮，他更加理解了土改的意义，也坚定了自己的革命信念。可以说，程仁即使算不上"了不起的农会主席"①，也是一名优秀的农村基层领导干部。

二、一个"非典型"的地主形象

《太阳照在桑干河上》中最为重要的地主形象就是号称暖水屯"八大尖"里第一尖的钱文贵。这是一个有些特别的地主，他并没有多少土地，在刚开始定成分的时候，他甚至被定为中农。他也不做官，既不是乡长，也不是甲长，另外他也不经商，不见得特别有钱。可是多年来他却一直掌管着暖水屯的实际权力。暖水屯的人谁该做甲长，谁该出钱、出夫，都得听他的话！用村里人的话说："他是一个摇鹅毛扇的，是一个唱傀儡戏的提线的人！"②

说起来钱文贵的发迹史也有些特别，他家本来也是庄户人家，但他生性不安分，不像一般庄户人那样固守土地，而是喜欢跑码头。他同保长们都有来往，甚至称兄道弟，后来连县里的人他也认识！等到日本人来了，他又跟日本人熟络起来。正是靠着与这样一些权贵们结交联络，钱文贵在村子里享有了至高无上的权力。村里几乎人人都得恭维他，给他送东西、送钱，以便请他保护自己或者是高抬贵手放过自己。后来日本人走了，局势发生了变化，钱文贵又依法炮制，建构起新的政权关系网。他将女儿嫁给了村治安员张正典，又把儿子送去当八路军，使自己摇身一变成了抗属。他还唆使侄女黑妮去勾引村里的农会主任程仁，妄图把程仁也拉入自己的阵营，重新巩固自己在村里的权势地位，以便依旧作威作福。

所以当土改运动拉开帷幕时，钱文贵并不慌张。他很笃定地认为自己的抗属身份应该会发挥作用，而且就算万一有事，自己的亲戚朋友也会帮助自己的。事实上，村干部们在他的成分划定以及斗争形式等问题上也的确存在分歧。大家既不确定是否应该把他作为主要斗争对象，也不确定是否真的能够扳倒他，尤其是他的女婿张正典，的确是不遗余力地帮他维护利益，甚至不惜与其他干部发生冲突。正因为如此，暖水屯的土改运动进展得十分缓慢，显然钱文贵正是暖水屯中影响土改运动顺利进行的最大阻力。甚至在批斗大会上，当钱文贵被押上台，准备接受群众批斗时，他依然"微微低着头，眯着细眼，那两颗豆似的眼珠，还在

---

① 丁玲:《丁玲全集》(第9卷)，石家庄：河北人民出版社2001年版，第98页。
② 丁玲:《太阳照在桑干河上》，北京：人民文学出版社1956年版，第6页。

有力地睃着底下的群众!这两颗曾经使人害怕的蛇眼,仍然放着余毒,镇压着许多人心"①。有不少农民在这样的眼神中真的变得犹豫起来,他们一时不知如何是好,只能保持暂时的沉默。多亏程仁保持着冷静的头脑,关键时刻勇敢地冲上台去厉声质问他,才终于打压住了他的嚣张气焰,保障了批斗会的顺利进行。钱文贵虽然地不多,却拥有极高的权势,是真正在政治上统治整个村庄的地主。百姓们受他的欺压最为深重,因此对他的批斗最具革命意义。

三、斗争旋涡中的女性形象

狡猾的钱文贵虽然善于伪装,但是其性格特征基本上还是单一的恶,与之相比,李子俊老婆的性格则更为复杂,作者勇于突破阶级局限,予以她更多人性的关爱。在暖水屯的土改运动中,李子俊作为村里的土地大户,自然而然成了最主要的斗争对象。然而,作为男性家长的李子俊又恰好是一个胆小怯懦的人,在汹涌澎湃的革命浪潮前,他选择一走了之,这就把他那出身于富裕家庭,原本娇生惯养的老婆从幕后推到了幕前。与软弱无用的李子俊不同,李子俊的老婆不是一个怯弱的人。在突如其来的革命风暴面前,她没有惊慌失措,进退失据,而是以一种女性的坚韧温顺,以柔克刚地应对着生活中突如其来的巨大变故。她先是解雇了家里的长工,不但亲自下厨,而且经常下地干些农活。另外,她还放低姿态,对所有人都笑脸相迎,用一些小恩小惠来赢得他人的好感。面对索要红契的佃户,她匍匐在地,高高举着红契请佃户们收下。她的主动退让竟然使佃户们仓皇失措、乱了阵脚。最后,当她家果园里的果子被革命群众采摘时,她只能把全部的愤恨深埋在心底,不动声色地在内心咒骂着周围的一切。显然作者不仅"发掘和表现了她所属阶级的本能"②,而且写出了作为个体的"人"在逆境中的挣扎,因此她可以说是作品中塑造得最出色的女性形象。

钱文贵的侄女黑妮是一个着墨不多,却令人感动并难忘的女性形象。如果说作者写钱文贵,重点是突出他的恶,老奸巨猾、城府极深,那么写黑妮则重点突出她的善,单纯正直、光明坦荡。黑妮是一个苦命的孩子,五岁上死了父亲,母亲再嫁,她只能跟着二伯父一起生活。虽然二伯父、二伯母都不喜欢她,她没有获得应有的关注和爱,但这并不妨碍她成长为热情明朗、积极阳光的女孩。她参

---

① 丁玲:《太阳照在桑干河上》,北京:人民文学出版社1956年版,第213页。
② 赵园:《也谈〈太阳照在桑干河上〉》,载袁良骏编《丁玲研究资料》,北京:知识产权出版社2011年版,第416页。

加了青妇会,在识字班教大家认字。她耐心细致、兢兢业业,得到了大家的尊重和喜爱。在和程仁恋爱的过程中,她既大胆追求自己的幸福,又保持应有的自尊自爱,拒绝权色交易,努力维护自己的清白,不随意被二伯父利用,她就像一株荷花一样出淤泥而不染。黑妮的出身与性格在当时的文学创作中可以说是独树一帜的,因此也曾经引起过不小的争议。作者这样解释塑造黑妮这一人物的初衷:"当时我想,地主是坏的,但地主的儿女们是否也是坏的呢?……譬如我本人就是出身于地主家庭,但我却是受家庭压迫的,这是由于中国社会的复杂性,于是,我就安排了一个地主家的女儿黑妮,并给了她一个好出路。"①可以说,黑妮这一人物形象和作者自己的人生经历是有着某种私密关系的,也正是因为作者将私人化的情感体验融入人物的塑造过程中,这一人物才会突破阶级关系对叙事的控制,变得鲜活生动、感人至深。

第三节　土地改革运动的现实主义书写

《太阳照在桑干河上》以细腻绵密的笔触较为真实、完整地记录了华北农村土地改革运动的具体过程。其中既有轰轰烈烈的革命运动场景的记录,又有曲折丰富的人物心理活动的描摹。作者将党的方针政策与自己在农村参加土改工作的亲身体验以及成长过程中的个人经历、情感和思考交融在一起,在努力实践新的社会主义现实主义叙事规范的同时,又不自觉地保留了旧的批判现实主义的叙事方式,整个文本呈现出从"旧现实主义"向"社会主义现实主义"转型的过渡性质。

一、宗法关系在阶级关系中的渗透

作为第一部描写土改运动的长篇,《太阳照在桑干河上》的创作开始于1946年,结束于1948年,几乎与土改运动同步进行。虽然是没有经过历史沉淀的即时性书写,但是作者并没有把作品写成简单的政策图解,而是凭着敏锐的观察力、丰富的人生阅历和扎实的写作功底写出了生活的真实性与复杂性。陈涌曾经评价《太阳照在桑干河上》说:"这个作品最使我们不能忘记的,正是作者注意到

---

① 丁玲:《关于〈太阳照在桑干河上〉的写作》,《人民日报》2008年10月9日第7版。

了农村阶级斗争的复杂性，注意到了农村复杂的阶级关系。"① 近年来有研究者进一步指出："《太阳照在桑干河上》之所以'复杂'，是因为在应当表现的阶级关系之外，小说中又展现了乡土社会的宗法关系。而且宗法关系不是作为阶级关系的附属而设置的，小说的叙事结构表现为阶级关系对于宗法关系的分割、转化，二者是一种对立关系，宗法关系作为革命的对象得到了相对独立的表现。"②

作者以华北平原上的一个自然村落作为故事发生的背景，自然而然地将宗法关系融入阶级关系之中，勾勒出农村社会生活的原生态。这是一个相对封闭独立的小村庄，村民们世世代代在这里繁衍生息，祖祖辈辈在彼此依赖、共生共存的相处模式中逐渐形成宗族关系和阶级关系相互缠绕融合的社会样态。"大家都是一个村子长大的，不是亲戚就是邻舍"③，这种错综复杂的宗族关系，将地主与农民之间尖锐对立的阶级关系包裹起来，使整个村庄的斗争形势变得复杂迷离、难以把握。比如钱文贵与程仁既是雇佣关系，又是亲戚关系，钱文贵的老婆是程仁的表姊子，同时，钱文贵还想把自己的侄女黑妮嫁给程仁，使两家亲上加亲。侯殿魁与侯忠全也既是地主与雇农关系，又是族叔与族侄的宗族关系。地主李子俊家的佃户也是以同姓居多，说来说去都是一家人。

受血缘关系、地缘关系、姻亲关系等各种各样宗法关系的影响，暖水屯的村民们普遍存在较为浓厚的"情面观念"。比如当李子俊家的佃户被鼓动着上门去索要红契时，就因为李子俊老婆又是叩头，又是流泪，左一声"大爷"，右一声"乡亲好友"，部分佃户的心立马就软下来，他们实在有些磨不开情面，因此明明地契就在眼前，却也不再好意思去拿，而只能仓皇逃走，败下阵来。侯忠全老人的"情面观念"更为严重。他与地主侯殿魁之间既存在雇佣关系，又存在族叔侄的亲缘关系，所以即使农会把侯殿魁的地分给他，他也无法漠视两人之间的亲缘关系，而只能又偷偷将地契还回去。很显然，宗法关系在一定程度上遮蔽了地主与农民之间尖锐对立的阶级关系，影响了农民作为被剥削阶级的阶级意识的生成。

---

① 陈涌：《丁玲的〈太阳照在桑干河上〉》，载袁良骏编《丁玲研究资料》，北京：知识产权出版社2011年版，第259页。
② 万直纯：《〈太阳照在桑干河上〉中的农村宗法社会》，《中国现代文学研究丛刊》2000年第3期。
③ 丁玲：《太阳照在桑干河上》，北京：人民文学出版社1956年版，第84页。

二、从"翻身"到"翻心"的逐步觉醒

《太阳照在桑干河上》不但写出了农村社会宗法关系的牢固与复杂,也真实地反映了特定历史文化语境中农民觉醒的艰难与曲折。土地改革不仅要从根本上废除封建土地所有制,实现"耕者有其田",更重要的是要有效调动起农民投身革命的积极性,使他们真正成为历史的主人。然而帮农民建立起革命主体意识只是革命者的主观愿望。现实情况是,农民对于历史所赋予的使命与责任并没有自觉的清醒认识,他们还处在有待唤醒的混沌状态。因此,如何帮助农民觉醒,使他们既实现经济独立,又实现政治觉醒,真正完成从"翻身"到"翻心"的蜕变,便成为土地改革运动的深层目标。丁玲直面土地改革运动中出现的各种问题,较为真实地记录下了农民心理负荷的复杂与沉重。

在帮助农民觉醒的过程中,"诉苦"与"算账"成为极其重要的斗争手段,它们一个归因,一个明理,用农民可以理解的话语形式建构起土改运动与农民利益之间的密切关联,推动农民抛弃传统政治文化秩序的束缚,加入革命斗争的队伍中来。通过"诉苦",农民内心深处的苦难记忆被重新唤醒,仇恨的情绪被调动起来,曾经弥散于生命之中,却无处归因的痛楚被归结为地主的剥削压迫,农民开始有了初步的觉醒。通过"算账",老百姓终于明白了究竟是土地还是劳动创造财富,也就是"谁养活谁"的问题。由此他们找到了自信,挺直了腰杆,建立起革命者的主体意识,冲破了封建地主阶级用"账本"构筑起来的一整套旧的具有压迫性的"理",而接纳传播着新的真正让老百姓当家作主的革命之"理"。

王朝更替的历史规律和农民革命的反复失败或变质促使人们形成了历史循环论和"变天思想",而这些也都成为阻碍农民觉醒的重要因素。事实上,当时国共两党的战争局势的确复杂多变,因此所谓的"变天思想"也就不仅仅是农民身上承担的精神奴役创伤的显现,更是他们对现实的顾虑与恐惧。例如1946年9月,丁玲参加土改的察哈尔省涿鹿县温泉屯(暖水屯的原型),在丁玲以及工作队由于战事紧张匆忙撤离后不久,即被国民党部队占领,直到1948年才重被中共收复。这就难怪在斗争钱文贵之前,章品特别嘱咐张裕民一定要控制好局面,"人千万别打死"。事实上,在具体的土改斗争中,常常会有人担心战况出现反复,因此会选择用极端行为来保障自己的既得利益。这恰恰是"变天思想"的反映,它表明农民在内心深处其实并不真正相信社会将发生根本性变革,自己能真正成为社会的主人。

三、革命斗争背后的人性弱点

除了注意到农民翻身过程的艰难之外,丁玲还注意到了农民翻身之后私心的萌发。对于大部分农民而言,参加土改运动的最终目的就是从中获得私利,因此在土改运动取得阶段性胜利后,如何平衡私欲和革命间的关系便成为丁玲关注的重点问题。在第37节"果树园闹腾起来了",丁玲写道,财主家的果子被统一看管起来之后,人们都怀着揩油的心理跑去看热闹,想着顺手牵羊占点便宜。丁玲以反讽的笔调调侃那些农民的心理:"河流都已冲上身来了,还怕溅点水沫吗?大伙儿都下了水,人人有份,就没有什么顾忌,如今只怕漏掉自己,好处全给人占了啦!"① 在第54节,丁玲更是直接以"自私"为题,以整节的篇幅对村干部以权谋私的情况进行了更为具体的描写和深刻的批判。村支部组织委员赵全功为要好地,甚至与钱文虎发生了争执,并且到了拳脚相加的地步,其他干部也常跑到评地委员会游说委员们,以谋求好地,人们的自私本性在斗争取得初步胜利之后便纷纷暴露出来。正如丹尼尔·贝尔所说:"革命的设想依然使某些人为之迷醉,但真正的问题都出现在'革命的第二天'。那时,世俗世界将重新侵犯人的意识。人们将发现道德理想无法革除倔强的物质欲望和特权的遗传。人们将发现革命的社会本身日趋官僚化,或被不断革命的动乱搅得一塌糊涂。"② 通过对私心的描写,丁玲在讴歌土地改革的伟大胜利之外,也关注到了土改进程中的局限与问题。

虽然丁玲创作《太阳照在桑干河上》的初衷是写出土改给中国农村带来的巨大变化,以及农民在土改过程中的逐步觉醒,但是就作品实际呈现的内容来看,农民思想意识中的许多弱点不但没有被克服,有些反而被放大了。丁玲并没有为了维护革命的神圣与纯洁而将农村社会在土改过程中暴露出来的各种问题粉饰掉,反而在忠实于自我感受的原则下对存在的问题做了较为详细、真切的记录与表现,作品的意识倾向和主题内涵表现出复杂化、多声部的倾向。因此,德国学者顾彬认为,《太阳照在桑干河上》"尽管受社会现实主义的种种约束,作品对于土地和人的描述还是更多地体现了对真实人的接触了解而非意识形态预设"③。也就是说作者丁玲既在贯彻实施符合当时革命形势要求的"政治式写作",并成

---

① 丁玲:《太阳照在桑干河上》,北京:人民文学出版社1956年版,第153页。
② [美] 丹尼尔·贝尔:《资本主义文化矛盾》,赵一凡、蒲隆、任晓晋译,北京:生活·读书·新知三联书店1989年版,第75页。
③ [德] 顾彬:《二十世纪中国文学史》,范劲等译,上海:华东师范大学出版社2008年版,第196页。

功开创了社会主义现实主义文学的新模式，同时作为一名20世纪30年代就在文坛享有盛誉的女作家，她依然坚守着"五四"启蒙话语，在新的历史语境中继续对国民精神痼疾展开批判。政策解读与批判国民性两种不同的创作意图奇妙地统一在《太阳照在桑干河上》这一部作品中，因此我们可以说，这是一部从传统批判现实主义的叙事方式向新的社会主义现实主义的叙事规范过渡的经典之作。

延伸阅读资料：

1. 袁良骏编：《丁玲研究资料》，北京：知识产权出版社2011年版。
2. 秦林芳：《在"传达意识形态的说教"之外——〈太阳照在桑干河上〉中的人文精神》，《文学评论》2010年第1期。

思考题：

1. 结合作品谈一谈《太阳照在桑干河上》所表现的土改运动的曲折历程。
2. 谈一谈《太阳照在桑干河上》中钱文贵这一人物形象的塑造特点及其意义。

第十二章 《三里湾》品读

作家简介及创作背景：

赵树理（1906—1970），山西沁水人。1925年夏天，十九岁的赵树理到山西省立第四师范学校读书，在那里他开始接触"五四"新文学。在阅读与创作过程中，赵树理看到了新文学与农民大众的隔膜，于是他下决心探索一条文学的大众化、通俗化之路。1943年，赵树理发表短篇小说《小二黑结婚》引起广泛关注。1951年，赵树理到山西省太行山区深入生活，参加农业合作化运动。1953年，他根据自己收集到的素材开始创作长篇小说《三里湾》。1955年，《三里湾》在《人民文学》1—4月号连载，同年5月由通俗读物出版社正式出版发行。

第一节 农业合作化运动的新篇章

《三里湾》围绕三里湾农业合作社秋收、扩社、整党、开渠四项工作，描写了社里几户人家错综复杂的矛盾冲突。在先进与落后的对比较量中，展现了农业合作化运动背景下农村生活的新风貌。

一、一夜（9月1日夜）

作者按照"一夜""一天""一月"的结构来写，首先写了1952年9月1日夜里发生的几件事。进入金秋九月，三里湾的人们开始为秋收做准备。社里扫盲班的部分学员没空去上课，扫盲班也就因为缺人太多而自动停课了。党支书兼副社长王金生每天忙着开会，他把社里的工作总结为十个字："高、大、好、剥、拆、公、畜、欠、配、合"①；他的爸爸王宝全忙着修理农具，以备秋收时使用；他的弟弟王玉生因为和媳妇袁小俊三观不合而常常吵架。他们先是分了家，现在又闹离婚。王玉生找到正在开会的村干部，要求村干部们批准自己离婚。村干部们劝他

---

① 赵树理：《三里湾》，北京：人民文学出版社1964年版，第10页。

以工作为重，离婚的事先放一放，玉生同意了。劝走了王玉生，村干部们继续开会，他们在领导秋收和扩社、开渠等问题上基本达成了共识。

三里湾是个模范村，县里要开展什么新的工作，干部们都喜欢先到三里湾来做试验，取得经验后再在全县推广。专署农业科何科长到三里湾来做调研，外号"一阵风"的王满喜到处给何科长找住处都找不下，最后找到了外号"能不够"的袁天成老婆这里。他谎称何科长是专署人民法院派来调查什么案件的，"能不够"想到自己的姐姐——马多寿的老婆"常有理"两个月前曾在县人民法院状告过副村长张永清，案子至今还未解决，就劝姐姐让何科长住到自己家里去。"常有理"一家觉得这样做可能对打官司有好处就同意了。王满喜到马多寿家打扫房间，准备迎接何科长入住，却不小心得罪了马多寿的大儿媳妇"惹不起"。"惹不起"信口开河编派王满喜和马多寿三儿媳妇菊英的谣言，王满喜不依不饶要求她讲清楚。马多寿的大儿子"铁算盘"看满喜不是好惹的就出来打圆场，一场风波才算平息。

村里的两个中学生范灵芝和马有翼在家里闲聊，他们约定一起劝各自的父亲早点入社，后来他们又一起到公社大场上看王玉生洗石磙子。王玉生没上过学，他只能一遍遍地试验，再根据试验结果不断地修改打磨石磙子。范灵芝用所学的知识精确地推算出了具体的修改尺寸，这让王玉生很是佩服。

二、一天（9月2日）

接着作者讲了第二天（1952年9月2日这一天）三里湾发生的事情。王金生考虑到社里马上要分粮食了，需要多一个会计帮忙算账，就把范灵芝调到社里来帮着算账，让自己的妹妹王玉梅到范灵芝的互助组帮忙劳动，他的想法得到了大家的支持。范登高雇用王小聚帮自己赶骡子贩卖货物。秋收季节，王小聚请假回家忙收割，范登高不同意，两人吵了起来。恰好王金生来找范登高商量事，两人的争吵才平息。副区长张信带领何科长参观三里湾的生产建设情况，何科长看了社里的菜园和试验田，对生产情况很满意。他们又去参观政治组的生产情况，何科长批评了政治组的副组长张永清的工作作风，张保证以后一定改正。张信与何科长又到黄沙沟口参观王玉生发明的用柳枝编织的活篱笆，活篱笆的挡沙效果很不错，何科长很是赞赏。接着两人又走上青龙背，张信给何科长介绍了三里湾的开渠计划和马多寿家拒绝合作的原因。

王金生媳妇和菊英一起磨面，她们一边磨面一边聊家常，菊英抱怨说，在马多寿家总是被欺负，并解释说之所以被欺负是因为"常有理"怨她把自己的丈夫送去当志愿军了。磨完面菊英回家吃饭，锅里只剩面汤了，菊英气不过，到村里去告状。村干部调解不成，主张他们分家，要求马家自第二天（9月3日）起三天把家分清，同时建议菊英在分家时把刀把上的地争取到手。范登高却为了自己的私利打算，提出不应该对别人的家务事干涉太多。有翼在调解过程中，不敢替菊英作证，没能表现出共青团员的正义感，被青年团要求写检讨，灵芝也对他的表现深感失望。

人们开始打场。袁天成虽然入了社，却留了很多的自留地，活计很多。现在他找不到帮工，自己的儿子才十三岁，有点指望不上，靠他一个人干，真是累得够呛。为了做好开渠时的人员管理工作，社里决定抓紧时间开始扩社。为此社里准备加强宣传和推广工作，成立若干临时宣传小组，向村民们宣讲入社的好处。村干部还特别邀请画家老梁用画作把三里湾的现在与未来都展现出来，以便鼓舞人们的斗志。

三、一月（金秋九月）

接着作者写了在1952年9月2日之后的若干天里每件事情的进展情况。为了在分家中占到更多的便宜，马家把有翼当牙行的舅舅请了过来。牙行舅舅主张按照十年前减租时假分家的分单来分配，在那张分单上刀把上的地分到了老二马有福名下，村干部同意按照分单分家。被借到社里当会计的灵芝工作非常认真。有一天夜里，她忽然想起自己制作的分配表格有些地方还需要完善，就到旗杆院去加班，在那里她遇到了又在搞发明创造的王玉生。灵芝越来越喜欢王玉生，她看到玉生使用的工具很粗糙，就主动把自己上学时使用的画图工具送给了玉生。画家老梁赶制的三幅大画引起村民们的浓厚兴趣，人们指指点点议论着三里湾未来的发展。各宣传小组汇报宣传工作的开展情况，大家都反映村民们对范登高不入社和袁大成留了很多自留地两件事意见很大。针对大家反映的问题，村里召开了整党大会。会上范登高和袁天成都被迫发了言，但是他们都尽量找各种借口为自己的行为进行辩解，显然没有真正认识到自己的问题所在。大家觉得范登高的检讨不真诚，对他提出了批评。

马有余参加完大会，又参加小组讨论会。他听到满喜和黄大年都要报名入社，感到形势不妙，便和马多寿商量对策。马多寿为了能牵绊住马有翼，保障自己家的土地不流失就同意了"常有理"的意见——让有翼娶小俊，甚至还安排马有余去

供销社买回了结婚用品。马有翼看到结婚的事被敲定下来真是又急又气,可是他又不知道该怎么办,只是一会儿哭一会儿笑,马家人都以为他中了邪。灵芝听到有翼和小俊订婚的事,感到有翼实在太软弱,对他更加失望了。同时,她也发现自己更喜欢玉生,于是她大胆地向玉生表白,玉生非常欣喜地接受了灵芝的感情。有翼得知灵芝和玉生订婚的消息以后便向玉梅表白,玉梅提出有翼必须改变自己,并且从马家分出来过,自己才会考虑两个人要不要在一起。有翼听了玉梅的话赶紧找到张永清,把分单要到手里准备着分家。灵芝和玉生、有翼和玉梅的事在村子里传开了,"能不够"听后觉得自己很丢人,却又不知道如何是好。她听说袁天成在村里败坏自己的名声,就特意跑到场里去质问袁天成。没想到袁天成不再像以前那样好欺负,而是开始给"能不够"立规矩。"能不够"也意识到自己的确做错了,于是虚心接受了袁天成立的规矩。

社里的领导给马有福写了一封信,希望他能把刀把上的地让给社里,社里可以提供相应的补偿。马有福分别给社里和家里各写了一封信,表示愿意把地捐给社里。社里接到信,赶紧把土地证领了回来。马家人看到地已经归了社里,于是干脆顺水推舟入了社。虽然马家已经入了社,可是王玉梅依然坚持让马有翼分出来过。马多寿夫妇商量了一下,他们决定跟着有翼和玉梅过。黄大年媳妇很热心地替满喜和小俊牵线,两人开始还有些犹豫,不过很快就同意了。国庆前后,村里又是忙着结算年度总账,又是准备开渠工作,很是忙碌,再加上三对年轻人都打算在中秋节结婚,空气里到处弥漫着喜庆欢乐的气氛。

第二节 社会主义改造过程中的农村家庭

作为新中国第一部反映农业合作化运动的小说,《三里湾》没有过多地关注农村社会中两条道路的斗争,而是重点描写了北方乡村的日常生活。作品讲述了四个农村家庭的家长里短和喜怒哀乐,通过描写家庭内部矛盾的爆发和解决以及人物关系的微妙变化,生动深刻地反映了农业合作化运动给农村社会带来的巨大变化。

一、堪称模范的王宝全家

三里湾党支部书记兼农业生产合作社副主任王金生的家是一个和睦温馨、堪称模范的大家庭。父亲王宝全，外号"万宝全"，是一位心灵手巧的老人。他早年当过长工，有鲜明而坚定的阶级意识，所以他们家早早地就加入了合作社。王家的大儿子王金生是一位质朴淳厚、工作细致的基层领导干部，在村里有较高的威望。二儿子王玉生聪明能干，喜欢在生产上搞些发明创造、技术革新，虽然学历不高，但是动手能力强，他那股肯钻研、爱动脑的劲头很是让人佩服。小女儿王玉梅也是一位积极要求进步的年轻人。她很懊悔自己小时候错失了上学机会，于是现在抓紧补习文化课，成为扫盲班的积极分子，同时她也被评为村里的模范青年团员。另外，这个家里还有慈祥善良、和蔼可亲的老妈妈，勤劳贤惠、任劳任怨的大儿媳妇以及大儿子家三个活泼可爱的孩子。可以说这个家庭中的每一位成员都是那么无私淳朴、可亲可敬，他们共同构建起了这个其乐融融的大家庭。

王家人最突出的特点就是具有奉献精神，用玉生前妻袁小俊的母亲"能不够"的话说就是："对村里、社里的事比对家里的事还要紧。"① 金生是村干部，他始终把集体工作放在第一位，把个人私利放在第二位，经常为了开会，为了处理千头万绪的集体事务而废寝忘食。小小的笔记本成为他工作上的好帮手，从他在本子上圈圈点点、勾勾画画的记录，可以看出他严肃认真的处事态度和有条不紊的处事方法。玉生虽然只是普通社员，可依然有一颗火热的为集体工作的心。即使因为忙集体的事而引起妻子的不满，甚至闹到要离婚的地步，他也毫不后悔。他所居住的南窑，既是生活休息的地方，又是搞发明研究的地方，后来更是成为社里开临时会议的公共场所。王家人是无私的、高尚的，他们真心实意地关注着合作社的发展，是社会主义新生力量的代表。略有遗憾的是袁小俊在母亲的挑唆下，好吃懒做、自私自利，不知道珍惜眼前的幸福。她先是闹着分家，后来又干脆和玉生离婚。离婚后的袁小俊才意识到王家人的好，她有些后悔却已经来不及了。再后来范灵芝嫁给了玉生，成为这个幸福大家庭的新成员。

二、顽固保守的马多寿家

与王宝全家形成鲜明对比的是马多寿家，这是一个封闭守旧、宛如封建堡垒一样的家庭。马家是村子里的"大"户，人多、地多，一家之主马多寿，仗着自己家的生产优势，一心想走个人发家致富的道路。马多寿外号"糊涂涂"，是一个假糊涂、真精明的人，为了实现自己的发家梦，他在许多方面都有精心的安排、周密的算计。他的妻子外号"常有理"，出身于牙行家庭，是一个霸道强势、无理

---

① 赵树理：《三里湾》，北京：人民文学出版社1964年版，第30页。

也能搅三分的人。他们的大儿子马有余外号"铁算盘",是一个精明自私、一毛不拔的人。大儿媳妇"惹不起"则喜欢造谣生事、挑拨是非,是谁都不敢惹的角色。马家的二儿子马有福是国家干部,远在湖南,与这个家庭联系不多。三儿子马有喜是志愿军战士,在部队服役,三儿媳妇陈菊英带着四岁的女儿玲玲和这一大家子生活在一起,母女二人常常被欺负。四儿子马有翼在父母的严格控制下,养成了胆小懦弱、犹豫不决的性格。他虽然是一名青年团员,却缺乏应有的担当。

马家人最突出的特点就是自私自利,凡事只考虑自己而不顾全他人。作品中的重要事件就是开渠,水渠如果能从马家的"刀把地"经过的话,将会节省大量的人力物力,可是马家人从自己的私利出发坚决不同意让水渠经过该地块,社里的干部想出各种办法与其交涉也无济于事。马家人坚决不同意出让"刀把地"的主要原因,就是他们担心水渠一开,他们互助组的其他农户就有可能入社,那样的话他家就无法借用其他农户的剩余劳动力,享受轻微剥削他人的红利了。马家人不仅与外人交往时流露出贪婪的本性,就是对自家人也是欺软怕硬、充满算计。三儿媳妇陈菊英因为支持丈夫参加志愿军而遭到公婆的记恨,再加上丈夫不在家,她势单力薄,因此常常遭受其他几个人的欺压,最后她忍无可忍只好提出分家。分家时马多寿老两口没有跟着大儿子和大儿媳,而是选择了四儿子马有翼,他们担心的是大儿子一家的自私,看中的是马有翼的温顺,由此也可看出老两口的精明。

三、摇摆不定的范登高家和袁天成家

范登高和袁天成都是党员干部,却成天想着个人发家致富,在入社问题上表现出摇摆不定、模棱两可的观望态度。他们一个雇人赶车做小买卖,一个留了数额较大的自留地。在扩社过程中,他们不但没有起到党员的模范带头作用,反而比一般群众更为落后。他们的消极态度在村里造成了很坏的影响,许多村民都纷纷效仿他俩也拒绝入社,致使村里的扩社工作难以推进。后来村委会向他俩施压,逼迫他俩在党支部会上做检讨,他俩才在强大的政治压力下被迫加入了农业合作社。不过两人的具体情况又略有不同。范登高的压力主要是来自政治身份问题,他考虑到可能会因为不入社而被开除党籍,丧失某些权力,所以只好放弃了自己的小买卖。袁天成的压力则主要来自缺少劳力,因为社里的集体劳动组织得很好,他实在雇不到小工,一个人实在忙不过来,所以也只好选择了入社。作者没有隐晦当时农村建社工作中暴露出的问题,较为真实地写出了当时农民,包括

党员干部对入社工作的认知水平。

  《三里湾》故事中的这四户家庭都是党员干部家庭，并没有地、富、右、反、坏等成分不好的家庭。即使是落后保守的马家，家里人也大都有着不凡的政治身份。因此赵树理在这里着重表现的不是尖锐激烈的阶级矛盾，而是广泛艰巨的思想斗争。在赵树理看来，农村走社会主义道路的主要障碍就是老百姓头脑里根深蒂固的私有观念，因此思想改造才是建社工作的重中之重。他借助家长里短描写了私有观念对人们日常生活的影响，力求从根源上探求去除私有观念的可能性。赵树理描写了自私的危害，却没有完全否定私有观念。事实上，合作社的带头人王金生的十字工作方针，依然是从经济角度考虑各项工作如何给农民带来实际利益，而非从政治角度考虑如何迅速完成社会制度的转型，可以说依然保留了对农民私有观念的部分认同。正如作者所说："农村自己不产生共产主义思想，这是肯定的。农村的人物如果落实点，给他加上共产主义思想，总觉得不合适。"① 因此，主人公王金生的性格闪光点被定位于"对人对事都能实事求是地分析研究，作出非常实际的具体对策"②的实干家形象，而非完全抛却了私有观念的无产阶级英雄形象。

第三节　新中国成立初期农村社会生活的大众化呈现

  赵树理被誉为写农村生活的"铁笔、圣手"③，周扬称他是"一位具有新颖独创的大众风格的人民艺术家"④。他站在农民的立场，用农民的视角观察农村社会的日常生活；他用鲜活质朴的语言将故事讲得通俗易懂、妙趣横生；他吸收民间文化的精华，创造出老百姓喜闻乐见的新的文学形态。他在文艺大众化、通俗化、民族化等方面做出了突出贡献。《三里湾》作为他在新中国成立后创作的表现农业合作化题材的长篇小说，将上述特点体现得淋漓尽致。

---

① 赵树理：《在大连"农村题材短篇小说创作座谈会"上的发言》，载《赵树理文集》（第4卷），北京：人民文学出版社2005年版，第263页。
② 赵树理：《〈三里湾〉写作前后》，载《赵树理文集》（第4卷），北京：人民文学出版社2005年版，第115页。
③ 黄修己编：《赵树理研究资料·赵树理小传》，北京：知识产权出版社2010年版，第4页。
④ 周扬：《论赵树理的创作》，载黄修己编《赵树理研究资料》，北京：知识产权出版社2010年版，第156页。

中国当代红色经典小说品读

一、为农民发声的写作立场

赵树理将自己的小说称为"问题小说",他说:"我的作品,我自己常常叫它是'问题小说'。为什么叫这个名字,就是因为我写的小说,都是我下乡工作时在工作中所碰到的问题,感到那个问题不解决会妨碍我们工作的进展,应该把它提出来。"①《三里湾》关注的是新中国成立初期农村在进行社会主义改造时暴露出的各种问题,主要涉及三个方面:一是干部抢占胜利果实、思想蜕变,起不到模范带头作用的问题,如范登高、袁天成都是典型的退化型干部;二是家庭内部成员之间的矛盾问题,如马多寿家欺负三儿媳陈菊英所引发的婆媳矛盾、妯娌矛盾以及袁小俊在母亲的挑拨下,与王玉生出现感情裂痕而造成的夫妻矛盾等;三是旧的思想观念、风俗习惯对人们社会生活的影响问题,如马多寿家的顽固保守、封建迷信以及年轻人在择偶问题上暴露出来的偏见等。这三个方面的问题都没有涉及阶级斗争,它们都属于人民内部矛盾,而非敌我矛盾。这样的矛盾设置显然不能符合当时文坛对文学政治性的要求,正如周扬所指出的,在赵树理"作品中所展开的农民内部或他们内心中的矛盾就都不是很严重,很尖锐的,矛盾解决得都比较容易。作品中的许多情节都没有得到充分展开的机会,而故事就匆忙地结束了。这样,就影响了主题的鲜明性和尖锐性,影响了结构的完整和集中,使作品在思想上和艺术上没有能够取得更大的成就"②。然而今天当我们穿越时间的迷雾再回看那段历史时,却会觉得这正是赵树理作品现实主义"写真实"特征的体现。无论是村干部使用高压政策逼迫范登高放弃做小买卖,还是他们绕开马多寿,使用不太高明的计谋得到了"刀把地",都只是暂时解决了眼前的问题,深层的矛盾并没有得到真正的化解,尤其是农民内心深处不愿意入社的疙瘩并未真正解开。入社后的"常有理"和"惹不起",会不会成为《锻炼锻炼》里的"小腿疼"和"吃不饱",真的是一个值得思考的问题。

《三里湾》的故事虽然结束了,矛盾却依然存在。赵树理没有刻意拔高当时农村一般干部的工作水平,也没有把农民思想认识的改变看成是轻松简单的事情,他充分认识到物质条件以及风俗习惯对农民思想认知的制约。他坚持有多

---

① 赵树理:《当前创作中的几个问题》,载《赵树理文集》(第4卷),北京:人民文学出版社2005年版,第25页。
② 周扬:《建设社会主义文学的任务——在中国作家协会第二次理事会会议(扩大)上的报告》,载张炯主编《中国新文艺大系(1949—1966)理论史料集》,北京:中国文联出版公司1991年版,第188页。

少写多少,"没有哪一方面的观感,便不能描绘哪一方面的事物;不了解什么人,便不能写或者写不好什么人"①,他既没有按照意识形态的要求塑造出理想化的农民干部,也没故意夸大农村的阶级矛盾,去写超出农民生活或想象之外的事情。他坚定地站在农民的立场上,实事求是地写出自己眼中农村社会主义改造的真实状况,执着地表达着农民的利益愿望和价值追求。赵树理的选择体现了一个现代知识分子独立思考的品性,其作品呈现出未被完全规训的独特的本色美。

二、通俗易懂的作品风格

赵树理努力去除"五四"以来纯文学作品"新文艺腔"的积弊,用淳朴真挚、健康明朗的作品,把现代文学的大众化、通俗化推进到新的水平。他说:"我写的东西,大部分是想写给农村中识字人读,并且想通过他们介绍给不识字人听的。"②通俗易懂是他对自己作品的要求,"一步一步地去夺取那些封建小唱本的阵地,做这样一名文摊文学家"③是他的志愿。为了完成这一志愿,赵树理"对中国以说唱文学为基础的传统小说的结构方式、叙述方式、表现手段进行了扬弃与改造,创造了一种评书体的现代小说形式,既使农民为主体的中国读者乐意接受,又能够反映现代生活,表现现代中国人的思想、情感与心理"④,弥补了"五四"以来新文学作品难与底层民间直接对话的遗憾。

首先,在结构上,赵树理讲究情节的连贯性和完整性,他喜欢"从头说起,接上去说"⑤。《三里湾》一开头,作者就"从旗杆院说起",介绍清楚了人物关系和故事背景,使整个故事脉络清晰、结构完整。同时,作者又以"刀把地""一张分单"等作为"扣子",在叙述过程中制造一些波澜,增强了作品的趣味性,更好地引起了读者的兴趣。其次,在描写与叙事的关系上,赵树理喜欢把情景描写融化在故事的叙述过程中,很少做静止的景物或心理描写。比如,何科长巡视村庄一段,作者按照巡视路线,通过张信的介绍与何科长的观察,一板一眼地介绍了三

---

① 赵树理:《万里同心》,载《赵树理文集》(第4卷),北京:人民文学出版社2005年版,第9页。
② 赵树理:《〈三里湾〉写作前后》,载《赵树理文集》(第4卷),北京:人民文学出版社2005年版,第117页。
③ 黄修己:《赵树理评传》,南京:江苏人民出版社1981年版,第43页。
④ 钱理群、温儒敏、吴福辉:《中国现代文学三十年(修订本)》,北京:北京大学出版社1998年版,第485页。
⑤ 赵树理:《〈三里湾〉写作前后》,载《赵树理文集》(第4卷),北京:人民文学出版社2005年版,第118页。

里湾的地形地貌、历史沿革,除此之外并没有太多特意的风景描写,因为在赵树理看来诗意、细腻的风景描写并不符合农民的审美趣味。最后,在语言表达上,赵树理也是真正做到了人物对话和叙述语言都生活化、口语化。简洁明快的日常生活大白话式的语言表达使其作品充满了乡土气息。

赵树理"有意识地使通俗化为革命服务萌芽于1934年"①。当时他亲身感受到"五四"新文学与农民大众的隔膜,于是开始探索文学创作的大众化、通俗化之路。1942年,毛泽东同志《在延安文艺座谈会上的讲话》科学地、具体地总结了"五四"以来新文化运动的经验教训,从理论高度阐释了文艺大众化的必要性、可行性,为新文学的发展指明了方向。赵树理受到讲话精神的鼓舞,自觉树立起无产阶级世界观,用老百姓喜闻乐见的形式,写出了地地道道的大众化、通俗化作品,被认为是及时准确地贯彻了讲话精神,1947年7月在晋冀鲁豫边区文艺工作座谈会上被树为"赵树理方向"②。不过一味追求适应老百姓的阅读口味,没有很好地在普及的基础上做进一步的提高,也使赵树理的作品给人过于简单、刻板的印象,在艺术上稍显不足,难免让人感到遗憾。

三、源于民间的文化形态

赵树理认为中国的文学艺术有三大传统,即中国古代士大夫阶级的传统、"五四"以来的新文化传统和民间传统。与当时文化界多数人主张以"五四"新文化为正统,推动文化事业的进一步发展不同,赵树理更倾向于传承与发扬民间传统文化,他是"典型的民间文化正统论者,他始终是把'五四'新文化传统与民间文化传统对立起来,认为新文化不及民间文化"③。在赵树理看来,"五四"新文化是外来的、欧化的,既不符合人民大众的欣赏口味,也超出了他们的审美接受能力,因此不宜作为中国文化的正统。与"五四"新文化相反,民间传统文化是民族的、本土的,为广大农村的普通民众所熟悉和喜爱,如果以它为文化之正统,无疑可以更好地满足农村老百姓的文化艺术需求,也更符合"文艺为人民服务,首先为工农兵服务"的讲话精神,因此赵树理主张以民间文化为正统,推动

---

① 赵树理:《回忆历史认识自己》,载《赵树理文集》(第4卷),北京:人民文学出版社2005年版,第352页。
② 陈荒煤:《向赵树理方向迈进》,载黄修己编《赵树理研究资料》,北京:知识产权出版社2010年版,第174页。
③ 陈思和:《民间的浮沉:从抗战到"文化大革命"文学史的一个解释》,载《鸡鸣风雨》,上海:学林出版社1994年版,第33页。

文化事业向前发展。

赵树理所关注和熟悉的民间文化主要是他的故乡晋东南太行山区一带的民间文化。这里山势险峻、沟壑纵横，素有"天下之脊"之称。由于土地贫瘠，再加上交通不便、信息闭塞，所以老百姓生活普遍较为清苦，思想也较为保守，于是慢慢就形成了崇实尚朴、倔强俭啬的民风民俗。受这样的地域文化影响，赵树理的小说也是简单质朴、浅白通俗，从选材立意、篇章结构到语言表达都完全按照当地农民的欣赏口味进行取舍，几乎不存留任何不符合百姓欣赏习惯的内容。比如《三里湾》的最初构思是分四个部分：一夜，一天，一月，一冬。后来为了让农村读者花更少的钱和时间阅读更多的内容，赵树理就把第四部分"一冬"中的内容合并到第三部分"一月"中去了。这样的处理虽然让作品在艺术表达上略显仓促粗糙了些，却让老百姓喜欢看、看得懂，这让赵树理觉得很有意义。

在民间传统文化的各种艺术形式中，赵树理借鉴比较多的是曲艺。他不但借鉴曲艺的表现手法来丰富自己小说创作的叙述手段，而且根据曲艺与百姓日常生活的密切关系提出自己的文学观，使自己的小说创作呈现出"小戏性"的显著特点。比如，他的小说人物安排往往比较简单，常常通过场幕变化，让小说的场面在二人戏和三人戏之间切换等，可以说充分体现了地方小戏的表演特点。如《三里湾》中满喜扫屋时，幕里是满喜、菊英打扫屋子，幕后却是大媳妇"惹不起"骂儿子挑起事端。通过里外幕，作者用简约的笔触描绘出日常生活的热闹纷乱，烟火气十足。另外，赵树理一直坚持认为"说书唱戏是劝人哩！"[①]他像小戏那样借助家长里短而不是空讲大道理来劝人，真正实现了"生活歌舞化"[②]。可以说民间小戏的美学观进一步增强了赵树理小说的大众化、通俗化、民族化风格，使其真正成为具有中国作风和中国气派的现代文学作品。

延伸阅读资料：

1. 黄修己：《赵树理评传》，南京：江苏人民出版社1981年版。
2. 洪子诚：《文学史中的柳青和赵树理（1949—1970）》，《文艺争鸣》2018年第1期。

[①] 赵树理：《随〈下乡集〉寄给农村读者》，载黄修己编《赵树理研究资料·赵树理小传》，北京：知识产权出版社2010年版，第130页。
[②] 赵树理：《从曲艺中吸取养料》，载《赵树理文集》（第4卷），北京：人民文学出版社2005年版，第34页。

思考题：

1. 谈一谈"大团圆"结构在《三里湾》中的运用及其意义。
2. 谈一谈《三里湾》的语言特点。

第十三章 《铁木前传》品读

作者简介及创作背景：

孙犁（1913—2002），原名孙振海，后更名孙树勋，笔名孙犁、耕堂、芸斋等，河北安平人。1937年冬，抗日战争爆发，孙犁加入抗战工作。1944年孙犁赴延安，在鲁迅艺术文学院学习和工作，发表了《荷花淀》等短篇小说。1956年中篇小说《铁木前传》在《人民文学》第12期刊载，1957年1月由天津人民出版社出版发行。

第一节 农民私人情感生活的描摹

《铁木前传》创作于1956年初夏，刊载于当年第12期《人民文学》，次年由天津人民出版社出版。与同时期其他以农业合作化运动为主要表现对象的作品不同，作者没有花费大量的笔墨直接描写合作化运动的全貌和具体过程，而是将其作为故事发生的背景，着重讲述了两位老人（木匠黎老东、铁匠傅老刚）和他们的儿女（六儿、九儿）的情感生活。作者将人们在新中国成立前后不同时代背景下的情感起伏变化娓娓道来，呈现了20世纪50年代初期北方农村的生活风貌，并且从侧面揭示了农业合作化运动的复杂性和艰巨性。

一、父辈间的友情变化

作品首先着重写了二位老人之间深厚的友情。黎老东与傅老刚曾经是交情极深的好朋友，他们早在抗战之前就互相熟识。他们的友谊是建立在相濡以沫、互相帮助的基础之上的，是穷苦的日子和乐于助人的善良品性使两人成为莫逆之交。当年黎老东是村里唯一的木匠，老婆死得早，他自己一个人拉扯六个儿子生活，日子过得很是艰难；傅老刚是外乡来的铁匠，老婆也死了，留下一个年幼的女儿与其相依为命，处境也颇为艰辛。相似的经历和共同的淳朴品性使两人成为

互相帮助的搭档与彼此信赖的朋友,有时他们干脆以"亲家"相称。可是令人想不到的是新中国成立后两人的友情却悄然发生了变化,主要原因是黎老东的生活条件发生了大的飞跃,而傅老刚却依旧处于贫困状态。随着两人的经济条件逐渐拉开距离,两人的友情也出现了裂痕。

两人友情的彻底破裂是傅老刚再次带着女儿回到黎村后,这时的傅老刚明显地感觉到了黎老东的变化。他们再次合作,一起联手给黎老东打造一辆大车。可是这次合作却与之前的合作大不相同,他们之间曾经兄弟般的亲密关系已经不复存在,取而代之的是黎老东高高在上的主人架势和挑剔刻薄的冷漠脸色,他们之间似乎变成了雇佣与被雇佣的关系。这种缺少了情意的合作关系深深刺痛了傅老刚,让他对这次合作颇感失望。到了工期结束时,黎老东竟然连工钱都不想支付,只想把傅老刚当成逃荒要饭的随便打发掉。这可把傅老刚彻底激怒了,他干脆浇灭了炉灶,打整好小车搬出了黎老东家。傅老刚走后,黎老东开始还不太在意,他以为自己完全可以和其他铁匠继续合作。可是等他冷静下来之后便有些后悔,他想起了两人曾经相互扶持的日子,想到那些美好的日子从此都不复存在,黎老东的内心难免有些不舍和惭愧。

二、儿女间的感情纠葛

与父辈们的友情变化相似,儿女辈的六儿和九儿的情感也几经波折。两人曾经是青梅竹马、两小无猜,是最亲密贴心的好朋友。抗战期间,九儿和父亲无法返乡,于是干脆留在了黎老东的村子里。九儿和六儿一起干活,一起逃难,虽然两人性格并不相同,却也在风雨飘摇中建立起深厚的感情。抗战结束,傅老刚决定带女儿回家乡看看,临行之前九儿悄悄告诉六儿,自己一定会回来的。不管是他们自己还是他们的父亲都希望他们长大后能组建家庭,幸福地生活在一起。

然而就是这样一对大家都认为极其般配的年轻人,相互之间的情谊却也随着时间的流逝而悄然发生了变化。等九儿和父亲真的从老家回来时,九儿遗憾地发现六儿已经完全不是自己想象中的样子了。他不像一般的农村青年那样下地干活,而是学着做小买卖。此时他正与村里有名的懒人——黎大傻一起合伙卖牛肉包子。闲暇时间六儿也不是帮着父亲兄长干些杂活,而是沉迷于各种玩乐之中,如养鸽子、玩鹰等。九儿很伤心六儿的变化,她决定和六儿的哥哥四儿一起帮助六儿。他们热情地邀请六儿参加青年团的学习和工作,可是六儿根本不在意他们的想法,甚至懒得搭理他们。看到六儿的执迷不悟,四儿感到改变一个人是艰难的，九儿则为自己失去了一个童年的朋友感到悲伤。后来九儿和四儿在共同的劳作中，建立起较为亲密的关系，可是九儿还是经常会为曾经那段情感的失落而感到怅惘。

除了六儿本身的变化以外，六儿身边新出现的一位女性——小满儿，也对九儿和六儿的感情造成了极大的威胁。小满儿是一位外村的女孩，因为她的姐姐嫁到这个村庄，所以她也跟过来住在这里。小满儿有着惊人的美貌，六儿很为小满儿的魅力所着迷，两人一起喂鸽子、遛鹰，玩得不亦乐乎。当两人玩的鸽子不幸被小满儿压死时，六儿提出把鸽子卖了，给小满儿买件新衣服，小满儿却一口回绝了，她解释说："咱俩的交情不在吃穿上。"[①]可见两人之间还是有些真情的。最后当黎老东的新车打好，六儿跟随黎七儿外出跑运输时，小满儿也坐上车跟着一起出村去了。由此他们更加远离了当时普遍的人生道路，在一条别样的道路上越走越远。

三、于人生的细微变化处反映时代主题

通过梳理作品的叙事脉络，我们可以看到与同时期的其他作家相比，孙犁一直与时代主流意识形态保持着若即若离的微妙关系。一方面，他认为："我们的作家，要忠诚于我们的时代，忠诚于我们的人民，这样求得作品的艺术性，反过来作用于时代。"[②]另一方面，他又认为："作家不能同时是很有成就的政治家，作家只能是纸上谈兵，他对于现实的看法可以影响人，但是不能够去解决人民生活的实际问题。"[③]因此，当他用文学作品去反映时代风貌时，比较喜欢从现实生活的细枝末节处入手，比如一次偶遇（《山地回忆》）、一次分别（《荷花淀》）、一段爱情（《钟》）或是一段友情（《铁木前传》）等。作者将普通人的日常生活置于作品的中心位置，借普通人的生活变化和情感起伏，反映时代风貌，使作品带上鲜明的个人化色彩。

具体到《铁木前传》而言，作者在表现农业合作化运动这一宏大的时代主题之外，还关注到了在当时那个年代极易被忽视的个体生命的具体生存状态以及人们面对巨大的社会变革时，内心深处产生的细微而真实的情感波动。正如孙犁所

---

① 孙犁:《铁木前传》，广州：花城出版社2010年版，第34页。
② 孙犁:《文学和生活的路——同〈文艺报〉记者谈话》，载《铁木前传》，广州：花城出版社2010年版，第120页。
③ 孙犁:《文学和生活的路——同〈文艺报〉记者谈话》，载《铁木前传》，广州：花城出版社2010年版，第120页。

说:"这本书,从表面看,是我一九五三年下乡的产物。其实不然,它是我有关童年的回忆,也是我当时思想感情的体现。"①作者进城以后,发现"人和人的关系,因为地位,或因为别的,发生了在艰难环境中意想不到的变化"②,这种变化使他感到苦恼,也使他想到了朋友,回忆起童年。于是他把农业合作化运动设置成遥远、模糊的背景,把友情、爱情放置在前台,写它们因时代更迭而产生的起伏变化。对童年的温馨回忆,对战争年代乡土社会中人与人之间纯真、质朴情感关系的慨叹,冲淡了作品的政治意味,而为其增添了别样的温情意蕴。

正是因为有了这样一份温情的注入,所以本来剑拔弩张的"阶级分化"问题、"两条道路的斗争"问题以及"落后分子改造"问题都变得和缓了许多。黎老东在新中国成立前后对自己好朋友态度的变化,显然与其在阶级立场上的退化有关。他与傅老刚友谊的破裂显然是当时农村社会"两条道路的斗争"状况的缩影。然而作者并没有完全用阶级性的眼光去看待黎老东,一味地写他嫌贫爱富、冷酷无情,而是用宽容的态度,写出了他因友谊破裂而产生的愧疚、酸楚情绪。甚至对他热衷于积累财富的行为,作者也没有完全采取否定的态度,而是写出了一位父亲对儿子的本能的爱和普通百姓对未来美好生活的真诚期许。包括对于小满儿这样一位典型的"落后分子",作者也没有只写她的放荡、任性,而是花大量笔墨写她的娇媚可爱,尤其是她对年轻男性的巨大诱惑力。这样一来就使原本单一、纯粹的歌颂农业合作化运动的主题变得复杂模糊了,这种模糊性使作品遭受了巨大争议,也使作品超越时空具有了经久的艺术魅力。

第二节 "了解一个人是困难的"

与同时代的其他作家大多执着于塑造理想化的英雄人物不同,孙犁笔下的人物往往既不高大也不完美,有时还会处于社会的边缘,与社会主流保持着一定的距离。因此,孙犁的创作目的既不是直白地传达时代精神,也不是单纯地宣扬主流价值观念,而是要借文字去探究人物内心复杂的情绪感受,进而给予各类人物人道主义的关怀与爱护。就像他在《铁木前传》中借人物之口所感慨的,"了解一

---

① 孙犁:《关于〈铁木前传〉的通信》,载《铁木前传》,广州:花城出版社2010年版,第108页。
② 孙犁:《关于〈铁木前传〉的通信》,载《铁木前传》,广州:花城出版社2010年版,第109页。

个人是困难的"①。孙犁笔下的人物不仅自身性格复杂而独特，就是作者的立场和态度也往往含混不清、暧昧模糊。这就给读者留下了巨大的阐释空间，也使这些人物具有了较为长久的思想艺术魅力。

一、亦真亦邪的小满儿

小满儿无疑是《铁木前传》中性格最为独特，争议最大的人物形象。她给读者留下的第一印象就是有着极为出众的美貌。她是那一带公认的人尖儿，满城关几乎没有人不认识她。小满儿的美貌既是天生丽质，又有着后天的巧用心思。她长着极端俊俏精致的五官，身材也匀称苗条、颇为婀娜。同时她又非常注重打扮，处处流露出心机。她喜欢涂脂抹粉，花袄是新做的、时兴的，领口和下摆，包括里衬都经过精心设计，暗藏着一种半隐半露的魅惑力。她走路时的姿态，包括步幅、迈步的频率、胳膊摆动的角度以及气息的轻重都被刻意地控制着，呈现出舞蹈般的魅力。很显然小满儿是一个拥有美貌，同时又懂得利用美貌为自己谋取利益的女子。这就不能不让人对其品行产生怀疑，也无怪乎像大壮媳妇那样的村民会用极其肮脏的字眼羞辱她。可以说小满儿的美貌中掺杂着邪恶的成分，与传统伦理道德存在一定的矛盾冲突。

然而值得注意的是，小满儿借助美貌所要谋取的并非物质层面的经济利益，而是精神层面的爱与尊重，这就让其性格变得复杂起来，也使人们难以对其进行简单粗暴的道德审判。小满儿是一个极度缺乏爱与尊重的女孩子。她从小被领养，养父母只是把她当作摇钱树，而没有给她应有的爱护。后来养母为她包办了婚姻，从其丈夫常年在外经商来看，那个家庭应该是比较富裕、吃穿不愁的。但是小满儿却无法忍受无爱的婚姻，千方百计要打碎那婚姻的枷锁。她先是借着到姐姐家帮忙的机会，逃离了那个家庭，在外面享受着短暂的自由和众人的仰慕。接着她又力图借助新颁布的婚姻法，彻底挣脱那段婚姻的牵绊，享受永久的爱与自由。为寻求真爱而积极努力的小满儿又是天真无邪、纯情可爱的，不能不让人对其产生同情怜惜之心。

小满儿就是这样一个既纯真又妖媚，甚至让人分不清她到底是无邪还是无耻的女孩子。她渴望过自由美好的生活，同时也具备超人的聪明才智，但可惜的是，她为实现自己人生目标而付出的努力实在是太有限了。当她积极学习婚姻法，并且主动参会，请人为自己读报，认真领会文件精神的时候，突然发现有些

---

① 孙犁:《铁木前传》，广州：花城出版社2010年版，第52页。

人想把问题引到检查村里的男女关系上去,就立刻退了出来,重新恢复了自己放荡的生活方式。一向骄傲的她实在无法面对可能要承受的羞辱,于是干脆用放纵和堕落麻醉自己。她特别害怕开会。同村的女伴来叫她,她会用各种甜言蜜语搪塞过去,然后悄悄溜掉。驻村干部邀请她参会,她发现实在走不脱,就干脆上演苦情戏,吓退干部。她真正害怕的应该是她自己预见到的,可能要承受的精神上的重压与磨砺。由此可以看出,小满儿是一个外表勇敢机灵、率性而为的女孩儿,骨子里却是一个曾经受过伤害,因而变得敏感多疑、脆弱怯懦的女孩儿。正是这样内外反差极大的性格,既让人觉得她难以捉摸,又让她自己无法真正走出生活的泥潭,而只能在歧路上越走越远。

二、温柔深情的九儿

如果说小满儿是一个带有妖邪魅惑之气的女孩儿,那么九儿则是一个品行端正高洁的女孩儿。小满儿的美更多的是外在的容貌之美,九儿的美则更多的是内在的心灵之美。九儿的外表是普通的,她面庞黧黑、衣服破旧,内心却温柔而坚强,充分体现着传统道德之美。九儿从小就乖巧懂事、勤俭节约,成年后自然而然成了青年团员。她积极参与青年团的各项工作,在集体的协同合作中,九儿找到了生命的意义。

然而九儿似乎并不快乐,她总是带着一丝淡淡的忧伤。母亲早逝,她小小年纪就跟随父亲四处流浪,漂泊不定的生活使她过于早熟。不管是砍柴还是捉田鼠,她都是用大人的功利标准要求自己,而不是像六儿那样无忧无虑地享受童年的快乐。她总是压抑着自己的情绪,即使受到伤害也咬牙坚持,绝不流露一丝一毫的怯懦脆弱。小时候,她曾经被一匹顽劣的马踢伤,包扎时连一声也没哭。长大后,她被小满儿抢走了心上人,却始终冷静克制,保持着理性的风度。痛失爱情,九儿内心极度悲伤,可她却把痛苦深深地埋在心底,甚至连最亲密的父亲也不愿倾诉。她就这样一个人默默地承受着生活中的痛楚,坚强到让人心疼。九儿像湖水一样幽深沉静,又像天上的明月一样孤独清冷,有一种高处不胜寒的凄楚。

正是这一丝忧伤使九儿与十七年其他作品中的正面人物拉开了距离。孙犁不像其他作家那样喜欢用厚厚的面纱将笔下的正面人物包装夸饰起来,而是用客观真实的笔触写出九儿身上一些与时代精神不太吻合的东西。比如,九儿虽然在集体劳动中感受到了生命的快乐,可是她对小满儿却有一种隐隐的、莫名的羡慕和嫉妒。另外，虽然站在理智的角度，九儿愿意和四儿接近，并且认为自己和四儿之间志同道合的爱情，比童年时期与六儿之间嬉笑打闹的爱情更扎实可靠，可是内心深处她却依然对六儿有着割舍不断的留恋和牵挂。显然孙犁不是把九儿当作标准的、典型的青年团员来塑造，而是把她作为一个涉世未深、情窦初开，对世事与感情都有一些迷茫与困惑的少女来塑造。作者重点刻画的不是九儿在政治路线选择上的正确，而是她性格的温厚淳朴、清澈美好。在作品的字里行间，我们能明显感受到孙犁对九儿的怜惜与尊重，他不愿用绝对正确的社会标准去框架、束缚九儿，而是尽可能地让她保持小女儿的纯情本色，正是这份尊重让作品呈现出人性的温度和真正属于文学的诗意。

三、逐渐蜕变的黎老东

黎老东可以说是《铁木前传》中最能体现"两条路线斗争"的人物形象。他的由贫穷到富有的人生经历以及他因为经济条件的改善而出现的性格变化，都在阐明财富对人性的侵蚀和资本主义道路对社会的危害。黎老东是一个典型的被金钱腐蚀的人物形象。贫穷的时候，他热情慷慨，虽然自己的生活也很艰难，却依然主动邀请比自己更艰难的外乡人傅老刚到家里来避雨歇息。这时候的黎老东是大度无私的，他可以帮对方分担忧愁，站在对方的立场思考问题。可是富有之后，黎老东却变得吝啬苛刻起来，他处处只为自己的经济利益精打细算。为了买一处合心意的新宅院，黎老东和村里人闹翻了脸，影响很不好。与傅老刚再次合作给自己打大车时，黎老东不但一味地赶时间、催工时，最后甚至连工钱都不想支付，结果直接导致两位老朋友的友情彻底破裂，可以说黎老东的变化是有着很强的警示意义的。

然而遗憾的是黎老东并没有因此而停止对财富的渴望。虽然他也为友情的破裂感到哀伤，甚至为自己的言谈举动感到惭愧，但是他并没有真正认清友谊破裂的原因，更不能将自己的懊悔落实到实际行动中去，反而继续在追逐财富的道路上越走越远。从黎老东训斥四儿的言语中，我们可以看到他的私心已然很重。他不愿意为集体的事业做出一丁点儿牺牲，满脑子想的只是如何维护自己的利益。尽管没有了与傅老刚的合作，黎老东还是努力把大车打造完成，并把六儿托付给黎七儿，让黎七儿带着六儿跑运输、赚大钱。临行前黎老东请黎七儿吃饭，他毫不掩饰地表示着对黎七儿的信任与佩服。黎老东的蜕变说明在当时的社会环境中，新的阶级分化正在逐渐形成，两条道路之间已经开始形成较为尖锐的对立与斗争关系。

黎老东蜕变的根本原因是他喜欢认"老理儿",他认为"老理儿"比新的方针政策更合理、更实用,也更能有效地帮自己改善生活品质。所以当村干部找黎老东谈加入合作社事宜时,他表现得非常焦躁不安。他显然不愿意放弃眼前的、实在的、可观的收益,去跟风一个渺茫的、虚幻的、不可知的未来。可以说,傅老刚加入集体事业有多么坚定,黎老东加入集体事业就有多么艰难。曾经相濡以沫的老朋友已经完全成了站在不同立场的对立者,可以想象,黎老东抛却私心的过程必将是漫长而曲折的。虽然在强大的政治压力下,黎老东可能会暂时抛弃原有的生活方式而屈就于新的社会规范,但是一旦时局发生改变,他很可能会立刻回到认"老理儿"的旧的人生轨道上。黎老东的蜕变无疑具有很强的代表性,它充分证明当时农村社会中两条路线之争的激烈程度,也充分说明了社会主义改造的重要性和艰巨性。只可惜由于《铁木前传》的草草收尾,孙犁没有完整地展示出黎老东抛弃私心的全过程,这不能不说是一个巨大的遗憾。

第三节　对美好人性的关注与希冀

虽然《铁木前传》以农业合作化运动为背景,但是孙犁并没有局限于从政治角度去写两条路线的斗争,而是更多地呈现了斗争之外人与人之间复杂微妙的情感关系。对温馨美好情谊的重视,对宽厚包容态度的渴望以及对无忧无虑童年的追忆才是作品真正的主题。

一、对情谊的尊重

孙犁自己曾说:"我想写的,只是那些我认为可爱的人。"[①] 与同时期的农村题材作品大多重视正面人物的塑造不同,孙犁在《铁木前传》中花了大量笔墨去塑造非主流人物。作品中包括六儿、小满儿、黎老东、黎大傻夫妇、黎七儿和杨卯儿在内的有名有姓的落后分子就达七人之多,而进步人物却只有四儿、九儿、锅灶、傅老刚和干部五人,显而易见落后人物在数量上超过了进步人物,这在十七年的文学作品中是罕见的。另外,这些落后人物的阶级成分也非常模糊。除了黎

---

① 孙犁:《关于〈山地回忆〉的回忆》,载刘金镛、房福贤编《孙犁研究专集》,南京:江苏人民出版社1983年版,第147页。

七儿被明确告知是富农之外,其他人物的阶级成分压根儿未被提及。显然作者对阶级成分似乎并不在意,尽管它是当时社会考量一个人时首先要考虑的、极为重要而敏感的因素。可以说,孙犁所关注的不是人们身上所背负的政治标签,而是每一个人具体的、鲜活的生活状态和他们独特、复杂的性格特征。

作者所看重的性格特征主要就是一个"情"字。在《铁木前传》中,即使是落后人物也会因为情感的细腻温柔而多出几分可爱,而正面人物却会因为情感的粗糙寡淡给人一种僵化、生硬的感觉。比如,四儿和六儿这一对兄弟,显然一个憨厚质朴,一个多情体贴,性格存在鲜明反差。对于这兄弟俩,作者的天平似乎更倾向于六儿,尽管他是一个不折不扣的落后人物。在家里,作者让六儿得到了更多的父爱,而让四儿处于被孤立、被嫌弃的状态;在外面,六儿先后获得了两个女孩儿的青睐,而四儿却不得不忍受"打光棍儿"的命运安排。虽然后来四儿和九儿之间萌生了志同道合的爱情,但是他们的爱情更像是同志间的合作关系,而缺少了恋人之间的温馨甜蜜,尤其是和六儿与小满儿之间的柔情蜜意相比,明显缺少一种爱情应有的亲密感。

通读全文不难发现作者始终是围绕一个"情"字结构故事、塑造人物。友情与爱情作为两条主线代替两条路线斗争成为作品的主要内容,时代和社会生活的大主题交融进个体的具体而微的生命感知,散发出更为迷人的文学魅力。在友情方面,作者写新中国成立前铁木二匠合作共事,强调的不是他们怎样对抗统治阶级的剥削压迫,而是两人如何相濡以沫,给予对方关心与照顾。新中国成立后二人友情破裂,作者强调的不是财富不均造成的新的阶级分化,而是对财富的渴望导致的人性的扭曲。在爱情方面,四儿与九儿在工作中建立起志同道合的爱情,自然令人羡慕,但是同时,六儿与小满儿的真诚相爱也很是让人动容。可以说,在《铁木前传》中,爱情甜蜜与否与当事人的政治身份并无密切关系,而只与爱情双方是否付出了真情实意有关。也正是在这个意义上,杨卯儿那些带有荒诞色彩的爱情竟也能让人读出几分感动。

二、对自由的渴望

孙犁在《铁木前传》中塑造了一批落后人物,但是他并没有急着对这些人物进行批判或斗争,以便让他们的言行举止更符合时代的需求,而是对他们自由散漫的生活方式表现出了那个年代最大限度的宽容与尊重。比如,村长想让黎老东加入合作社,对此作者只是简单提了几句,并没有展开细腻深入的描写。他既没有让村长像同时期作品中的其他农村干部那样去苦口婆心地做思想工作，也没有让村长采取任何强制性措施。同样，作为青年团员的九儿和四儿，虽然一直都想帮助六儿进步，但是他们也没有匆匆忙忙地着手，而是苦苦思索，努力寻找着合适的、行之有效的劝导方式。最有意思的是那位省里来的高级干部，他既争不过执拗的杨卯儿，只能无奈地搬离杨家，也没有办法带领小满儿去开会，只能听任她中途逃脱，他可以说是整个十七年作品中最失败、最没有工作成效的下乡干部。他不是一味地宣传政策，用现成的方针政策去框架、规范每一个人，而是真诚地倾听每一个人的心声，了解他们的需求，真正站在基层百姓的角度考虑究竟应该实行怎样的方针政策。这种以人为本、实事求是的工作作风，充分体现了孙犁尊重个体权利、渴望自由平等的人文主义创作理念，难怪有许多学者认为：这位下乡干部的身上有着明显的孙犁自己的影子。

在所有落后人物中，小满儿无疑是最具有自由精神的那一个。她逃离婆家，积极学习婚姻法，渴望挣脱婚姻不自由的枷锁。她敬佩因追求自由不得而上吊的尼姑，她可怜被流沙压倒失去了自由的小树苗。她喜欢深夜在原野上游荡，让夜晚的风抚慰自己放荡不羁、渴望自由的灵魂……作者对小满儿的态度是矛盾的、复杂的。他既否定她以自我为中心、放纵享乐的一面，又肯定她自由自在、无拘无束的一面。他不愿意用当时社会的主流意识形态去束缚小满儿，剥夺她自由选择自己生活状态的权利。其实不光是小满儿，作品中的其他人也在以自己最舒服的状态活着。比如，不喜欢种地、喜欢做小买卖的六儿，最后赶着大车出了村，车上还坐着自己心爱的女人。再比如，身为富农的黎七儿，虽然成分不好，却因为脑子灵光赚了不少钱。他不但依然保持着较高的生活水准，而且成为黎老东家的座上客，获得了黎老东的敬佩与信任。黎七儿可以说是十七年农村题材文学作品中活得最潇洒、最舒服的富农形象。通过这些虽然有些落后，却活得自由自在的人物形象，我们可以看到孙犁在竭力维护价值观念的多元化，努力呵护人们热爱自由的天性。尽管他也不断地积极宣传着主流意识形态话语，但是他并不因此就否定与主流意识形态相抵牾的其他人生选择，这在强调意识形态整齐划一的20世纪50年代是极为难能可贵的。

三、对童年的追忆

清新淡雅的童年视角是《铁木前传》在叙事上的一大突出特点。作品开篇，作者就用深情的话语追问:"在人们的童年里,什么事物留下的印象最深刻?"[①] 在作者看来,观看铁匠和木匠的劳作应该算是童年时期非常令人难忘的欢乐的源泉之一。作者说道,在孩子们的世界里,不管是熊熊的火光,叮叮当当的斧凿声,还是绸条一样从刨子上面不断飞卷出来的木花,都是神秘可爱、妙不可言的。它们会让孩子们兴奋不已、流连忘返。甚至孩子们还会无惧大人们的呵斥,去哄抢那些实在不知道有什么用,却洁白、细密、美丽无比的木花。仔细分析孩子们观看铁木二匠劳作时的心理,我们不难发现,孩子们是用一种无功利的、审美的眼光去看待劳作这件事的。他们既不考虑自己家里是否富有到可以把铁木二匠请来干活,也不考虑自己是否可以去给铁木二匠当徒弟,走一条别样的人生道路。他们只是静静地用超越世俗功利的眼光去观看,并在观看中感受到铿锵的力量、温暖的情绪和跃动的节奏,从而获得一种心灵上的满足与愉悦。这种不问功利的、审美的生活姿态是孩子们所独有的,也是作者极为推崇、由衷欣赏和赞美的。他衷心希望这样的生活姿态能够在人世间再多一些,再广泛一些,最好是能够超越童年的界限,在成人的世界里也能有所显现。

童年视角意味着不问功利,受战时特殊生活环境的影响,铁木二匠的早期交往就带有不问功利的色彩。那时候他们不分你我,不求回报,只是真诚地、无私地关爱着对方,体贴着对方。虽然两人都不富裕,但是不管吃穿还是用度,只要有我的一份自然就会有你的一份,所以那时候铁木二匠的友情是美好的、温馨的。童年视角还意味着包容,因为不问功利,所以也就难分对错,即使相互之间存在分歧,却也会因为宽容谅解而依然和睦相处。童年时期的六儿与九儿就表现出对对方极大的宽容。其实两人的性格从小就差异很大,六儿聪慧,九儿本分;六儿喜欢追逐快乐,九儿强调道德自律。尽管两人做事总是大相径庭,却也神奇地成了很好的朋友,因为他们更享受相互陪伴的快乐,而不苛求对方与自己完全一致。然而随着童年世界的逝去,生活中的温馨与美好也逐渐变得淡薄。黎老东对功利的过度追求,直接导致铁木二匠友情的破裂。九儿越希望六儿选择与自己相同的人生道路,就越把六儿推得远离自己。借助童年视角,孙犁审视并反思现实生活中人际关系发生微妙变化的原因,为什么在艰难环境中的人和人之间的美好温馨的关系不复存在了,失去的原因是什么,又该如何找回,由此孙犁拓展了两条路线斗争的主题内涵,并使作品呈现出难得的诗意格调。

[①] 孙犁:《铁木前传》,广州:花城出版社2010年版,第1页。

延伸阅读资料：

1. 阎纲：《关于中篇小说〈铁木前传〉的通信》，载《小说创作谈》，北京：人民文学出版社1980年版。
2. 贺仲明：《"十七年文学"评价与文学经典性问题》，《首都师范大学学报》2014年第6期。

思考题：

1. 谈一谈《铁木前传》中的童年视角及其意义。
2. 谈一谈《铁木前传》中小满儿这一人物形象的塑造特点及其意义。

第十四章 《山乡巨变》品读

作者简介及创作背景：

周立波（1908—1979），湖南益阳人，原名周绍仪，立波是英语"Liberty"（自由）的音译。1935年周立波加入中国共产党。1939年到延安，曾在鲁迅艺术文学院工作。1946年，周立波前往东北参加土地改革，并以土改为题创作了长篇小说《暴风骤雨》。1955年，周立波将全家从北京迁回了湖南益阳农村，直接参与到合作社的建社工作中，积累了大量写作素材。1958年1月，《山乡巨变》的正篇开始在《人民文学》连载，分六期载完；同年7月，《山乡巨变》正篇由作家出版社初版发行。1959年9月经作者校订，《山乡巨变》正篇改由人民文学出版社再版发行。1960年，《收获》杂志第一期全文发表了《山乡巨变》续篇；同年4月，《山乡巨变》续篇由作家出版社出版发行。1963年6月经作者修订，《山乡巨变》正续两篇合并为一卷，由作家出版社出版。

第一节 社会主义改造大潮中的山乡生活

《山乡巨变》描写了湖南省一个名叫清溪乡的村镇，在农业合作化运动中从互助组到合作社的发展历程。作品通过剖析山乡百姓在农业合作化运动前后思想情感的变化，艺术地展现了中国农民走上集体化道路时的精神风貌和当时中国农村的社会面貌。

一、发起建社

作品分上下两部，上部写建社过程，首先从下派干部邓秀梅进村写起。1955年冬天，青年团县委副书记邓秀梅参加完县里的三级干部会，顾不得和丈夫会合，直接赶到清溪乡领导群众开展合作化运动。半路上她遇到了偷割竹子，准备拿到街上卖钱的盛佑亭，通过攀谈邓秀梅初步了解了乡里的工作情况。到了清溪乡之

后，中共清溪乡支部书记兼清溪乡农会主席李月辉接待了邓秀梅，他进一步详细地向邓秀梅介绍了清溪乡合作化运动的开展情况。目前全乡只剩两个互助组，一个在上村，组长叫刘雨生，非常负责，工作也开展得不错；一个在下村，村长叫谢庆元，工作开展不起来，互助组快要散架了。一天邓秀梅和李月辉接到通知，到区里开会。他们起了一个大早，又抄了一条近路，本以为是较早到达会场的，没想到却迟到了。会上各乡汇报了本乡的运动开展情况，区委书记朱明下达了下一步的工作任务，全区入社农户要达到总农户比例的百分之七十。为了完成区里布置的任务，乡里几位主要干部分别承担了劝说顽固户的任务。邓秀梅负责陈先晋，李月辉负责王菊生，陈大春负责张桂秋，刘雨生协助谢庆元做李盛氏的工作。

邓秀梅到陈先晋家里做劝说工作，陈先晋托词有事故意躲着她。邓秀梅看陈先晋生性倔强，就请他的儿子陈大春给陈先晋的女婿共产党员詹继鸣写了一封信，请他来劝说自己的岳父。在大家的劝说下，陈先晋有些动摇了，可是被王菊生的一席话搞乱了心思，又有些迟疑了。经过一夜的辗转反侧，陈先晋还是决定入社。他到乡政府交了土地证，土改分的水田和自己开垦的山地全都入了社。邓秀梅、李月辉、刘雨生先后到王菊生家里劝他入社。为了堵干部的嘴，王菊生一会儿装病，一会儿和堂客假装吵架要离婚。李月辉想干脆不劝了，等合作社办好了，王菊生自己想入时再说吧。

陈大春给盛淑君一张入团表格，盛淑君把填好的表格交还给陈大春，两人顺势到山上转了转。在山上盛淑君向大春吐露了自己的心声，大春用长长的吻答复了她。两人从山上下来，碰到了正在执行任务的盛清明。听盛清明说张桂秋偷偷把自家的黄牛赶出村去了，两人赶紧和盛清明一起去追牛。原来张桂秋听说牛都要入社，折价又低，就想把牛杀了，卖了牛皮，还可以净赚几百斤牛肉。盛清明和陈大春、邓秀梅、盛佑亭等人追上张桂秋，救下了黄牛。邓秀梅听说原本参加杀牛的还有龚子元，就派盛佑亭去龚家探探虚实。

邓秀梅亲自到张桂秋家里做劝说工作。通过仔细算账对比，张桂秋基本同意入社了。可是他派符贱庚到龚子元家打探龚子元的口风，龚子元含含糊糊的做派又让张桂秋犹豫了。盛佑亭接受邓友梅的委派到龚子元家里劝他入社，不承想却被龚子元灌醉了，不过龚子元倒是答应入社了。合作社开始给入社的各家评定亩数、亩级和入社产量。被丈夫遗弃，独自支撑家庭的盛佳秀觉得土地报酬定得太低又想退社。几位干部轮番劝她，盛佳秀特别爱听刘雨生的劝说，并且对他萌生了好感。

经过一个月的忙碌，清溪乡支部在全乡建成了五个初级农业生产合作社。全乡四百零九户，已经有三百二十户提出了入社申请，清溪乡超额完成了上级布置的任务。1956年元旦，五个社联合举行成立大会，大家对合作社的未来充满了期待和向往。

二、组织生产

下部写合作社的发展历程，常青社成立仅一个来月的时间，就从初级社转成约有九百人口的高级社，名字没变，刘雨生被选为社长，谢庆元被选为副社长。春耕开始了，社里的农业生产出了一堆问题。单干户王菊生为了和社里竞赛，可以说下足了本钱。他先把堂客的一对金戒指卖掉，把原本只有一半使用权的大黄牯全部买下来，又偷偷砍伐山上的枫树，做成劈柴卖掉，买了枯饼施到田里增肥。王菊生学着社里的样子，挑塘泥给地里施肥。陈孟春嫌他占集体便宜，与他大吵了一架。在李月辉的调解下，两人勉强和解。因为劳动量实在太大，王菊生的妻子和女儿都累倒了。

上村烂了秧，下村的秧却出得很好。刘雨生向谢庆元借秧苗，谢庆元推辞说秧苗不够不肯借，其实他已经把秧苗许给了同样烂秧的张桂秋，因为张桂秋给他送了米和腊肉。社里探明了谢庆元私借秧苗的事，就开会斗争他。会后，刘雨生再次到谢庆元家做工作，答应给他拨一笔救济款帮他把欠张桂秋的米还上。谢庆元答应给张桂秋秧苗，却食言没给，心里难免有些愧疚。于是他对张桂秋的妹妹张桂贞比较关照，希望张桂贞能帮自己在她哥哥面前说些好话。不想，龚子元堂客却趁机编造起两人的谣言。谢庆元的堂客听信了谣言，分别和张桂贞、谢庆元大闹了一场。谢庆元家里不太平，替社里喂养的牛又被人砍了一刀，他心里难受，一时想不开吃了水莽藤。乡亲们七手八脚把他送到镇卫生所抢救。从卫生所回来，夫妻俩在刘雨生的劝说下总算和好了。

紧张的插田开始了，因为工作实在辛苦，所以按照当地的风俗，插田期间是要办一两餐场面饭的。经不起龚子元等人的起哄，刘雨生也想给大家改善一下伙食。可是社里实在没钱，刘雨生只得借了盛佳秀喂的一头大肥猪，杀了给社员们分肉吃。极为关键的双抢开始了，大家辛苦劳作了十来天，收完了早稻又插了晚秧。单干户的禾还有一多半没有开镰，有些倒了的谷粒浸在水里已经出芽了。刘雨生主动带人帮王菊生收了稻又插了秧，王菊生甚是感动，主动申请入社，还送给盛佳秀一副熏猪腰舌作为答谢。

经过严密的侦察，盛清明等人配合县公安局的公安员，冲进龚子元家里，逮捕了龚子元夫妇，并从他家里搜出枪支子弹、国民党党旗等物品。听到龚子元被捕的消息，张桂秋心里害怕，他主动申请入社，并且交代当初把牛赶到山里准备宰杀，正是受了龚子元的怂恿。另外，龚子元的堂客也交代，谢庆元家里的牛是她偷偷砍伤的。两桩牛案都搞清了，李月辉很是高兴。

赢得了头季大丰收，县委指示要庆祝一下。几个乡联合起来开了庆祝会，常青社获得"生产先锋"的锦旗。会后，社里举行晚会继续庆祝，盛淑君、陈孟春等都表演了精彩的节目。刘雨生和盛佳秀也选择在这一天举行婚礼，李月辉带了一班人，捧了两大束鲜花前去祝贺。简朴而热闹的婚礼结束后，刘雨生不放心社里的工作，依然坚持去巡逻。人们没有因为小小的胜利而骄傲，大家依然兢兢业业，对更加美好的未来充满期待。

第二节　贴近现实生活的百态人生

《山乡巨变》重点表现的是合作化运动中，农村社会"新与旧、集体主义和私有制度的深刻尖锐、但不流血的矛盾"①。围绕这一主题，作者以塑造人物为中心，写了清溪乡"发动—建社—护社"的全过程。在这一过程中，作者既写出了基层干部无私奉献、坚持原则的优秀品质，又暴露了他们工作中的不足；同时，作者还写出了老一代农民的顽固保守、自私狭隘以及他们的质朴善良、憨厚纯真；另外，作者也关注到了女性群体在时代号召下，走出家庭，参加集体劳动时的独特感受。可以说，作者既不拔高正面人物，又对边缘小人物予以深切的理解和同情。整部作品不但人物性格鲜活丰富、栩栩如生，而且呈现出那个时代较为少见的人道主义情怀。

一、并不完美的乡村干部

社长刘雨生是一位踏实认真、忠诚可敬的党员干部。村里的每一丘田、每一片山，包括其历史和现状，他都很清楚，可以说是清溪乡一本活的田亩册。他大公无私、勤劳肯干，大家都很拥护他。合作社建成后，在涨水的危急关头，他

---

① 周立波：《关于〈山乡巨变〉答读者问》，载牛运清主编《长篇小说研究专集》(中)，济南：山东大学出版社1990年版，第251页。

跳进洪水中，拼尽全力堵住了水洞，自己却被大水冲得不省人事，表现出共产党员的高风亮节。同时，刘雨生又性格温厚、质朴善良。因为一心为公，顾不上家里的生计，堂客常和他吵架。对于堂客他多是宽容忍耐，并未有过一丝抱怨。插田时，有些社员吵着要打牙祭，他尊重当地的风俗习惯，千方百计满足大家的要求。然而就是这样一位本真正直的党员干部，在合作化运动中也有过一丝动摇和犹疑。当工作难以开展时，他也怀疑过合作化运动的合理性；当家庭出现裂痕时，他也打算过退缩回自己的小家庭。后来，是共产党员的使命感使他坚定了信心，一心一意参与到合作化运动中。

支部书记李月辉更是一位性格温和、沉稳老成的党员干部。他气性平和，不管遇到怎样不顺心的事情，都不会发脾气、讲重话，总是面含微笑、从容应对。乡里人都喜欢他，并且送他外号"婆婆子"。李月辉喜欢读书、爱思考，善于透过事件的表面现象探寻其背后的哲理。对于合作化运动，李月辉有自己的见解。他坚持认为，"社会主义是好路，也是长路……从容干好事，性急出岔子"①，扎实稳妥才是最好的选择。即使在运动初期，被定性为犯了右倾错误，他也没有舍弃自己的观点。他的工作法宝就是坚持走群众路线。不管是干部任命，还是资产分配，他都广泛听取群众意见，在民主的基础上制定相应的对策。他既爱护同志，又坚持原则，时刻保持警觉之心，显示出成熟稳重的工作作风。

另外，还有对工作忽冷忽热、患有工作"寒热病"的副社长谢庆元；性情耿直刚烈、工作方法有些简单粗暴的团支书陈大春；机灵幽默、爱开玩笑、喜欢耍滑头的治安主任盛清明……可以说，《山乡巨变》里的领导干部没有一个是十全十美、堪称时代英雄典范的，然而正是这些有着这样那样缺点的领导干部，恰恰增强了作品的真实性，使作品更加贴近现实生活本身。事实上，革命不是简单的理论宣讲，革命工作不是喊喊口号、读读文件就可以完成的，而是需要在复杂的生活事件中逐步向前推进。革命者也不是有着超人能力的救世英雄，他们不是振臂一呼，就可以让人民的生活发生翻天覆地的变化，而是需要在具体的工作实践中不断摸索前进、积累经验，逐步提升自己的政治素质。周立波对这些不算完美，甚至是有悖于时代潮流的领导干部的刻画，正是对革命的祛魅，是现实主义"写真实"精神的集中体现。

---

① 周立波：《山乡巨变》，北京：人民文学出版社1958年版，第105页。

二、质朴可爱的边缘小人物

外号"亭面糊"的盛佑亭是一个性格面面糊糊、缺乏主见、左右摇摆,既精明又糊涂的人物形象。他向人感叹过去的贫穷,却又怕人看不起自己,吹嘘说自己也曾起过几次水。他轻信谣言,认为互助组不如不办好,可是听到合作化运动的号召,却又马上叫二崽写入社申请书,以显示自己的积极。他在土改中获得了好处,衷心拥护共产党,积极响应党的号召,认为:"政府做了主,还要我们想?"[①] 可是在写申请书时,他又编造自己如何说服老婆的故事,暴露出自己内心深处的怀疑和顾虑。旧社会长期的苦难磨砺使他丧失了基本的自信,于是企图借着发脾气树立威信,却得不到任何人(包括自己儿女)的尊重。他很难成为真正具有自主意识的行动主体,直到篇末的"欢庆"一章,他仍旧本性难移地占了社里八角钱的便宜,暴露出自私自利的性格本色。作者没有刻意达成人物的转变和升华,却也恰好显示出革命的曲折与艰难。

与"亭面糊"喜欢唠叨不同,村里的另一位贫农陈先晋则比较沉默寡言。他拙于言辞,对于远道而来的亲戚,也只会简简单单说一句"你来了",就算是表示欢迎了。跟自己最知心的人一起上街,同行十几里路,也不会说一句话。他只会在田里苦做。从十二岁起,就下田劳作,四十年如一日,简直不歇气,终于成为村子里数一数二的作家子。一双暴着青筋的大手,就是他辛勤劳作的证明。他对合作化有强烈的排斥情绪,只是因为在家里完全处于孤立无援的尴尬地位,才迫不得已选择入社。可是他依然不能轻松地去报名,他怀着沉痛的心情到自己祖传的那块土地上,与世代相沿的生活泣别。陈先晋在入社问题上所经历的痛苦的内心挣扎,把合作化运动在人们内心引起的矛盾斗争的尖锐剧烈充分地表现了出来。

绰号"菊咬筋"的王菊生是一位坚持单干、千方百计拒绝入社的中农代表。他精于算计,耍尽手腕获得了满叔夫妇的信任,成为他们的继子。过继成功后,却立马翻脸不认人,牢牢把控着家里的财政大权,表现出贪婪狠辣的性格特点。为了抗拒干部动员自己入社,他不惜扯痧装病,又跟堂客吵架假装离婚,上演了一场荒唐的闹剧。他一心要与合作社竞赛,为了挑挖更多的塘泥几乎拼了老命,甚至把妻子、女儿都累倒了。他精明而又舍得吃苦,在耕种的各个环节都未见落后,只是在最后抢收抢种的"双抢"环节,因为缺乏劳力而不得不低头认输。他

---

① 周立波:《山乡巨变》,北京:人民文学出版社1958年版,第47页。

选择入社是无奈之举，而且即使决定入社，他也不是仅仅上交土地那么简单，而是送了一副腰舌给刘雨生做人情，希望在以后的日子里能有个靠山。可见他依然打着自己的小算盘，并非真心诚意地入社。

三、具有独特阴柔美的女性形象

周立波在《山乡巨变》中还塑造了一批身份有别、性格迥异的女性形象，在对她们独特人生经历的描写中，作者表现出对女性问题的关注和对朦胧觉醒的女性性别意识的尊重。

县团委副书记邓秀梅是一个政治觉悟和女性觉悟同步成长的女性基层干部。作为上级下派到清溪乡的外来干部，她的言行既有严肃稳重的政治性特征，又有细腻敏感的女性化特征。在去清溪乡的路上，她既抓住各种机会，迅速了解清溪乡的工作开展情况，表现出极强的责任心，又与各级群众迅速熟识起来，表现出女性特有的热情与温和。在清溪乡的第一次支部会议上，她既以权威的姿态传达了上级的会议精神，又表现出女性的拘谨、不自然。在帮助盛淑君解决入团问题时，她不仅关心盛淑君在政治上的进步，也关切地提醒她注意处理好革命和恋爱的关系。在帮助张桂贞摆脱婚姻困境时，她不是从革命的角度要求张桂贞觉悟起来，积极支持丈夫的工作，而是充分肯定张桂贞在具体婚姻生活中的真实感受。显然邓秀梅的言行并不都是革命化、政治化的，她也会不时地从女性的现实处境出发，替底层不幸的女性发声。

张桂贞是一个在十七年农村题材作品中具有另类色彩的女性形象。她嫁给了品格高尚的刘雨生，却因为刘雨生无暇顾及家中的生活而吵闹着与他离婚。显然张桂贞是一个依赖性比较强，较为自私自利的人。然而对于这样一个不符合时代要求的女性，作者没有给予过多政治上的谴责，而是表达了人性化的理解与同情。首先作者强调了她性情的单纯善良，在将要离开刘雨生之际，她炒了一碗鸡蛋给对方吃，借此表达自己内心的愧疚与不舍。她也并非看不到刘雨生的好，只是她天性娇弱，难以独自承担经营家庭的重任。同时，在哥哥的挑唆下，她又有些虚荣，希望能嫁到城里过舒适安稳的日子。后来当这些幻想破灭之后，她也开始参加社里的集体活动。虽然她还是不胜劳作之苦，与周围那些朴实能干的女性有明显的差异，但是她毕竟在一点点进步，而且散发着一种独特的美。通过她，作者展示了柔弱保守类女性在时代大潮的历练中发生改变的可能性。

漂亮爱笑的盛淑君、充满青春活力的陈雪春、被丈夫遗弃又重新寻找到爱情的盛佳秀都是朴实能干，可以在社会活动与集体生产中与男性一争高下的女性形象。作者首先写到了革命工作对她们生命成长的意义。可以说正是革命工作帮她们从农村女性狭小的生活空间中走出来，让她们充分感受到新生活的广阔与美好。然而同时，作者也注意到，作为女性她们要比男性承受更多的磨难与挑战。比如为了工作而抛头露面时，她们可能会被一些保守的农民视为轻浮，从而遭受一些无谓的非议和讽刺。另外，作者也并不赞成她们被政治热情所鼓动，完全不顾自身生理特征和身体条件的局限，盲目地与男劳力比赛和挑战。作者担忧过度劳累可能会给她们留下健康隐患，影响她们未来生活的质量。显然作者在响应时代的政治号召之外，还多了一层人性的理解与关怀。

第三节　社会主义革命的唯美画卷

在十七年的农村题材作品中，《山乡巨变》以细致地描绘了乡村的自然风景和风俗人情而著称。作者在描写轰轰烈烈的历史运动和尖锐激烈的阶级斗争的同时，也关注到了农村日常生活的平凡琐屑、宁静质朴。山野上一丛丛秀丽挺拔的楠竹，田野里辛苦耕种的乡亲，农家院里喧嚣吵闹的嬉笑，构成一幅乡村生活的水墨画，为作品增添了一丝浪漫清新的唯美气息。

一、秀雅明丽的自然之美

《山乡巨变》中有大量关于自然风景的描写，比如，漫山遍野散发着清香的茶子花，在蒙蒙细雨的笼罩下越发显得青翠葱茏的山林，夕阳西下时家家户户屋顶上升起的缕缕炊烟……这些淡雅秀丽的自然美景既抒发着作者对离别多年的故乡的款款深情，又延缓着作品的叙事节奏，使小说的叙述不是直奔主题，而是有了更多的辗转迂回，也更加耐人寻味。从初冬到盛夏，这个山清水秀的小山乡似乎永远都是诗情画意，到处散发着生机勃勃、健康清新的气息。周立波用欣赏的、赞美的笔调描绘着湖南山乡的自然美景，使人明显地感受到他与这片土地的血肉相连，也使作品在浓烈激越的红色基调上又增添了一抹翠绿的鲜亮。这样《山乡巨变》就突破了当时一般农村题材小说的局限，在政治性书写之外又融入了更多丰富的生活内涵，从而具有了更为丰沛的艺术生命力。

同时，山村美景的宁静祥和又与山外峻急猛烈的时代浪潮形成鲜明对比。山林中、原野上周而复始，生了又落、落了又生的花草树木仿佛证明，这个隐藏在大山深处的小山乡，本是一个与世隔绝的世外桃源般的存在，只是随着代表意识形态权威的邓秀梅的到来，山乡原有的平静才被打破。被盛佑亭匆匆割下的毛竹进一步证明了巨变是突然而至，由外而内进入山村。因此，当时就有评论者指出作品的时代气息不足，"没有充分写出农村中基本群众（贫农和下中农）对农业合作化如饥似渴的要求……仿佛农业合作化运动这场深刻的社会主义革命只是自上而下、自外而内地给带进了这个平静的山乡，而不是这些经历过土地改革的风暴和受到过党的教育和启发的庄稼人从无数痛苦的教训中必然得出的结论和坚决要走的道路"①。应该说这样的批评还是抓到了作品基本的叙事特征的。

另外，周立波笔下的风景并非孤立的、静止的存在，而是和人物的性格塑造交融在一起，推动着故事向前发展，并且随着时间的推移，风景本身也在悄然地发生改变。比如，那一片幽幽的山林，既是盛淑君拿着高音喇叭宣传党的方针政策的工作场所，也是她和陈大春约会见面的私人之地，还是张桂秋偷偷宰杀黄牛却被抓个正着的案发现场。朦胧月色下陈大春向盛淑君讲述着人们曾经为了抢水而引发的械斗，同时又畅想着未来发展的美好画卷。后来他离开山乡时更是把自己的设想绘制成一幅蓝图交给了刘雨生。同一片山林见证着人们的性格差异和思想品格的高低，同时也经历着历史的发展和时代的变化。还有山上油茶籽的分配和树木的砍伐，也都曾在社里引起过轩然大波。于是这里的风景便不再与人类社会相互隔离，而是与人们的现实生活发生千丝万缕的联系，并且有了新与旧、公与私并存的丰富内涵。

二、风趣幽默的生活之美

在20世纪五六十年代的社会主义改造大潮中，农民所面临的不仅是土地公有等生产力、生产关系方面的变革，同时要经受思维方式、生活习惯等层面的变化。许多民间文化形态虽然在移风易俗的口号下遭遇了清理和改造，但是它们自身所具有的独立性和丰富性，却使它们很难立刻从历史舞台中全然退出，而是以隐形的姿态继续存留于农民的日常生活之中。周立波对这部分遗留的民俗风尚表现出极大的兴趣和关注，他用质朴而略带幽默的笔调写出了古朴民风下农民日常生活的热闹与风趣。

---

① 黄秋耘：《〈山乡巨变〉琐谈》，载李华盛、胡光凡编《周立波研究资料》，北京：知识产权出版社2010年版，第370-371页。

身为副社长又是共产党员的谢庆元,因为不堪生活的压力而吃水莽藤自杀。这本是非常严肃的政治事件,但是作者在讲述该事件时,关注的重点不是谢庆元如何遭受党纪处分,而是乡亲们在救助他时怎样手忙脚乱、七嘴八舌。盛佑亭力排众议,坚决主张用土法救治谢庆元,盛家姆妈则深深怀疑谢庆元是被水莽藤鬼缠了身。还有,当盛佳秀偷偷地给刘雨生做饭时,刘雨生的母亲担心儿子是被精怪"笼"了,刘雨生的弟弟则讲起了自己在山里碰见鬼火的事,他们都对神秘玄妙的鬼怪传说津津乐道。从人们的言行举止我们不难看出,曾经巫风极盛的湘楚之地,百姓虽然正在经历着社会主义改造,但是遇到事情他们还是喜欢按照传统风俗进行处理,并且依然延续着尚鬼信神的思维方式。正如邓秀梅进入清溪乡的途中所看到的那座废弃的土地庙,虽然香火已经断了,但是泥塑的土地公、土地婆还端端正正地站在那里,墙上的对联也依然存留着。也就是说那些从表面上看似乎已经被革除掉的陈规旧俗,其实并未真的从人们的日常生活中消失,而是隐匿在生活的角角落落,并且在不知不觉中影响着人们的思想与言行。

要想完全去除陈规旧俗并不能仅仅依靠宣传鼓动和政策推动,更重要的是能够提供替代旧风俗的新风尚,并且新风尚还要真正符合农民的需求,给他们带来足够的慰藉和安全感。在插田的农忙时节,有些社员在龚子元和"秋丝瓜"的煽动下闹着要吃场面饭,青年激进分子们的精神激励已经没有办法真正调动起他们的生产积极性。社长刘雨生明白,大家的习惯一时也难改,于是他只好动员爱人盛佳秀把自己养的大肥猪给杀了。周立波没有一厢情愿地用现代的、政治的理想模式去改造农民的日常生活,而是尊重其自身的发展规律,让生活按照本然的面貌去呈现。作品中那些描写日常生活的"闲笔",充分证明了生活世界的不可化约性、难以穿透性与必要的混杂性。由此这些"闲笔"也就有效地开阔了小说的意境,使其在强调农业合作化运动的历史必然性之外,还客观地呈现了这一运动在当时农村开展的现实可能性。

三、质朴淳厚的人性之美

透过自然之美和生活之美,我们可以感受到山乡百姓的人性美、人情美。首先,这是一批特别勤劳能干、吃苦耐劳的人。他们晴天在田里干,雨天在院子里忙,几乎一年到头都不得闲,却从来没有一句怨言。劳动已经成了他们的一种习惯,成为日常生活必不可少的组成部分,甚至劳动已成为衡量一个人品质高低、言行美丑的重要标准,成为决定一个人在村中地位的重要因素。凡是劳动能力强的人往往会获得较为普遍的尊重和认可。比如，陈先晋和盛佑亭都是村里数一数二的作家子，凭着娴熟高超的种田技术，他们在村里享有一定的地位。谢庆元脾气不好，许多人对他颇有微词，但是他田里功夫实在是好，还是被选为副社长。与他们相反，张桂贞却因为娇生惯养、厌恶劳动、依赖性比较强而遭到全村人的鄙夷。后来在参加集体劳动的过程中，她改变了以前的依赖思想，学会了自力更生以丰衣足食，终于得到了大家的谅解和接纳。作者一再写到人们辛勤劳作的场面，尤其是那些你追我赶、热火朝天的集体劳动场面，更是写得热情洋溢，让人感到一种扑面而来的生命活力，成为作品中最美的风景。

这些只会在田里死做的庄稼人又是那么的简单淳朴、忠厚善良，他们总是拿一颗赤诚热情的心对待他人，而很少偷奸耍滑、斤斤计较。除去作者迫于时代风潮的压力，硬加上去的与整部作品有明显疏离感的敌对分子龚子元夫妇，清溪乡的其他百姓几乎都沐浴在温馨和谐、其乐融融的氛围之中。曾经的单干户王菊生摆开架势要和社里比赛，最后却在双抢时节遭遇劳力不足的困境。社里及时伸出援助之手帮他渡过难关，曾经的嫌隙立刻烟消云散，王菊生终于下决心入社。盛佳秀的小福走失了，街坊邻居纷纷出动帮忙寻找；谢庆元吃水莽藤自杀，亲戚朋友也都跑来看望。刘雨生对前妻张桂贞没有一丝抱怨，李月辉对脾气极大的伯伯也始终抱有一颗感恩的心。清溪乡的乡亲们大多宽容大度，街坊邻里相处和睦、关系融洽。情侣、夫妻、父母子女之间更是甜蜜温馨、情深意浓。盛淑君与陈大春月下相会，邓秀梅与丈夫之间鸿雁传情，盛佳秀化身田螺姑娘给刘雨生做美味佳肴，李月辉堂客则省下布料给李月辉做一件新衣服……亲密爱人之间的相互体贴关爱，让清贫的生活变得浓情蜜意，让人甘之如饴。

作者用最饱满的热情写出了山乡农民对美好生活的强烈渴望，以及他们为之付出的艰辛努力和他们宽厚无私、甘于奉献的优秀品质。在轰轰烈烈的社会主义改造运动中，农民的思维习惯、情绪状态以及他们的心理承受能力都是最需要关注，最需要花费心思认真应对的问题。作者通过对农民日常生活的描写，写出了他们思维习惯的保守性和独立性，预示着这将给合作化运动的顺利开展造成一定的困难。同时，他又关注到了农民品性的质朴、心地的善良，他相信这些又都将为社会主义改造顺利进行提供有力的保障。在忧虑和信心之间，我们看到的是作者对农民深切的了解和诚挚的热爱，正是这份发自内心的深情让作品带上了唯美的浪漫主义色彩。

延伸阅读资料：

1. 冯健男：《现实主义的新胜利——谈周立波建国后的创作》，《文学评论》1980年第1期。

2. 萨支山：《试论五十至七十年代"农村题材"长篇小说——以〈三里湾〉〈山乡巨变〉〈创业史〉为中心》，《文学评论》2001年第3期。

思考题：

1. 谈一谈《山乡巨变》中的风景描写及其意义。
2. 谈一谈《山乡巨变》中刘雨生这一人物形象的塑造特点及其意义。

第十五章 《创业史》品读

作者简介及创作背景:

柳青(1916—1978),原名刘蕴华,陕西吴堡人,1936年加入中国共产党,1938年赴延安,1942年参加延安整风运动。1952年柳青带领全家搬到陕西省长安县皇甫村落户,从1953年开始酝酿长篇巨著《创业史》。《创业史》(第一部)以《稻地风波——〈创业史〉之一》的题名在《延河》杂志1959年4月号上连载,连载几期后,改名为《创业史》,于11月号载完,略作修改后再刊于同年的《收获》第6期。1960年5月《创业史》(第一部)由中国青年出版社出版初版本,以后在多次再版中作者对初版本进行了修改。《创业史》(第二部)的上卷与下卷分别于1978年6月和1979年6月由中国青年出版社出版发行。

第一节 乡村变革的史诗化书写

《创业史》以新中国成立初期关中农村的社会主义改造为背景,以渭河平原某互助组的发展为主线,书写了以梁三和梁生宝父子为代表的两代农民的创业故事。作者力图通过中国农村社会主义改造进程中农民思想情感的转变来反映历史演进的趋势。

一、自发创业

故事从新中国成立前讲起。1929年的冬天,渭北高原闹饥荒,四岁的梁生宝跟着母亲逃荒来到渭河南岸的下堡村,母亲嫁给了村里的佃户梁三。梁三曾经有过一个媳妇,可惜死于产后风,再加上家里的牛连着死了两回,梁三的生活就一日不如一日地破败下来。重新组建了家庭的梁三再次燃起了创业梦,可是转眼二十多年过去了,梁三老汉和继子梁生宝虽然想了很多办法,也付出了很多努力,却始终没有创业成功。1949年的夏天,渭河平原解放了。第二年冬天,梁三老汉分得十来亩稻地，他又开始了新的创业梦，他要盖一座三合头的瓦房院。可是梁三老汉失望地发现，梁生宝似乎对自家发家的事不感兴趣，他更热心于公家的事。

二、互助创业

1953年的春天，中共预备党员梁生宝带领区里的重点互助组接受了邻区另一个互助组的挑战。为了应战成功，黄堡区的区委王书记亲自帮他们制订了生产计划，并建议梁生宝到郭县去买一种早熟的稻种。村里一直暗恋着梁生宝的女孩徐改霞获得进城当工人的机会，但她不知道是否应该离开农村去城市，她急切地盼望梁生宝回来一起商量一下。在买稻种回来的路上，梁生宝遇到了走亲戚的徐改霞。改霞有许多话想和生宝说，可惜路上人多眼杂，改霞不好意思说太多，只能无奈地和生宝分开了。回到家里，生宝给大家分稻种。他先人后己，分到最后自己家里的稻种反而有点不够了。他大伯想多要点稻种，生宝没答应；郭世富想高价收购稻种，生宝也拒绝了；郭振山也埋怨生宝没给自己留点稻种。生宝感到他们的私心太重，他意识到互助组的建设工作还需要克服很多困难。

村里组织活跃借贷会，但是以姚士杰、郭世富为首的余粮户大多拒绝参加会议。郭振山无计可施，只好宣布散会。梁生宝原打算只带自己的互助组进终南山割竹子绑扫帚，可是看到村里有不少困难户难以度过春荒，于是决定带更多的人进山，以帮助村里所有陷入困境的农户，同时他说服多粮户郭庆喜拿出一些余粮周济困难群众。村里的富农姚士杰的媳妇快要坐月子了，他去找帮工，在路上他遇到了郭世富，两人决定也去郭县买稻种，以便和梁生宝比试比试。郭振山没有做好活跃借贷和互助组的工作，还和黄堡镇上的奸商韩万祥有来往，为此被卢书记严厉地批评了一通。郭气不过，一下子病倒了。躺在病床上，他对自己未来的发展感到迷茫。经过激烈的思想斗争，他决定继续坚持留在党内，以保持自己在村里的地位，但是不再追求当先进，敷衍着完成工作即可。

梁生宝以互助组的名义和区供销社订立了合同，预支了一部分款项，每个进山割竹子的人都可以拿到十五元钱安顿家人的生活。大家的生活困难解决了，对梁生宝更加感激和信任。听说生宝他们清明节以后就要进山砍竹子，改霞想生宝进山前肯定要置办些东西，于是就到黄堡镇集上等生宝，约他谈一谈。改霞告诉生宝她有可能进工厂，生宝没有像改霞希望的那样，劝改霞留在农村，而是讥讽式地夸赞了几句，然后就找借口赶紧走了，这让改霞很伤心。

从黄堡镇集上买完东西后，梁生宝去找黄堡区的区委书记王佐民，看他对自己领着互助组进山还有哪些指示。在王书记屋里，生宝遇到了县委副书记杨书记。梁生宝倾听了王书记和杨书记的讨论与教导，对互助组的理解更加深入了，他更坚定了走互助合作帮困难群众摆脱生活困境的决心。

郭世富买回来了百日黄的稻种，他把稻种分卖给村里的单干户们，准备和互助组比试比试，看到底谁打的粮多。栓栓的媳妇素芳到姚士杰家里当熬月子的女工，结果被姑父奸污了，姑父又让素芳去陷害梁生宝，这让素芳很害怕。梁生宝领着一干人马进了山，他们搭棚子、垒锅灶，安顿好后就开始割竹子。不幸的是栓栓被竹茬子割破了脚，生宝承诺把自己的那份工钱送给栓栓。高增福领着人把扫帚从山里捎到山外。他听说素芳去了姚士杰家做帮工，生气又伤心，他跑进山里，把情况反映给梁生宝。梁生宝表示要坚定地维护互助组的发展，要和姚士杰斗争到底。

栓栓割竹子受伤的事传到了蛤蟆滩，王二直杠到生宝家大闹，然后宣布退组，准备跟着姚士杰干，梁老大也跟着退了组。梁生宝从山里回来了，他得知王、梁两家退组的事后并不着慌，对办好互助组依然充满信心。正当大家为互助组的前途感到担忧的时候，高增福主动要求加入互助组，这大大增强了组员们的信心。白占魁从西省回到村里，他想以后常留在村里，也要求加入梁生宝的互助组。梁生宝拿不定主意，去征求郭振山的意见，不想却遭到郭振山的嘲讽。梁生宝不甘心，到乡里征求卢书记的意见，结果得到卢书记的大力支持，他充满信心地吸收白占魁入组。

自打生宝从山里回来以后，改霞一直想和生宝深入地谈一次。终于改霞在某个晚上，在路上拦住匆匆忙忙赶去开会的生宝，向他表白了自己的心意。可是生宝却以工作忙为由婉拒了她，他建议改霞个人的私事最好等秋后再说。改霞非常伤心，她开始怀疑生宝是否真的适合自己，最后她还是去城里当了铸工学徒。

二、创业梦圆

生宝的互助组取得了大丰收，曾经年年吃活跃借贷粮的穷苦百姓终于有了余粮。梁生宝成为全乡第一个农业生产合作社——灯塔社的社长。穿着新棉衣的梁三老汉到镇上打油，得到了大家的尊重。他想起了自己曾经的"创业史"，不禁老泪纵横，他知道新的时代来到了。

第二节　社会主义改造中的农民形象序列

在谈及《创业史》(第一部)的突出成就时，严家炎曾经指出："当我们说这部作品揭示土改后农村阶级关系十分深刻的时候，这并不是指作品写好了某一阶层的个别人物，而是指它在反映阶级关系整体上的深刻性，在我们面前展现的是一幅背景极为广阔、色彩极为鲜明的土改以后农村阶级状况的图画。"① 的确，作者借助自己丰富的生活积累、深厚的理论素养和扎实的文学功底，对新中国成立初期农村社会中不同阶层的农民都有较为成功的刻画，建构了较为完整的农民形象序列，展示了当时农村生活的全貌。

一、新人形象

在《创业史》的所有人物中，受关注度最高、争议最大的当然是梁生宝。作为社会主义革命中的新英雄人物，梁生宝最为突出的性格特征，就是他是"党的忠实儿子"②。虽然他依然生活在农村，依然具有农民的社会身份，但是他的思想意识却早已有别于一般农民群众了。他是一个农民，同时他更是一名中共预备党员，一名无产阶级先锋战士。

在新旧社会的对比中，梁生宝切实感受到中国共产党的伟大。他忠心耿耿地听党的话，成为党的各项方针政策的坚定执行者。"有党领导，我慌啥？"③ 这是梁生宝最为知名的口头禅。正因为坚信党所指引的合作化道路的正确性，所以梁生宝心平气和地接受了栓栓等人的退组，而没有多少挫败感。同样，也正因为对党的方针政策有着极为透彻的理解，所以当活跃借贷遭遇失败时，他也并不着急。因为他已经在县委杨副书记的启发下，领悟到"靠枪炮的革命已经成功了，靠优越性，靠多打粮食的革命才开头哩"④。他不屑于看富农或富裕中农的脸色，乞求他们的施舍，他相信依靠政府，依靠党，一定可以解决农民在春荒时间的粮食问题，并帮助大家最终走上共同富裕的道路。可以说，在党的教育和引导下，梁生宝已经具有了较高的理论素养。他能够从一些看似平凡的小事情中看到理论深

---

① 严家炎：《〈创业史〉第一部的突出成就》，《北京大学学报》1961年第3期。
② 柳青：《提出几个问题来讨论》，载牛运清主编《长篇小说研究专集》(中册)，济南：山东大学出版社1990年版，第498页。
③ 柳青：《创业史》，北京：中国青年出版社2009年版，第39页。
④ 柳青：《创业史》，北京：中国青年出版社2009年版，第79页。

意,也能透过现象抓住问题的本质,在多种矛盾中迅速准确地抓住主要矛盾,并很快找出解决对策。

另外,梁生宝还有一种与传统农民完全不同的崭新的性格,那就是对私有财产的发自内心的憎恨。他坚信"私有财产——一切罪恶的源泉"①,作为一名共产党员,他自觉地把消灭私有财产当作崇高的责任。因此,他不再重复祖辈们走了几千年的追求个人富裕的道路,认为那是没出息的活法。他甚至有意放弃一些人生美好的享受,比如爱情。当他的个人欲望和集体利益之间产生矛盾冲突的时候,他总是能够迅速遏制住私欲的渴求,将集体利益置于个人欲求之上。他已经完全根除了小生产者的狭隘眼界,成为圣洁的无产阶级革命英雄。

梁生宝的思想境界固然是高大完美、神圣庄严的,可是他却很难说是一个丰满深厚、生动感人的艺术形象。严家炎曾经指出:"梁生宝形象的艺术塑造也许可以说是'三多三不足':写理念活动多,性格刻画不足(政治上成熟的程度更有点离开人物的实际条件);外围烘托多,放在冲突中表现不足;抒情议论多,客观描绘不足。"②造成这种状况的根本原因应该是,梁生宝"不是一个按照'自然主义'原则塑造的形象,而是按照生活中应有的原则刻画的理想的新人"③。梁生宝的言谈举止经常给人超离了生活现实的感觉,他的绝对抛却私人欲望的新人气质,与其说是从现实的生活环境以及他个人的人生经历中自然而然地生发出来的,不如说是作者从党的方针路线、政策法规中推演出来的,这也就难怪梁三老汉喜欢称其为"梁伟人"了。作者也只能用理论说教、抒情议论去填充他的性格,却难以提供细腻生动的细节描写,因此这一人物形象表现出较为明显的概念化倾向。

二、中间人物

与过于理想化的梁生宝相比,梁三老汉因为更真实生动、丰满深厚,所以得到了更多读者的认可。他被公认为是《创业史》中塑造得最成功的人物形象,是十七年农村生活题材作品中"中间人物"的典型代表。

梁三老汉具有中国传统农民的典型性格。他辛勤努力、吃苦耐劳,有着发家致富、过上幸福安康好日子的本能诉求。甚至他也不乏一些精明智慧,比如,不花一分彩礼钱,找了一个逃荒女人做续弦以及有过几次创业的筹划与努力等。可

---
① 柳青:《创业史》,北京:中国青年出版社2009年版,第198页。
② 严家炎:《关于梁生宝形象》,载牛运清主编《长篇小说研究专集》(中册),济南:山东大学出版社1990年版,第511页。
③ 李杨:《50—70年代中国文学经典再解读》,济南:山东教育出版社2003年版,第171页。

是由于他的淳朴善良、老实忠厚，平白遭受地主、官府的盘剥而毫无反抗能力，因此在旧社会的生活环境制约下，虽然他从早到晚累弯了腰，却也只能一次次遭遇创业的失败，而始终无法改变自己的人生窘况。土改中他分得了梦寐以求的土地，于是又重新燃起发家致富的梦想。他观察着下堡村那些富裕庄稼户的生活，为自己制定了一个看似较为切合实际的人生目标——做一名三合头瓦房院的长者，享受人畜兴旺的农村大家庭的欢乐。他的沉溺于个人发家致富的"小农意识"充分体现了新中国成立初期千百万普通农民的思想认知水平。

然而农业合作化运动集体致富的社会主义道路打破了梁三老汉的个人致富梦，他的"小农意识"不可避免地与新中国的社会主义发展方向产生了矛盾冲突。梁三老汉既看不透新中国成立前自己创业梦失败的根本原因，也不能理解合作化的真正意义。他想不到个人发家致富的道路选择终将会造成新的贫富分化，并导致新的阶级对立，他只是为自己的个人梦想不能得到实现而感到迷茫、困惑、焦虑。他成了农业合作化道路的怀疑者、旁观者甚至反对者。他劝说梁生宝放弃党的事业，回来和自己一起打拼，充分暴露出保守落后、目光短浅、心胸狭小的思想局限。但是梁三老汉又始终关心着互助组，这里面既有他对儿子的关爱，又有他对新生事物的好奇，还有他对过上好日子的渴望。所以当梁生宝用高产丰收证明了互助组的优越性，而梁三老汉自己也因为是合作社主任他爹的独特身份而获得众人尊重的时候，他便自然而然地接受了合作化运动，成为一名热情的拥护者。

作品生动地写出了梁三老汉作为个体农民在互助组发展过程中所经历的苦恼、怀疑与摇摆，牢牢把握住了他思想性格的复杂性。一方面，梁三老汉因袭了中国传统农民几千年的精神重担，从而与新的环境、新的事物产生了不协调；另一方面，他又在种种切实可见的利益考量中艰难地与新生活进行着磨合。一旦他意识到新生活的合理性，并在其中切实受益的时候，他就完全接纳了新的生活道路。小说写出了梁三老汉与社会主义新生活产生矛盾并逐渐化解的全过程，展示了"小农意识"从内部自我说服而非从外部强制性瓦解的可能性。作者深入梁三老汉的内心，梳理出他思想转变的内在性格逻辑，这一性格逻辑不仅与历史逻辑相吻合，而且有扎实的生活基础作为支撑，因此这一人物就比较真实可信、生动感人。

三、落后人物

与梁三老汉及时转变对待合作化运动的态度不同,《创业史》中还有一些人物对合作化运动的抵触情绪比较顽固,他们明里暗里阻碍着合作化运动的顺利开展,成为与当时的时代潮流相背离的落后人物。

郭振山是村里的代表主任,1949年的老共产党员,与姚士杰、郭世富一起并称蛤蟆滩的"三大能人"。在土改中,他获取了大量土地和生产资料,一跃成为家底厚实起来的新中农。随着私人财产的增多,郭振山的自发思想也逐渐膨胀起来。他不再热心集体工作,而是埋头于个人的发家致富。他为自己制订了个人财富增长的"五年计划",并且以权谋私,通过与商人勾结谋取更大的利益。他很清楚在党的重要性,但是他在党的目的是维护自己的私利,与梁生宝以党员的责任感为集体谋福利有着本质区别。随着梁生宝在村里的影响越来越大,郭振山逐渐感觉到压力和竞争。他借助自己的领导地位和在村里的威望,打压梁生宝,成为梁生宝最强大的对手和最隐秘的阻碍合作化运动的反对势力。

富农姚士杰是《创业史》主要人物中阶级成分最高、财富数量最多的一位。受政治道德化叙事方式的影响,作者强调了他品质的恶劣、道德的败坏。在土改运动中,姚士杰曾经受到严厉打击,被全村人孤立,因此他对新社会充满了仇恨。土改结束后,他重新萌生了与郭振山较量的念头,企图找回土改前自己在村里的风光。春荒时期他公然抵制政府的活跃借贷号召,偷运粮食到镇上放高利贷。丰收之后他又拒绝缴纳公粮,妄图顽抗统购统销的国家粮食政策。他借粮食给白占魁,谋划着把他豢养成自己的走狗;他借粮食给高增荣,从他愁苦的脸上获得满足感。他奸污了素芳,唆使她去勾引梁生宝;他怂恿郭世富朝任老四要账,将其往政治陷阱里推。为了破坏合作化运动,姚士杰可以说是不择手段,表现出阴险狡诈、心狠手辣的性格特点。

中农郭世富在精明沉稳中又带有一丝狡黠。成功地管理着二十多口人的农村大家庭,他对自己的能力颇为自负。的确,他劳动能力很强,又善于接受新鲜事物,百日黄的新稻种和扁蒲秧的新式插秧技术都引起他极大的兴趣。他颇不服气地向梁生宝互助组发起挑战,自信中又夹杂着一丝嚣张。另外,对私有财产的不断追求,使他逐渐丧失了普通农民的淳朴本性,表现出唯利是图、贪得无厌的性格特点。当然,他也尽量保持一份谨慎,时刻警惕着不与姚士杰交往得过于密切。他更认同和气生财的道理,尽量保持对党的政策的恭顺态度。因此,他不像

郭振山、姚士杰那样与梁生宝有直接的、剑拔弩张的冲突,却也始终我行我素,有着自己的小算盘。他看似老实,其实比泥鳅还滑,想让他真心实意地拥护合作化运动,实在是困难重重。

与当时大部分同类作品中的反面人物往往被漫画化不同,《创业史》中的"落后人物"都有比较细腻的内心活动。作者较为深入地剖析了他们在合作化运动中的思想感受,借他们的心理动向揭示了农村各阶层之间的尖锐矛盾,阐明了社会主义改造的必要性、紧迫性和艰巨性。

第三节 社会主义现实主义的典范之作

柳青的《创业史》在相当长的时间内被认为"代表了'十七年文学'中农村题材长篇小说的最高成就"①。作者以宏阔的气魄回答了一个极为重要的历史问题:"中国农村为什么会发生社会主义革命和这次革命是怎样进行的。"②作者对历史发展规律的深层剖析,对时代精神的集中表现,使作品呈现出典型的"史诗"风格。在1963年第三次文代会上,《创业史》被周扬列举为社会主义文学创作成果的第一名。

一、对历史本质的把握

《创业史》的开头是富裕中农郭世富家新房架梁的情节。噼噼啪啪的鞭炮声引起了全村人的关注,郭世富兄弟志得意满的笑脸,梁三老汉渴望羡慕的眼神以及郭振山、姚士杰这两个土改中的仇人,竟然同时准备坐第二轮席的戏剧性场面,把下堡村严峻的社会斗争形势生动地呈现出来。随着土地改革运动的尘埃落定,土地证颁发到各家各户手里,村里的"自发思想"开始蔓延,"自发势力"逐渐膨胀。不但曾经在土改中低下头去的富农、富裕中农现在又重新抬起头来,妄图恢复以前的威势,就是郭振山这样的老党员、梁三老汉这样屡屡遭遇创业失败的贫农,也被"自发思想"所感染,梦想走上个人致富的道路。富农、富裕中农毫不掩饰地炫耀拥有财富的优越感,新中农、贫农则以他们为榜样制订着自己的致富计划,追逐个人财富的社会风气正在逐渐形成。

---

① 张炯等主编:《中华文学通史》(第9卷),北京:华艺出版社1997年版,第65页。
② 柳青:《提出几个问题来讨论》,载牛运清主编《长篇小说研究专集》(中册),济南:山东大学出版社1990年版,第497页。

然而另一边以高增福、任老四为代表的贫农们却依然挣扎在贫困线上,并且缺乏生产自救的能力。因为丧妻、多子等各种原因,土改运动并没能改变他们的生活困境,他们依然要面对春荒期间断粮的生活难题。活跃借贷的失败,郭振山态度的冷漠,把他们再一次推向生活的绝境。他们的艰难贫困与富农、富裕中农的殷实富足形成鲜明对比,勾勒出下堡村异常严峻的斗争形势:新的贫富分化已经出现,下堡村重新处于阶级分化的十字路口。贫农缺少劳力、畜力的客观条件决定了他们只有在外力的扶持下,才有可能走出生活的困境。他们急需外界帮助的现实处境充分证明了互助合作的重要性、紧迫性。要么走社会主义合作化道路,最终实现共同富裕,要么走个体发家致富的道路,重新回到剥削与被剥削、压迫与被压迫的老路,何去何从急需做出历史的选择。

《创业史》所呈现的阶级矛盾的尖锐性是同时期同类作品中少有的。作者不是就事论事地对农村社会生活做客观、平实的记录和描述,而是站在历史的高度,借助深厚的政治理论素养,细致地观察笔下的每一个人物,透彻地剖析作品中的每一件事情,从看似平凡的细小琐事中总结出历史发展的本质规律:互助合作的真正意义并不在于简单地响应国家号召,而在于这样一种生产方式能够真正地为贫雇农解决实际生活问题。作者通过具体的细节表明合作化的生产方式可以将生产力不足的农民组织起来,让他们通过互助摆脱生活困境,避免农村出现新的阶级分化。另外,互助合作更利于新的种植技术的推广,可以通过增产丰收切实提高农民的生活水平。作者用这些实实在在的优越性证明了互助合作的必要性与合理性。可以说,在同时期表现合作化运动的小说中,《创业史》对土改后农村生产状况的描写与剖析是最为明晰和深刻的。

二、对时代精神的表现

然而值得注意的是,尽管柳青在《创业史》中建构了紧张对立的阶级关系,可是梁生宝和郭振山、郭世富、姚士杰等人并没有形成直接的面对面的冲突。正如严家炎所指出的,几次本来可以形成剧烈矛盾冲突的事件,都因为梁生宝恰好不在现场而使矛盾被弱化了。比如,"村里搞活跃借贷,生宝出外买稻种去了;试用新法栽稻,生宝进了山;甚至搞粮食统购统销那样的大事,作家也安排生宝上县里受训去了"[①],严家炎认为,这样的情节设置造成了作品的一个缺陷,即没

---

① 严家炎:《关于梁生宝形象》,载牛运清主编《长篇小说研究专集》(中册),济南:山东大学出版社1990年版,第510页。

能在具体的矛盾冲突中塑造梁生宝这一人物形象，以至于该形象较为空洞，缺乏感染力。对于严家炎的批评，柳青并不认可。他强调说自己一直都在写梁生宝和郭振山等人之间的矛盾冲突，只不过，这种冲突不是外在的、直接的言语上的冲突，而是内在的、思想性格的尖锐冲突。

这种内在的、思想性格方面的尖锐冲突表现在作品中就是当梁生宝不断地为集体利益奉献的时候，那些"中间人物"及"落后人物"却在为自己的私事而奔忙。当梁三老汉想着自己的三合头瓦房院时，梁生宝却已经出门远行为整个互助组买稻种去了。当郭振山忙着把自己家的旱地改成稻地时，梁生宝已经带领群众在山里集体割竹子了。当姚士杰出于不可告人的目的挑唆白占魁破坏互助组时，梁生宝却从大局出发大度地接纳了白占魁。当郭世富以次充好，千方百计将自家粮食多卖点钱时，梁生宝却已经在奔赴更新、更大的集体共同致富的目标了。显然，梁生宝在思想境界上高出其他人物很多，他们之间的矛盾，从本质上讲就是公与私的矛盾。正是通过梁生宝与其他人物在思想境界上的强烈对比，作品的真正主题得以呈现，即"改造小生产者及其思想意识，引导他们走上社会主义集体化道路，建立对于社会主义集体的认同，使他们成为自觉的社会主义劳动者"①。

《创业史》改造农民思想的主题与它注重表现人物之间内在的、思想性格方面的冲突的具体内容是相辅相成的，它们都是由时代精神所决定的。正如柳青所说，《创业史》所反映的是社会主义革命时期的矛盾斗争，与民主革命时期的矛盾斗争有所不同，这一时期"阶级斗争的历史内容主要的是社会主义思想和农民的资本主义自发思想两条道路的斗争……根据矛盾的这个性质和特点，互助合作的带头人以自我牺牲的精神，奋不顾身地组织群众集体生产，以身作则地坚持阵地和扩大阵地，在两条道路的斗争中，就具有特殊重要的意义"②。正是从这样的认知出发，柳青集中笔力刻画了梁生宝这一时代英雄的典型。虽然梁生宝有理想化、概念化倾向，但毫无疑问他是当时时代精神的集中体现。

三、对革命愿景的文学书写

"文化大革命"中，柳青挨打受审时被问到是什么人，他回答说是"革命干

---

① 旷新年：《社会主义现实主义经典〈创业史〉》，《湖南大学学报》（社会科学版）2004年第5期。
② 柳青：《提出几个问题来讨论》，载牛运清主编《长篇小说研究专集》（中册），济南：山东大学出版社1990年版，第496—497页。

部+革命作家"①。这一双重身份决定了柳青文学创作的基本目的是配合时代的政治需要起到教育人民、改造人民的作用。为了使作品更好地实现政治教育价值，柳青努力透过平凡琐碎的日常生活展现历史发展的客观规律，用文学作品去揭示社会本质，为此，其作品中的人和事也就不可避免地带上了较为明显的理想主义色彩与概念化特征。比如，其作品中的人物除了具有自己的个性特征之外，往往具有能够呈现社会历史丰富内涵的典型性，甚至成为某种阶级理论的化身，而在一定程度上丧失了鲜活性；其作品中那些看上去还算丰富细腻的农村日常生活描写，与其说是对当时农村现实生活的真实写照，不如说是作家对自己心中革命愿景的叙事想象。

为了充分证明社会主义合作化道路的历史合理性与制度正义性，柳青将《创业史》的故事安排在一个特殊的生活环境中——渭河平原下堡乡第五村蛤蟆滩。蛤蟆滩并非传统意义上的乡土中国的村庄形态，这里的居民大都是被传统乡村秩序排挤出去的破产农民或者难民，低矮的草棚院和流民身份构成了他们生活的主要内容。社会底层的生活环境使他们更愿意打破传统伦理和权力秩序的限定而接受新的社会形式；人际关系的松散和流动性也决定了他们更容易冲破宗法、血缘关系的束缚而确立较为强烈的阶级意识。再加上在社会主义新人——梁生宝的引导下，通过买稻种、割竹子、栽秧苗等一系列事件，互助组成员都切实体验到了集体生活的伟大与乐趣，所以蛤蟆滩的社会主义合作化道路便具有了水到渠成、毋庸置疑的必然性与正确性。

然而，像梁生宝这样的理想人物在当时的现实生活中毕竟是较为少见的，常见的反而是郭振山这样的乡村干部，甚至梁生宝的原型——王家斌在现实生活中也曾经有过买地的念头。可是为了塑造更为理想化的人物形象，作者将这些不符合时代政治要求的人性局限都毅然抹掉了。这就使得本应复杂丰富的生活变得简单化、概念化了。当作者把眷恋土地的小农思想集中到梁三老汉等"中间人物"身上时，他对生活细节的增删就变成了对现实的浪漫化的拔高与粉饰，对人性的抛弃和压抑，以及对政治宣传效果的刻意追求。可以说《创业史》的创作过程中包含着两个柳青，作为作家的柳青要努力写出现实生活的丰富性，而作为干部的柳青却要用政治理念去规范、增删自己的写作。因此，《创业史》是作家以高度的理论自觉完成的文学创作，它充分体现了当时文学创作的时代特征和时代局

---

① 金宏宇：《中国现代长篇小说名著版本校评》，北京：人民文学出版社2004年版。

限，成为社会主义现实主义的典范之作。

延伸阅读资料：

1. 严家炎：《关于梁生宝形象》，《文学评论》1963 年 6 月。

2. 刘纳：《写得怎样：关于作品的文学评价——重读〈创业史〉并以其为例》，《文学评论》2005 年第 4 期。

思考题：

1. 谈一谈《创业史》中的社会主义现实主义创作手法的运用及其特点。
2. 谈一谈《创业史》中梁生宝这一人物形象的塑造特点及其意义。